集英社オレンジ文庫

# また君と出会う未来のために

阿部暁子

本書は書き下ろしです。

Contents



Mata Kimi to
Deau Mirai no tame ni
Akiko Abe

イラスト／syo5

また君と出会う
未来のために

「小学三年生の時、行方不明になったことがあるって、お姉さんに聞いた」

和希《かずき》さんの静かな声に、俺は胃がギュッと重くなった。

ベランダに吹きつける夏の夜風は、日向《ひなた》に放置したバケツの水みたいに生ぬるい。マンションの向かいに建つビルの電気の点《つ》いたフロアの窓だけが点々と白く浮かびあがって、室内で立ち働く人の姿が見える。

リビングをうかがうと、ちょうど大きな肉の塊《かたまり》を皿にのせた尾崎《おざき》さんが台所から登場して、圭《けい》と千晴《ちはる》が喜びの声をあげた。尾崎さんが優雅な手つきで切った肉を最初にまどかに渡すと、それを頬張《ほおば》ったまどかが、デリシャス、ブォーノ、フクースナ、と外国語を並べ立てて称賛する。

誰も俺たちの話は聞いてない。

「……ええ、まあ。昔のことなんでもうほとんど覚えてないですけど。それよか尾崎さんのローストビーフ、できたみたいですよ。戻りません？」

「行方不明になってる間はどこにいたのか訊《き》かれたら、支倉《はせくら》は『未来にいた』って答えたって。それは本当？」

ベランダのフェンスを背にした和希さんは、俺から目をそらさない。この人はいつも、何のバリアもない目でまっすぐに人を見る。

俺は「ほんと恥ずかしくて居心地が悪い」という感じの苦笑いを作った。

「や、本気にしないでくださいよ。俺、あの頃まだ小さかったし、ちょっと混乱して変なこと言っちゃっただけなんで」

「でも、一カ月半も行方不明だったんだよね。その間、どこでどう過ごしていて、どうやって帰ってきたの？」

和希さんが、馬鹿《ばか》にしたり、からかうつもりで訊いているんじゃないのはわかってる。この人のことだから、純粋に興味を持っただけなんだろう。

だけど、あの一カ月半のことは誰にも話したくない。

もう散々踏み荒らされたし、否定されたし、陰《かげ》で笑われもした。もうこれ以上、彼女のことは誰にもふれられたくない。

「もう覚えてません。全部忘れました」

声にこめた、話すつもりはないという俺の固い意志は和希さんにも伝わったんだろう。相変わらずまっすぐに俺を見ていたけど、もう質問を重ねることはなかった。

「それよか戻りましょうよ。ここ暑いし――」

「おれは、過去から来た人に会ったことがある」

続けようとした言葉が、喉《のど》の奥でしぼんだ。

和希さんの色素の薄い髪が、風にやわらかくゆれている。

「……すんません、意味よくわかんないんですけど」

「二〇一七年のことだから——もう四年前だけど。おれは高校一年の時に、その人と知り合った。彼女は一九七四年から来た。一九七四年から、二〇一七年に」

汗ばんだ背中を、冷たいしずくがやけにゆっくりと伝い落ちていった。

唇がぴくりと動いて、でも何も出てこなくて、耳の奥でマイクでも当てたみたいにドクドク響く自分の心臓の音を聞きながら、俺は和希さんを凝視することしかできない。

今から九年前、小学三年の夏、俺は未来にいた。

二〇一一年六月十七日、時間を超えて二〇七〇年六月十七日を訪れ、それから一カ月半を彼女とすごした。

五鈴《いすず》と。

# 第一章
# はぐれ三重奏とピアニスト

# 1

東京オリンピックを筆頭にイベントが目白押しだった二〇二〇年の翌年、仙台《せんだい》の大学に無事入学した俺はバイト探しに精を出した。

サークルには入ってないし、遊ぶ友達もそんなにいないから、長時間労働でもかまわない。夜遅くの仕事でも苦ではない。その代わり、時給は高ければ高いほどいい。今年中にひとりで部屋を借りたいし、大学を卒業するまでに百万円は貯金したい。

そういう条件を踏まえて求人サイトや知り合いの口コミから探した末にたどり着いたのが、東北最大の歓楽街、仙台国分町《こくぶんちょう》にある高級クラブ『アルファルド』だった。

「支倉《はせくら》って、支倉常長《つねなが》と同じ名字？　へー、かっこいいな。俺は尾崎幹也《おざきみきや》です、今日からよろしく」

店のママ兼オーナーと面接した翌日、ありがたいことに採用の電話をもらって、国分町が無数のネオンで真昼みたいに明るくかがやく金曜日の夜に初出勤した。カチコチに緊張する俺に、魅力的な笑顔で挨拶《あいさつ》してくれたのが、先輩アルバイトの尾崎さんだった。

アルファルドは八階建てビルの地下まるまるワンフロアを借り切る大きな店で、ウイスキー色の木材でできたドアを開けると、シャンパンゴールドのシャンデリアのきらめきが客を出迎える。先に進むとアイボリーを基調にした上品な内装のフロアが広がって、座ると異次元に吸いこまれそうなやわらかいソファとテーブルのセットがゆとりを持って配置されている。フロアの奥には少し高くなったステージがあって、そこに置かれたグランドピアノでは、ピアニストがシャンソンやジャズのバラードナンバーを奏でる。

「うちの店は会員制で顧客も紳士《しんし》淑女《しゅくじょ》だし、そんなに尻込みしなくても大丈夫だよ。本当の大物って人に対して寛容《かんよう》で、従業員にちょっかい出したり難癖つけることもほとんどないから。うちの顧客と顔をつないでほしくて、オーナーを頼ってくる人もいるくらい。だから常連のお客様の顔と名前はできる限り早く覚えること。それ以外の情報も、動きながら常に会話に耳をすまして頭に入れる。でも最初はとにかく笑顔で、返事をしっかりと。そして次にどう動くことが必要か常に想像すること。まずはそこから始めよう」

　俺より一歳上でアルファルドでは二番目に若い尾崎さんは、仕事が抜群にできる人で、俺の教育係に任命された。尾崎さんいわく、店の主役はお客様で、それを表舞台でおもてなしするのがホステスのおねえさん方。俺たちボーイは完全なる裏方であり、持てる限りの知恵と体力をつくしてお客様とおねえさん方に奉仕するのが仕事だ。

　アルファルドは夜八時開店の深夜一時閉店で、俺の仕事は開店前の念入りな清掃から始まる。次に情報共有のために、予約のあったお客様の名刺をコピーしておねえさん方に配る。お客様が来店したら、ボトルとグラスと氷（店では「アイス」と呼ぶ）をテーブルに運び、ドリンクを作る。ほかにも灰皿の交換が必要ではないか常に目を光らせ、おねえさん方が指で合図したら、すぐにトイレが空いているか確認して合図を返し、お客様が席に戻ったらすかさずおしぼりをお出しする。「煙草《たばこ》を頼むよ」と言われたら雨でもすっ飛んでいくし、突然「駅前のたこ焼きが食べたい」と言われたって全力で手に入れてくる。とにかくボーイの仕事は何でもありだ。

けど今まで新聞配達のバイトしかしたことがなくて要領もいいほうじゃない俺は、最初は失敗続きでよく落ちこんだ。お客様の前でグラスを割ってしまったり、頼まれた煙草の銘柄《めいがら》をまちがったり。そしてどんよりとうなだれる俺を、尾崎さんは仕事が終わったあと二十四時間営業のファミレスにつれて行ってよく話を聞いてくれた。

「まだ慣れてないんだからミスがあるのは当たり前だって。ベテランだってたまには失敗するものだし。それよりミスって、したあとが肝心《かんじん》だから。誠心誠意謝罪してから、どうしてそうなったのか分析して、どうすればくり返さずにすむのか対策を立てる」

「……はい……」

「けど、支倉が一生懸命なのはみんなわかってるから、そんなに落ちこむことないよ。まだ入ったばかりなのに常連の顔と名前もかなり覚えてるし、仕事が終わったあと会話で聞いたお客様の情報をノートにまとめたり、ちゃんと自分から努力してるでしょ。そういうところはみんな見てるし、お客様にも伝わってるから。支倉、じつは年配層に人気あるよ、孫キャラとして」

「ま、孫キャラ？」

「必死にがんばってる姿が見ててかわいいんだろうな。応援したくなるっていうか。アルファルドでの仕事に限らず、そういう好感を相手に与えられるってアドバンテージだし、すごく大事なことだよ。俺はそのへん、全然だめだったから」

「だめって、尾崎さんがですか？」

思わず「何言ってんすか？」というニュアンスで訊《き》き返してしまったのは、尾崎さんがアルファルドの人気者だからだ。資産家の老婦人に「あなた、うちの孫娘のお婿《むこ》にならない？」と口説《くど》かれているのを見たことがあるし、この前も経営者の男性に「きみは大学を卒業したらうちの会社に来なさい」と誘われていた。そういう尾崎さんを俺はエベレストを見上げるような気持ちで見ていたのだ。

「今は何とかマシになったかもしれないけど、バイト始めたばかりの頃は全然だめだったよ。自分で言うのもなんだけど、俺、頭は悪くないし物覚えも要領もいいでしょ」

「自分で言っちゃう尾崎さんが俺好きっす」

「ありがとう、じつは俺も嫌いじゃない。だから仕事に関してはわりとすぐに覚えられたし、ミスもほとんどしなかったけど、人に好かれなかったんだよね。それって人間相手の仕事する上では致命的でしょ。はじめは理由がわからなかった。必要なことはちゃんとやってるのに、どうして不愉快そうな顔されるんだろうって。客の性格が悪いんだって思ってた時期もあった。でも、そうじゃなかったんだよな。俺には何ていうか、相手を尊敬したり、気遣ったり、この人のために何をしたらいいだろうって考える思いやりみたいなものが欠けてた。だからその日初めて会った、俺に容赦《ようしゃ》する義理は一切ない人たちとうまく付き合うことができなかったんだ。俺ってわりと鼻につくところのあるやつで、それでも今までそこそこうまくやってこれたのは、まわりの人たちが俺の欠点を許容してくれてたからなんだって気づいた」

尾崎さんは仙台市内の、東北で一番有名な難関国立大学に通っている。しかも在籍しているのは法学部という俺から見たら次元の違う秀才だ。アルファルドでのバイトを始めたのは俺と同じく高額な時給が目当てだったらしいが、バイト二年目にしてすでにお客様からもスタッフからも信頼が厚い。おまけに背も高くてかっこいいし、黒のベストにボウタイの制服もめちゃくちゃ似合うし、店の誰よりも華麗《かれい》にシャンパンを開けることができる。とにかくスペックが高すぎて、俺にとっては違う世界の住人みたいな人だった。

けど、この話を聞かせてもらった夜から、尾崎さんは俺の尊敬する師匠《ししょう》になった。

バイトを始めて一カ月もたつ頃には俺はひと通りの仕事がこなせるようになった。オーナーやおねえさん方、ボーイの先輩たちとも仲良くなれた。勤務シフトは週四日、夕方の六時から夜十二時までで、やっぱり次の日に大学に行く時は眠かったが、それも慣れた。

　俺が尾崎さんの『同棲相手《どうせい》』のことを知ったのは、そんな頃だった。

「同じ大学の子で、入学した時からずっと一緒に住んでるんだって。もう二年目？」

「去年の冬、尾崎くんが急にシフト変えて休んだことあってね。その子が胃腸炎になったから看病してたっていうの。かいがいしくない？」

「ママがお菓子配ってくれる時なんか絶対その子の分ももらって帰るし」

　お客様の名刺のコピーを配りに行ったら、色とりどりのドレスで花のように着飾ったおねえさん方がその話を聞かせてくれた。店が開けばエレガントな笑顔と機知にとんだ話術でお客様たちを楽しませるおねえさん方だが、舞台裏ではいたって普通の女子だ。甘い物に目がなくて噂話《うわさばなし》が大好きなあたり、同居してる姉のまどかと何も変わらない。

「去年のパーティーに尾崎くんがその子のことも一緒につれて来たんだけど、ねー？」

「そうそう、尾崎くんが歌って、その子がピアノで伴奏して、すごくうまいのよ。尾崎くんの歌も、その子のピアノも」

「それでね、その子がまたすごくかわいいわけよー」

　きゃっきゃと盛り上がるおねえさん方に相づちを打ちながら、俺はアルファルドが去年の秋に開店十周年の節目を迎えて、内輪のパーティーが開かれたという話を思い出した。

　当時はまだ店で一番の下《した》っ端《ぱ》だった尾崎さんは「何か余興をしろ」という指令を受けて、噂の人のピアノ伴奏でオーナーの好きなフォークソングを歌ったのだそうだ。俺はアルフアルドに入ったばかりの頃に尾崎さんも含めたボーイの先輩たちにカラオケで歓迎会をしてもらったことがあるけど、確かに尾崎さんは仰天するレベルで歌がうまかった。

しかし同棲とはさすが師匠だ、大人だぜ、とドギマギしながら話を聞いていたら、おねえさんのひとりが俺に顔をよせて、紅《あか》い唇に小悪魔の笑みを浮かべた。

「爽太《そうた》くん、尾崎くんと仲いいじゃない？　例の子と今どんな感じなのかそれとなく訊いてみてよ。私ずっと尾崎くんのこと狙ってるんだけど、ほんと食えないんだよね、あの男。何やってもにっこり笑いながら完全スルー」

「え、いや、自分そういうのはちょっと」

「あたしも知りたーい。やんわり聞いてくれるだけでいいからさ」

「こら、いい加減になさい」

おねえさん方に数人がかりで迫られてたじたじになっていたら、オーナーがあきれた顔で助けてくれた。五十代のオーナーは、結い髪と和服がよく似合うしっとり美人だ。

「爽太くんをからかうんじゃないの。わざと誤解させるような言い方をして。幹也くんが一緒に住んでるのって、男の子でしょ」

「えー、性別なんて関係ないですよー」

「尾崎くんがその子のこと大事にしすぎなのは事実だしー」

叱《しか》られたおねえさん方は笑いながら蝶々《ちょうちょう》みたいにひらひら解散して、俺はその場につくねんと残された。まあ、おねえさん方が退屈しのぎに俺をからかうのはよくあることなのだ。この日は尾崎さんは休みで、俺がまた尾崎さんと会ったのは二日後だった。

大学からそのまま国分町に来たら、店の近くで「おー」「お疲れさまっす」と尾崎さんと行き会った。そのまま一緒に更衣室で着がえをしていたら、二日前のことを思い出して、話してみた。とたんにボウタイを結んでいた尾崎さんは苦々しい表情になった。

「またその話……」

アルファルドではさわやかな好青年で通っている尾崎さんだが、そうやってしかめ面《つら》になると、じつはけっこう皮肉屋な一面もあるんじゃないかという感じがした。

「同棲じゃなくて同居。ルームシェアしてるだけだから。大学に受かってから部屋探したんだけど、俺はネット環境とかセキュリティがちゃんとしてないと嫌だし、同居人も聴覚敏感だから、となりの部屋の物音が聞こえるの嫌がるんだよ。でも単身用のワンルームだとあまりいい物件がなくてさ。で、ひとりずつワンルーム借りる金を出し合えばけっこう質のいい部屋が借りられるって気づいて、二人でルームシェアすることにしたわけ。快適だよ。大学には歩いて十分、Ｗｉ－Ｆｉ完備でバストイレ別の壁も厚い２ＬＤＫ」

「そうだったんすか……ルームシェアって、大変じゃないですか？　相手と合わないとかなりストレスたまるって聞きますけど」

いずれ自分の金で部屋を借りたいと思っていたから、ルームシェアという選択肢もあるんだと気づいて話を聞きたくなった。尾崎さんは考えるように小さく頭をかたむけた。

「まあそれもケースによるんだろうけど、俺たちの場合は、一緒に暮らすのは初めてじゃないから。俺、高校時代はずっと離島で寮生活してたんだよね」

「離島、すか」

「うん。コンビニもない、ほんとに小さい島。すごくきれいでいいところだったし、学校もおもしろいやつばっかりで楽しかった。一生覚えてるだろうな。同居人とは寮で三年間同じ部屋だったし、小六の頃から知ってるから、別に不便とか不満はないんだ」

尾崎さんは横浜《よこはま》出身だと聞いていたから、そんな人が小さな離島で三年間もすごしたと聞いて少し驚いた。そして、その人とはずいぶん長いこと一緒にいるんだなということも。

でもそのあとフロアに出て仕事をするうちに、例の人のことは忘れていた。

五月の終わりのことだ。

その日も尾崎さんとはシフトが一緒で、制服に着がえたあと二人で開店前の清掃をした。大理石の床をチリひとつ残さず磨き、花瓶《かびん》にも届いたばかりの豪華な花を生けて、これでいつお客様が来ても大丈夫となった頃「幹也くん」とオーナーが近づいてきた。

「ちょっとごめんなさいね」

尾崎さんの肩を引くオーナーに言われ、俺はあわてて二人から離れた。この日はずっと雨が降ったりやんだりをくり返していたから、店の外の廊下《ろうか》も掃除しておくことにした。

濡れた床を念入りにモップで拭いて、そろそろ戻っても大丈夫かな、とドアを開けたら「いえ」という尾崎さんの声が聞こえた。人当たりのいい尾崎さんにしては強い語調だった。まだオーナーと尾崎さんが向き合ってるのを見て、やべ、と俺は固まった。

「本当は人前で弾きたがらないやつなんです。去年のパーティーは、俺が無理言ってつれて来たようなもので。それに弾けるっていってもプロじゃないですし」

「あの子の腕ならうちでも大丈夫よ。一時は音大をめざしていたとか、それくらいの子なんじゃないの？　とにかく話だけでもしてみてちょうだい」

「いえ、でも」

「お願い。緊急事態なの」

普段のオーナーは非常にエレガントな人だが、いざとなると有無を言わせない迫力がある。さすがの尾崎さんも口をつぐんで、苦い表情で頷《うなず》くと、更衣室のほうに消えた。何かよくないことが起きたらしいとはわかった。けど、どうしたんだろう。モップを片付けながらチラチラと更衣室のほうをうかがっていると、数分で尾崎さんが戻ってきた。

「何かあったんすか？」

「いつものピアニスト、電撃退職したらしい」

アルファルドのフロアの奥にあるステージには、立派なグランドピアノが置いてある。そこでは東京の音大でピアノを専攻していたという若い女性が、毎晩アルファルドに似合う上品なバラードを弾いていた。ただ、俺はあまり彼女としゃべったことがない。挨拶はしてくれるのだが、それ以上話しかけるとちらっと面倒そうな顔になるのだ。それは俺だけにじゃなく、オーナーを除くスタッフ全般にそうだった。

「退職って――え、ほんとに辞めちゃったんすか⁉　どうして」

「『ほかにちゃんとした演奏の仕事が見つかったので』だって。夜の店での演奏は、あの人にとってちゃんとしてない不本意な仕事だったのかもね。まあ契約を結んで金銭をもらっておきながら途中で仕事を放り出すような根性なら、どこ行っても長くはないんじゃないかと思うけど」

ご機嫌斜めの俺の師匠は、目つきが冷えびえとして、若干《じゃっかん》こわい。

「じゃあどうするんですか、ピアノ。もうすぐ開店なのに」

「それでうちの同居人が代打に指名された。今連絡したから一時間以内には来る」

俺は、去年のアルファルド十周年パーティーで、尾崎さんが余興に歌ったという話を思い出した。その時には、尾崎さんの同居人がピアノの伴奏をしたという。それでオーナーは尾崎さんに「緊急事態」だと話し、ピアノが弾ける同居人を呼んでくれと頼んだのだ。ようやく事情が呑《の》みこめてきたが、いや、それにしても。

「同居人さんは、その……弾けるんですか？　こんないきなり、お客様の前で」

「腕は保証するし、けっこう肝《きも》が据《す》わってるっていうか動じない性格してるから、そのへんは問題ないと思うけど」

いつも明晰《めいせき》な尾崎さんにしては歯切れが悪かった。どうも尾崎さんは同居人をアルファルドのステージに立たせることをよく思っていないらしい。「人前で弾きたがらない」と言っていたから、自分が巻きこんでしまったように感じているのかもしれない。

開店直前の忙しい時だったから、とりあえず俺も尾崎さんもそれぞれの仕事に戻った。

そして八時開店。雨の夜でもアルファルドにはいつも通りにお客様がぞくぞくと訪れる。杖を使っているお客様を地上でお出迎えした時、雨に濡れたまっ黒な道路に、国分町のネオンがプラネタリウムみたいに映っているのが見えた。

開店して三十分ほどの頃だったと思う。雨のせいで出入り口付近の床が濡れてすべりやすくなっていたので、手が空いた隙《すき》にモップで大理石の床を拭いていると、ウイスキー色のドアが押し開けられた。俺は反射的に自分にできる最高の笑顔でふり向いて、

「いらっ……」

しゃいませ、と声がしぼんだのは、そこに立っていた人が、およそ高級クラブの客には見えなかったからだ。

外で濡れてしまったらしく、色素の薄い髪に霧吹《きりふ》きをシュッとやったような水滴をのせたその人は、俺や尾崎さんと変わらない年ごろの男子だった。服もパーカーにチノパンとまるきりキャンパスを歩く学生の軽装だ。男にしてはやや華奢《きゃしゃ》で、貴族の息子とか、どこ

かの国の王子とか、そういう役がはまりそうなきれいな顔をしていた。

一方のその人は、俺がびっくりしている間、玄関のシャンデリアを「きれいだなぁ」という顔で見上げていた。それからやっと俺に気づいて「あ」と目をまるくすると、

「尾崎幹也、呼んでもらえますか」

「……あっ、もしかして尾崎さんの同居人さんですか？　ピアノの」

少しお待ちください、とその人の傘を預かりつつ、急いでインカムで尾崎さんに連絡を入れた。すぐに奥のフロアから黒服の尾崎さんが現れた。

「和希《かずき》」

またシャンデリアを見上げていたその人は、尾崎さんの声にゆるりと顔を戻した。

「急に呼びつけて悪い」

「ん、別に」

「……てか、もしかして寝てた？　寝ぐせついてる」

「あれ」

「いやいい、ワックスあるからすぐ直せる。とにかくこっち来て」

後頭部を押さえる和希さんというらしい人の腕を引き、尾崎さんは奥に向かって足早に歩き出した。途中でオーナーも出てきて「本当にごめんなさいね、急に厚かましいことをお願いして。ジャケット……いいえ、ベストのほうがいいわね。幹也くん、出してあげて」

とお客様たちに聞こえないようにひそめた声で指示していた。

なんかぽやっとした人だったけど大丈夫かな、と心配になりつつも、常連の団体が来店したので俺も仕事に戻った。お客様を席に案内して、水割りを作っている最中に、和希さんがステージに上がった。白のワイシャツに光沢のある黒のベスト、深緑色のネクタイ。衣装と髪型を整えた和希さんは、ちょっとびっくりするくらいステージ映《ば》えした。

「おや、ピアニストが変わったのか。今度はずいぶん若いね」

いつも上品な和服を着てくる老紳士に水割りを渡す時、そんなふうに声をかけられて、俺はとっさに「はい」と笑顔で頷いた。けど本音はやっぱり心配だった。そろっとステージをうかがうと、背もたれのない椅子《いす》に腰かけた和希さんは、譜面台に楽譜を開く。緊張していないのは力みのない横顔と動作からわかった。

店の女王ともいうべきオーナーが「あの子の腕ならうちでも大丈夫」ときっぱり断言したのだから、大丈夫なんだろうとは思う。だけどアルファルドの顧客には目も耳も肥《こ》えた人たちが多い。本当についさっき呼ばれてきた、あの若干ぽやっとした兄ちゃんに、この場にふさわしい演奏ができるんだろうか。

なんていうのはただの杞憂《きゆう》だった。

ふわりと鍵盤《けんばん》に指を置いた和希さんは、呼吸をするように自然に弾きはじめた。

水晶の粒みたいに澄《す》んだ音色がゆったりと旋律を奏でると、あちらこちらの席でお客様が言葉を切り、ピアノに目を向けるのがわかった。

「ああ、『ムーン・リバー』だ」

老紳士が懐かしげにささやいた。きょとんとしてしまった俺に「きみは二十一世紀の子だものな」と笑ってから、これは数十年前に公開された『ティファニーで朝食を』という映画の主題歌なのだと教えてくれる。映画のタイトルは俺も聞いたことがあった。

「中学生の時に映画を見たが、ギターを弾きながらこれを歌うヘプバーンがそれは美しくてね、帰りに親父《おやじ》にレコードをねだったよ。飽きずに何度もくり返して聴いた」

そして老紳士は、少年に戻ったような表情でピアノの音色に聴き入る。ほかの席でも、会話も酒も忘れたようにステージを見つめる人たちが大勢いた。それだけ心をふるわせる、どこまでも透きとおった演奏だった。

俺は映画の内容も歌の歌詞も知らなかったけど、まるい月の浮かぶ夜、川の水面に月明かりが映って、きらきらと、ゆらゆらと、夢みるように光っているのが見えた気がした。

和希さんはその夜、有名どころのバラードナンバーを十曲以上弾いた。

「お疲れさまでした。——あの、ピアノ、すごくよかったです」

夜十二時になると学生の俺と尾崎さんは上がりになる。着がえを終えてスタッフに挨拶したあと、通用口に向かうと、眠そうな和希さんがドアの横の壁にもたれていた。それで演奏を聴いた時の感動を伝えようとしたものの、とことんつまらん言葉しか出てこない俺に、和希さんは少し目をまるくしてから、やわらかく笑った。

「どうもありがとう。そっちも夜遅くまでお疲れさまです。えっと……支倉くん」

「え……俺のこと？」

「幹也がたまに話すから。弟分ができてうれしいみたい。でもあいつすぐに上から目線になるから、うざかったら無視していいよ」

「おい、余計なこと言わなくていいから。じゃあ支倉、お先に」

トートバッグを肩にかけた尾崎さんが、和希さんの背中を押してさっさと店の外に出した。閉まるドアの向こうで、和希さんが小さく手をふって、俺も頭を下げた。

あとで知ったが、この夜和希さんはオーナーからピアノ演奏のアルバイトをしないかと熱烈に口説かれたものの「夜は十時には眠くなるので」と断ったらしい。俺はもっと和希さんの演奏が聴きたかったからそれを知った時はがっかりしたが、そのうち忘れた。

俺がまた和希さんと会うのは、ここから一カ月以上あとのことだ。

## 2

『いかないで！』

泣きながら彼女が叫んだ瞬間、ビクッと痙攣《けいれん》して目が覚めた。

夜明けの部屋は海底みたいに青くて音がない。俺はベッドにヒトデみたいにはりついたまま息を殺した。近くの飲み屋のネオンが、壁に映ってチカチカまたたいている。

今までのは夢で、こっちが現実だとわかっているのに心が追いつかなかった。凶暴なさびしさが胸をズタズタにして、俺はタオルケットの中で体を縮めた。枕に顔を押しつけて、歯を食いしばって、ひどいかなしみの発作がおさまるのを必死に待つ。

ようやく感情の暴走がおさまって指も動かせないくらい虚脱《きょだつ》した頃には、窓の外が明るくなっていた。半分透けたカーテンの向こう、ビルやマンションの隙間から、溶鉱炉《ようこうろ》から出したばかりのガラスみたいな太陽が顔を出している。今日は空も青く晴れていて、俺はまぶしさに目を細めた。あんまりきれいな朝で呪いたくなった。

ずっと前に、とても大事なものを失《な》くした。その時から俺は自分の心臓が半分欠けているような気さえする。それなのに、毎日毎日朝は来る。毎日来る朝を必死にやりすごしてもう十年がたった。こんなズタボロの気分なのに、しばらくすれば俺はまた飯を食って、大学に出かけて、勉強して、アルファルドでバイトするんだろう。

三十分くらい髪をつかんでじっとしていると、諦《あきら》めがついた気分になって、のろのろとジーンズとTシャツに着がえた。スマホと財布と鍵だけ持って部屋を出ようとした時、机のわきに立てかけた角型のヴァイオリンケースが目に入った。

ケースをとり上げて、淑女を扱うようにそっと机の上に横たえる。ケースを開けると、メープルシロップに漬けてそのまま色が移ったようなヴァイオリンが、そっくり同じ形に切りとられたクッションの中で眠っている。そういえば弦《げん》の交換してやんなきゃなと思いながらE線を指先ではじくと、ピィンと小さないじらしい音が鳴った。

五鈴《いすず》が九歳の俺のために弾いてくれたヴァイオリンは、音が空中でキラキラ光っていた。弓の持ち方から教えてもらって、ノコギリみたいなひどい音から、初めてリィンと澄んだ音を出せた時は、本当にうれしかった。

ヴァイオリンを弾いていればほんの少し五鈴とつながっている気になれた時期もあった。だけどもうあれから十年たって、そういう気持ちは擦り切れかけている。

コンビニから帰ってくると、いつも出勤時間ギリギリまで寝ているまどかが、ソファでスマホをいじっていた。タンクトップにスウェットと、ベッドから出てきたそのまんまの恰好《かっこう》で、髪はぼさぼさ、脚《あし》はあけっぴろげ、とても世間様には見せられない姿だ。

「おはよ。早いね」

「おはよ、あんたも早いじゃん。……ね、見て見て爽太、あんたどっちがいいと思う？」

にこやかにスマホを反転させるので、何じゃいなと近づいて、ヒッと息をのんだ。

「朝っぱらから何調べてんだよあんた!?」

「こっちの『超効《き》く！　呪いの藁《わら》人形』のほうがお手頃価格なんだけどさ、やっぱり確実性を考えるとこっちの『必滅！　究極の呪いの藁人形』のほうがいいかな。あのアホ課長、ほんと判断力も決断力もないわりに生命力だけはありそうだからなー」

「やめろっ、画面閉じろっ」

「あ、こっちもいいかも。『憎い相手に送りつけるだけでＯＫ！　必殺の呪いの市松人形（本物注意！）』だって。ふんふん、これなら神社まで人形を打ちつけに行かなくてもいいもんね。あのアホ課長のデスクに放りこんどけばいいか。よーし、きみに決めた」

「やーめーろって！」

　通販サイトの『購入』ボタンをポチッとやろうとするのをスマホを奪いとって阻止すると、ぶうたれたまどかは「あいつが天に召されたら世界が平和になるのに……」と物騒なことを呟《つぶや》きながらバスルームに消えた。俺はため息をついて、血みどろで火の玉なんかも飛んでいるおどろおどろしいデザインのページを閉じた。

　俺の八歳上で今年二十七歳になるまどかは、仙台市内のＩＴ系企業で働いている。どんな仕事をしているのか詳しくは知らないが、とにかく毎日忙しそうだ。しかも春に他部署から異動してきたという課長と反りが合わないらしく「上にはペコペコ下にはボコボコの腰抜け野郎が！」「『彼氏いるの？』とか訊くんじゃねえセクハラだぞ！」としょっちゅう芋焼酎《いもじょうちゅう》をあおりながら吼《ほ》えている。さすがに呪おうとしたのは初めて見たけど。

　スマホの時計を確認すると朝六時すぎ。気をとり直して朝ごはんの支度を開始する。

実家から送られてきた米をといで炊飯器《すいはん》にセットしたあと、コンビニで買ってきたフリーズドライの味噌《みそ》汁の具を鍋《なべ》で沸かしたお湯の中に放りこむ。途中で「あ」と思い出して、冷蔵庫の奥から引っぱり出した粉末のダシを適当に加えた。それから少し賞味期限があやしい味噌を味見しながら溶かしていく。

炊飯器が「ピロピロン」とご機嫌な音楽を鳴らしたところで、ツナ缶に気ままにマヨネーズを加えた。炊きたての白飯を丼代わりのカレー皿に盛って、これもコンビニで買ってきたミックスサラダをのせる。その上にツナマヨと卵黄ものっけて、粉末ダシを振りかけているところでバスルームのドアが開く音がした。

頭にタオルを巻いたまどかは、ツナマヨ丼を見て「おお」と声をあげた。

「今朝はずいぶんと豪華ですな」

「今日は時間あったから。牛乳とかコーヒーとか、何か飲むなら自分でやって」

百均で買ったお椀に味噌汁をよそって、ツナマヨ丼と一緒にリビングのローテーブルに運ぶ。スプーンと箸《はし》はまどかがセットしてくれた。野菜不足をごまかすための野菜ジュースも二人分コップに注いで、テレビを点《つ》けてから、いただきますと手を合わせた。

「あんたと暮らすようになってから、食生活が豊かになったわ」

ツナマヨ丼の卵黄をスプーンでつぶしながらまどかがしみじみと言い、俺は苦笑した。

春に仙台に越してきた頃、俺は毎日の食事とか家事とかはまどかがやってくれるような気でいた。俺は男だから、まどかは女だから、という意識がやっぱりあったんだと思う。でも実際には、まどかは毎日仕事から帰ってくるともうヘロヘロで食事を作る余裕なんかないし、洗濯物もたまってるし、掃除は前回がいつだったか思い出せないというありさまだった。しかも休日は疲れてしまって寝こけてる。俺はまどかがやってくれるようなつもりでいた生活のあれこれは、俺自身がやるしかないんだと衝撃とともに悟った。

倉津町《くらつちょう》の実家にいた頃は何もかも大人がやってくれていたから、俺の家事スキルはそれはみじめなものだったけど、ネットにすがりつきながら見よう見まねでやるうちに何とかこなせるようになった。料理は料理と呼んでいいのか微妙なくらい簡単なものばっかりだし、洗濯物はためがちだし、アイロンはわけがわからないし、掃除は隔週だけど、まあいいだろう。

「爽太くんは最近大学のほうはどうなんですか?」

「どうって、別に。フツー」

「あんたさ、この私がどうなのかって訊いてんだよ。もうちょっとヒネリと愛のある回答をしろよ。そんなんじゃ彼女もできねぇぞ」

「あのさ、世の男子大学生全員が彼女を欲してると思うなよ。あんたこそ音信不通の彼氏どうなったわけ」

「おっと? 何だキサマ、朝から姉弟喧嘩《きょうだいげんか》のゴングを鳴らす気か?」

朝のニュース番組をBGMにツナマヨ丼を食べながら言い合っていると、ふっと奇妙な感覚におそわれた。部屋を明るくしてくれる花瓶の花が、じつはよくできた造花だったことを思い出して、静かに精神の温度が下がるような。

倉津町の実家で一緒に暮らしていた頃、俺たちはこんなふうに親しげに話をしたことはなかったと思う。だから俺は、まどかと同居することになって仙台駅の待ち合わせ場所に向かっている時、本当はすごく緊張していた。先に来て待っていたまどかに何て話しかければいいのかわからなくて、胃に鉛《なまり》でも詰められたみたいな気分だった。

『よ、ひさしぶり。元気してた？』

それなのにまどかは、まるでわりと仲のいい弟と再会したみたいに笑った。それからずっとまどかはそのままだ。だから俺もわりと仲のいい姉にそうするみたいに接してきた。いいんだろう、これで。何も問題はないし、むしろ俺たちはそれなりにうまくやれていて、だったらそれが造花でも、お互い機嫌よく毎日を流していけるなら十分だ。

「うん、たんぱく質とったらパワー出てきた。あのアホ課長は抹殺《まっさつ》するより私の手駒《てごま》として裏から操ってやるのがいい気がしてきた。そして私にはその能力があると確信した」

「ポジティブ！　いいね」

「うーし、戦闘準備すっか」

ツナマヨ丼を平らげたまどかは自分の部屋に向かって、俺は食器を台所に運んだ。

俺たちが住む部屋は、玄関からバスルームとトイレが並んだ廊下を抜けてくると、台所とベランダが付いた十帖《じょう》のリビングがある。リビングの東側には八帖と六帖の洋室があって、ベランダ付きの八帖のほうがまどかの部屋、となりの六帖が俺の部屋だ。家賃と水道光熱費、食費は全部まどかが出してくれているので頭が上がらない。おかげで大学の学費以外は両親に負担をかけずにすんでいる。

食器を洗ったあと、テーブルに放りっぱなしだった郵便物の仕分けをした。仕分けといっても部屋に届く郵便物はほぼ百パーセントまどか宛《あ》てなので、テレビを見ながら適当に『西城《さいじょう》まどか様』と書かれた市役所からの封書や美容院のダイレクトメールをテーブルに並べていたが、最後に『支倉爽太様』と宛名《あてな》書きされた封筒が出てきてびっくりした。裏返して差出人を見ると倉津町の母親からで、さらにぎょっとした。

中身を見ると、あっちの近況を報告しつつ俺とまどかの様子を訊《たず》ねる、どうということもない内容だった。封筒には一万円札が入っていて『まどかとおいしいものでも食べてください』と書き添えられていた。でも確か、普通郵便に金を入れるのはだめなんじゃなかったか？　おっとりしたところのある人なので、らしいと言えばらしいけど。

手紙を封筒に入れ直しながら、後ろめたい気分になった。倉津町の両親には、仙台に来てからほとんど電話もメールもしていなかった。あっちから連絡があっても、忙しいからと自分に言い訳して折り返しや返信をしないことも多い。

電話でもするべきなのかとスマホをのろのろいじっていると、戦闘準備が完了したまどかが部屋から出てきた。しゃれたベルト付きのワンピースにノーカラーの白ジャケットを着たまどかは、さっきまでのあられもない姿が嘘《うそ》みたいに有能な社会人っぽく見える。

手紙のことを話すと、フルメイクのまどかは「あー」とうなじを指でさわった。

「私も最近余裕なくて連絡サボってたからなー」

「そんでこの金、姉さんが」

「私はいいよ。もう親からお小遣いなんてもらう歳《とし》じゃないって。あんたそれで友達と遊びに行って牛タンでも食べてきたら？　仙台の牛タンはタン元が最高だぜ？」

「いやバイトもあるし、そういうの行かないから。とりあえず姉さんが」

「爽太。今あんたがいるのは、人生の中でもすごく自由でキラキラした貴重な時間なんだよ。でも今のままじゃ、あんた勉強とバイトだけでその時間が終わっちゃうよ。変な遠慮なんかしないで、もっとちゃんと楽しんで」

急にこわいくらい真剣な顔をしたまどかに、俺はとっさに言葉を返せなかった。

俺とまどかの間には、進入禁止のロープみたいなものがある。俺たちは暗黙の合意で普段はそれを見えないことにしてふるまっている。でも今、まどかはそのロープをさわった。俺が彼女の弟になってから十年、一度もそんなことはなかったのに。

何も言えずにいると、まどかは腕時計を見て「やっべ遅れる、じゃあ鍵とガスよろしくね」といつもの調子に戻って早口に言い、バタバタと部屋を出ていった。

＊

俺が春から通っている大学は、伊達政宗《だてまさむね》が仙台城を築いた青葉山《あおばやま》にある。山といっても実際は丘と呼ぶのが近いような小高い土地で、バスや地下鉄も整備されているから通学にも不便はない。でも、大学からしばらくえっちらおっちら坂道を上ったところにある仙台城跡の、市街を一望する眺めは時間を忘れるくらいきれいだ。

まどかと暮らしているマンションから大学までは、まず仙台駅に行き、それから地下鉄で青葉山に向かう。移動時間は三十分程度。ちなみにひとつ前の駅で地下鉄を降りると、だだっ広くて立派な建物がいくつも並んだ土地に出るが、こっちは尾崎さんが通っている大学のキャンパスだ。つまり俺と尾崎さんは普段けっこう近所で勉学に励んでいることになるのだが、今のところバイト以外で顔を合わせたことはない。

地下鉄の駅からは、いかにも丘陵《きゅうりょう》地帯を切り開いた土地らしく道路わきに木々がもっさり茂ってリスやたぬきも出没する道をてくてく歩く。そのうち煉瓦《れんが》造りの門が見えてきて、その向こうが、俺が四年間お世話になるキャンパスだ。

「爽太……おはよう」

　こめかみから垂れてくる汗を拭きつつ、講義棟の階段をまたてくてくと上って一時限目の講義がある教室に行くと、定位置になっている前から四番目の席にもう圭《けい》がいた。

「おはよ、今日早いな」

「なんかうまく眠れなくて、ひまだから早く大学に来た……一時間前からいる……」

「いくらなんでも早すぎだろ」

「朝ごはん食べるの忘れたけど、暑いから生協に行くのもめんどい……ひもじい……」

　ぼそぼそとアンニュイな調子でしゃべるこの日野原《ひのはら》圭は、美術室の石膏《せっこう》像みたいな男だ。顔の造りがすごく整っていて、そして常に顔色が悪い。今日も一段と青ざめた顔をしているから心配になって、俺は朝の白飯とツナマヨの残りで作ったおにぎりをリュックから出して圭に渡した。ラップでくるんだおにぎりを両手に捧げた圭は「爽太……愛してる」と顔を近づけて告白してきた。俺は丁重にアンニュイな美貌《びぼう》を押し戻した。

「そういや情報教育論のレポートって終わった？」

「そんなレポートは知らないな……？」

「待て、提出明日だぞ、大丈夫かよ」

　高校までの授業とはだいぶ仕組みが違う大学の勉強には最初はとまどうことも多かったが、七月中旬の今では十年前からそうだったみたいに慣れた。九十分もある講義時間にも、しょっちゅう書かされるレポートにも。

俺たちは教育学部の初等教育教員養成クラスに在籍している。つまり、小学校の先生になることをめざしている。とくに立派な理想があるわけじゃないけど、俺は小学三年生の時に大きな災害に遭遇して、その時に先生が俺たち児童を必死に守ってくれた。そういう姿が心に残っていたのと、教師なら将来食いっぱぐれがないだろうという少し不純な動機から、この進路を決めた。

と、おにぎりを齧《かじ》っていた圭が、ため息をついた。大学入学から三カ月余り付き合ってきた立場から見ると、ため息にこもったアンニュイ濃度がいつもより高い気がした。

「何かあったのか？　眠れなかったって言ってたけど」

「僕は、人間の苦しみの七十パーセントって、人間関係なんじゃないかと思うんだ……」

「ん？　ん？」

「おはよう、爽太くん、圭くん」

空色のトートバッグを肩にかけた千晴《ちはる》が、挨拶しながら俺のとなりに座った。

昼間は外で運動するなとニュースで呼びかけられるほど暑いというのに、千晴は白いブラウスのボタンを一番上まできっちり留めている。眉毛の上で前髪を切りそろえたボブカットといい、デザインより実用性を重視した眼鏡といい、いかにも几帳面そうだ。

この早坂《はやさか》千晴と、圭と、俺はほとんどの講義がかぶっていて、いつの間にか三人並んで講義を受けるようになった。今日もいつもと変わらずその通り、なのだが。

「圭くん……今日は幽霊並みに顔色悪いね。ちゃんと寝た？」

「ちーちゃんこそ、目の下クマができてるよ……また変なこと考えてたんじゃないの？」

「でも、やっぱりそれがいいんじゃないかって思うの。私が辞めたら高泉《たかいずみ》さんも」

「だめだよ、それは。ちーちゃんだけが損をするなんておかしい」

深刻な顔をした千晴と圭が、俺を間に挟んでいきなり意味のわからない話を始めたものだから、俺はボールのラリーを追うみたいに何度も二人の顔を見比べた。

「なに？　高泉さんがどうかしたのか？」

圭がラップをまるめながら、米粒を口の横につけたアンニュイな顔をこっちに向けた。

「僕とちーちゃんは、高泉さんと戦争中なんだ」

……そいつは、朝から穏やかじゃない。


じつは俺は、サークルに入っていた時期がある。ほんの一週間で辞めたのだが。

一瞬所属していたのは『室内楽サークル』というもので、俺が部室の見学に行った時、圭と千晴もその場にいた。もともと「支倉」の俺、「早坂」の千晴、「日野原」の圭は学籍番号が続いているからクラスの中でもお互いの顔をわりと早く覚えていて、さらに見学でばったり顔を合わせた時、俺がヴァイオリン、千晴がヴィオラ、圭がチェロを弾くことを知って親しくなった。このメンツで三重奏できるじゃん、なんて笑った。

室内楽サークルは総勢三十人ちょっとの中規模サークルで、派手じゃないけど音楽好きが集まって和気あいあいとやってる雰囲気がよかった。それまで俺は誰かと一緒に弾いたことがなかったから、ここなら楽しくやれそうだと入部した。

けど、実際に入部してみると、ひとつ問題に直面した。

「私たちはちゃんとした実績のある公認サークルだし、遊び半分の気持ちでやってもらっては困るの。とくに私のヴァイオリンパートではいい加減な人はゆるさないから。まずは全員、能力を見せて。ヴァイオリンは室内楽の要《かなめ》なんだから、その覚悟で弾いて」

室内楽サークルには、ヴァイオリン、ヴィオラ、チェロ、フルートやオーボエなんかの他楽器の四グループが存在する。そして各グループに『パートリーダー』という統括者がいる。俺がいたヴァイオリンパートのリーダーは、四月にサークルの新代表に就任したばかりの、高泉という三年生の女子だった。

俺は初日から高泉の「私のヴァイオリンパート」とか「能力を見せて」とかいう物言いに腑《ふ》に落ちないものを感じたが、言われるまま高泉の前で練習曲を弾いた。映画監督みたいに脚を組んで腕組みまでした高泉は、俺が弾き終えると、クイと顎《あご》を上げた。

「あなた、社会科教育コースなのよね。ヴァイオリンはいつから始めたの」

「九歳です」

「ふうん。社教にしては、そこそこ弾けるみたいね。とりあえず合格よ」

あんたが「不合格」って言ったらそいつはサークル辞めさせられんのかよ？　と口からとび出しそうになったが、その場はぐっとこらえた。

高泉は、中等教育教員養成クラスの音楽教育コースで、ヴァイオリンを専攻している。二歳から弾いているという腕前はサークル内では断トツだし、中学三年生の時には大きな音楽コンクールでなかなかの成績を残したこともあるらしい。

でもその反面、自分と同じ音楽教育コースの部員を「優秀な同志」と優遇して、ほかの部員を「自分たち以下」と見なしているような高泉の言動が、俺はどうにも苦手だった。だけど、そこまでなら「音楽への情熱があり余ってるんだな」とまだ許容できないこともなかったのだ。俺の許容力が蒸発したのは、入部から一週間後だった。

「私の父は貿易会社を経営していて、財界や政界にも知り合いがたくさんいるのよ。私のことをとても大切にしてくれていて、私が高校に入った時、お祝いにイタリアで見つけてきたこのヴァイオリンをプレゼントしてくれたの。八百万円くらいするらしいわ」

どこからそんな話題になったのか忘れたが、高泉はその日、俺を相手にそんな話を始めた。俺はひたすら「そっすか」と棒読みで相づちを打った。身の入ってない対応が不満だったのか、高泉は、俺のメープルシロップ色のヴァイオリンに目を移した。

「あなたのヴァイオリンはどこのブランド？　いくらくらいなの？」

「さあ……わかんないです。これ、小学校に寄付された楽器を譲ってもらったんで」

「え？　寄付ってどういうこと？　よくそんな素性のわからない楽器を使えるわね。ちゃんとしたものを使わないと伸びないし、お里が知れるわよ」

ブブーッと頭の中でブザーが鳴り響くのを、俺はその時、確かに聞いた。

「俺はこの楽器が気に入ってるし、寄付してくれた人にすごく感謝してます。それと俺は高泉さんみたいに育ちがいいわけじゃありませんけど、それでも人を下に見て笑うことがどんだけ醜《みにく》いかは、わかってるつもりです」

高泉は皮肉を言われたと理解するのに少し時間がかかったようだ。頬《ほお》に血の色をのぼらせた高泉の顔を見た時、これはもう無理だ、と思った。俺はこのままここにいたらいつか彼女と決定的に衝突するし、それは周囲にも迷惑だろうし、何より俺がもうこの人の近くにはいたくないと思い始めている。これはもう、致し方ない。

「すみませんが、俺、今日で辞めます。短い間でしたがお世話になりました」

俺はきっちり頭を下げ、手早くヴァイオリンを片付けて部室を出た。その夜に圭と千晴から『爽太、サークル辞めたって本当？』『高泉さんがカンカンだけど何があったの？』とメールがあった。どうも俺には合わなかったみたいだ、ごめん、と俺は曖昧《あいまい》にごまかした。その後、俺はバイト探しに精を出し、運よくアルファルドで雇ってもらえて、尾崎さんという心の師匠にも出会い、今に至る。

——長くなったが、ここまでが前置きだ。

「で、高泉さんと戦争って何だ?」

二時限目の講義を終えて昼休み。俺と圭と千晴は学食に移動した。俺はチキン竜田《たつた》丼、千晴は冷やしサラダうどん、冷え性の圭はこの猛暑日に熱い天ぷらそばを選び、テーブルのあっち側に圭と千晴が、こっち側に俺がひとりで座った。

圭と千晴は「どっちが話す?」みたいに顔を見合わせて、圭が口を開いた。

「僕もちーちゃんも高泉さんとはパートが違うから、最初はそんなに気にしてなかったんだけど、駅コンの準備が本格的になってきてから……爽太、駅コンってわかる?」

「ああ……仙台駅でやるやつだろ」

駅コンとは仙台の市民事業団が主催している市民参加型の音楽祭で、仙台駅構内の会場でアマチュア音楽家の演奏が披露される。アマチュア奏者にとっては貴重な発表の場だし、市民にとっては無料で気軽に音楽を楽しめるイベントだ。室内楽サークルも毎年この駅コンに参加していると、一瞬部員だった時に聞いたことがあった。駅コンの開催は毎年七月下旬の土日だから、もう十日後に本番が迫っているはずだ。

「駅コンのために四重奏と五重奏を中心に編成を組んで練習を始めたあたりから、高泉さんの独裁が目立ってきたんだよね。とくに音楽教育コース以外の一年生の扱いが問題」

「……あー」

「顎で使われるっていうか、召使いみたいな扱いで。確かに高泉さんは先輩だし、僕たちは後輩だけど、先輩後輩の関係ってそんなことのためにあるんじゃないはずでしょ。それにお金のこともあったんだよ。暑いからって三年生のジュースを買いに行かせたり、時には高泉さんの私的なお使いもさせて、でも命令された一年生が負担したお金は『そんなのたいした金額じゃないでしょ』って言って払わない」

俺は嫌な気分になって顔をしかめた。それは、カツアゲと変わらないじゃないか。

「誰か止めないのか？　先輩とか」

「正直、先輩はあまり当てにできない状況。四年生は就活と卒論で忙しいし、三年生はほとんど高泉さんの取り巻きだし、二年生はみんな高泉さんを恐れて歯向かう人はいない。高泉さんってヴァイオリンは抜群に上手いし、声が大きくて強くて大抵のことじゃ引き下がらないから。——そんな時、心やさしきちーちゃんが、立ち上がったのです」

圭が手を向けると、冷やしサラダうどんをすすっていた千晴は動きを止めた。千晴が？　俺がまじまじと見つめると、千晴は顔を赤らめながら眼鏡を押し上げた。

「僕とちーちゃんは、一年生のヴァイオリンの女の子二人と弦楽四重奏を組んでたんだけど、ファーストヴァイオリンの子が高泉さんに目をつけられたんだ。『嫌だ』って言うのが得意じゃない子で、高泉さんもそれをわかっててその子にいろいろ言ってたんだと思う。それで、見かねたちーちゃんが『サークルの雑用ならまだわかるけど後輩だからって先輩の私用に使われるのはおかしい』ってはっきり言ったんだよ。お金のこともちゃんとしてほしいって、それは毅然《きぜん》とかっこよく」

俺は生まじめで口数も多くない千晴のことを、どちらかというと大人しいやつだと思っていたから、そんな度胸の持ち主だったと知ってすごく驚いた。千晴は「圭くん、大げさだよ……」とますます居心地悪そうにうつむいている。

「一年生は程度の差はあってもみんな同じことを思ってたから、それを見てみんなも集まって『そうだ、そうだ』って高泉さんに抗議したんだよ。そうしたらさすがに高泉さんも分が悪いと思ったみたいで、これからは気をつけるって言ってくれたし、お金もちゃんと返してくれたんだ。いちおう、その場では」

最後に付け加えられた言葉に嫌な予感がして、俺は顔をしかめた。圭はアンニュイ濃度の高いため息をついて、汁を吸ってふやけた天ぷらの衣《ころも》を食べた。

「事態が急変したのが、つい一昨日。さっき話したファーストヴァイオリンの女の子が、いきなりサークルを辞めた」

「なんでまた」

「陰《かげ》で高泉さんや取り巻きの人たちに圧力かけられてたみたい。『ごめん』『でももう無理』って泣いてた。……それで、情けないことに僕は気づいてなかったんだけど、その子の話だと、ちーちゃんも同じようにムカつくことをやられてたらしい」

何だって。顔を向けた俺から、千晴はそろりと目をそらした。

「そんなたいしたことじゃないの。靴や楽譜を隠されたり、部室に入ると『メガネザル』って聞こえるように笑われたり、そのくらい。昔の経験に比べたら、そよ風程度」

「待て、おまえは今までどんな修羅場《しゅらば》をくぐってきたんだよ？」

「ちーちゃんは忍耐強いにも程がある。黙って我慢してたのだって、駅コンの本番前に僕たちに心配かけたくないとか思ってたんでしょう？　でもかなしいよ、そんなの」

圭が割り箸も楽にのりそうな長い睫毛《まつげ》をふせると「ごめんね」と千晴が眉を八の字にしながらのぞきこんだ。圭と千晴は、すごく仲がいい。俺は内心お似合いだと思ってる。

「で、駅コンはどうすんだ？　三人で出るのか？」

「それが……」

圭は、さらにアンニュイ濃度が増した息を吐いた。

「メンバーが欠けた以上、駅コンの出演は取りやめだって高泉さんに言われてる。『残りの三人で出て半端な演奏をするなんてサークルの恥だから論外』だってさ」

「何だその恥とか論外って」

「でも実際、今まで四重奏の練習をしてきたのに、いきなり三重奏でやるのは無理があるよ。時間だってもうないし。――でも、私が辞めたら、圭くんともうひとりの林《はやし》さんは、別の編成に入れてあげられるかもしれないって言われた。昨日、高泉さんに」

ぽつりと千晴がこぼした言葉に、俺は絶句して、これまでにないくらい腹が立った。

「何だそりゃ、えげつないにも程があんだろ」

「でも、圭くんも林さんも今まですごくがんばって練習してきたし、それを無駄にするのはもったいないと思う。とくに圭くんのチェロ、本当に上手いし素敵だし」

「そんなのどうでもいい。ちーちゃんが辞めるなら僕も辞める。未練は一ミリもない」

「でも、林さんのことも考えないと……」

千晴が、息をのむように言葉を切った。表情を硬化させた千晴の視線をたどって、俺も後ろをふり向き、じわっと嫌な気分がこみあげた。

食器をのせたトレーを持って通路を歩いてくるロングヘアの女子学生。タカの血が流れてそうな吊り目で、友人に囲まれて歩く姿に自信がみなぎっている。――高泉だ。

高泉もこっちに気づいて、わざわざ空いている席を素通りして近づいてきた。千晴が体をこわばらせるのがわかった。足を止めた高泉は、俺を見て一瞬不快そうに眉をひそめたあと、圭と千晴を見下ろして唇の端を吊り上げた。

「駅コンの事務局に連絡はしたの？　こんな本番直前になってから出演を取りやめてご迷惑をおかけするんだから、きちんと謝罪してね。じゃないとサークルの恥になるから」

――自分がこうなるように仕向けたくせに、何をいけしゃあしゃあと。

「連絡なんてしませんよ。辞めたファーストの子の代わりに、俺がこいつらと出るんで」

高泉が、何を言われたのか理解できないという顔をした。圭もアンニュイな目をみひらき、千晴も眼鏡の奥で目をまんまるくし、じつは俺も内心「言っちまった」と汗がにじむような気分だったが、言ったからにはあとには引けない。

「……何を言ってるの？　あなたはもう部外者よ。そんなことができると思ってるの」

「じゃあ、できるかできないか、事務局の人に聞いてみます」

「そういうことじゃないわよ、サークルの代表である私がゆるさないと言ってるの！」

「代表って、部員が音楽を楽しめるように助けるためにいるんであって、邪魔するためにいるわけじゃないと思います。もちろん気に入らない人間を追い出したり、大学生にもなっていじめみたいなくだらないことするための役職でもないと思います」

高泉の顔が、赤くなるのを通りこして青ざめた。俺は、無言で彼女を見返した。沈黙が十秒も続いた頃、高泉の連れが「もう行こうよ」と不安そうにささやくと、高泉は怨念《おんねん》のこもった凄《すさ》まじい目で俺をにらみつけて、ヒールを鳴らしながら立ち去った。俺は肩から力を抜いて、冷や汗をぬぐった。……高泉、マジ恐《こわ》すぎる。

「……爽太、愛してる」

「かっこいい……」

「やめろ、黙って食え」

俺はことさらむっつりしながら、だいぶ冷めてしまったチキン竜田丼をかっ込んだ。

# 3

「高泉さんに反逆して村八分になった僕たちは、名づけて、はぐれ弦楽四重奏楽団だね」

アンニュイな面もちの圭（たぶんこれでも喜んでる）の命名はあまりセンスがいいとは思えなかったが、まあ確かにそれは俺たちに似合いの楽団名ではあったので、学生会館のラウンジに集まった弦楽四重奏メンバーは顔を見合わせて笑った。

俺と圭と千晴以外のもうひとりのメンバーは、林さんという一年生の女子だ。ヴァイオリンパートにいる彼女とは、俺が一瞬だけ室内楽サークル部員だった頃に面識がある。林さんは、臨時の助っ人ヴァイオリニストの顔を見るなり、指をさして笑った。

「出た、一週間で辞めた支倉くん。あのあとしばらく高泉さんがティラノサウルスみたいに荒ぶってヴァイオリンパートは大変だったんだよ」

林さんはこんな感じの飾らない人だ。高泉の怒りを買った千晴と圭、もはや呪詛《じゅそ》されているレベルの俺と駅コンに出たら、林さんだってまずサークルでいい思いはしないだろう。それでも大丈夫かと念のために訊いたら「いいよ、私も最近の高泉さんはどうかと思うし」と真剣な表情で言ってくれた。勇気ある人だ。ありがたいことだ。

と胸を熱くしていられたのもつかの間のことで、その日マンションに帰った俺は、大急ぎでヴァイオリンケースを開けた。商店街の楽器店で買ってきた弦（E線、A線、D線、G線全部を買うとなかなか痛い出費になる）を張り替えて、軽く練習曲を弾いてみたが、見事に指がなまっていた。とにかく楽器を奏でるための神経というのは、少し空白期間があっただけで深海魚の目みたいに退化してしまうのだ。

道行く人に足を止めてもらう形式の駅コンでは、誰でも知っているメジャー曲がいいということで、ビートルズの『イエスタデイ』と『レット・イット・ビー』の二曲を弾くことになっている。二曲をマスターするまでにあと十日。しかも恐ろしいことに、俺はファーストヴァイオリンを担当する。弦楽四重奏のファーストヴァイオリンはオーケストラの指揮者みたいな重要なポジションなので、林さんにやってもらえないかと交渉したのだが「今さらファースト覚え直すとか絶対やだ」とすげなく断られてしまった。

臨時助っ人なのに責任重大のポジション。しかも時間も全然ない。気が遠くなる。だがしかし、俺が言い出したことなんだから仕方ない。

メンバー全員での練習は毎日講義が終わったあとに行うことにしたが、それ以外に自主練もすることを決めた。アルファルドでのバイトを終えて、日付が変わった深夜に帰宅したら、五時間弱眠ったあと、ヴァイオリンを抱えて大学にダッシュ。空き教室を借りて、講義が始まるまでひたすら弾きこむ。一日の講義が終わったら、サークル棟のかたすみの狭苦しい小部屋に集まって四人で合奏（室内楽サークルの部室は使えないので空き部屋を拝借することにした）。そのあとは一度自宅に戻り、楽器を置いてから国分町に向かって、夜十二時までアルファルドで立ち仕事。それが終わったら自宅に帰って、気絶するように寝てまた自主練……というスケジュールをくり返していると、一日は吹き飛ぶように終わった。

「あんた、最近異様に早く出てくけど何やってんの？　顔もげっそりやつれてるし」

自分でもちょっと無茶だと思う生活を始めて数日後、早朝にこっそり部屋を出ようとした俺の物音を聞きつけてまどかが起きてきた。「何かやばいことやってるんじゃないよね」と深刻な顔で訊いてくるまどかに、俺は仕方なくぼそぼそと事の次第を説明した。すると、まどかはなぜか妙に機嫌がよくなった。

「そうなの？　へー、あんたいいとこあるじゃん！　うんうん、いいよ、そういう青春は今のうちにじゃんじゃんやっときな」

「いや、こんなのじゃんじゃんやったら、俺そのうち死ぬ」

「で、あんたと友達が出るその駅コンってのが、今週の土曜日にあるわけね。あんたたちは何時ごろに出るの？」

「は？　まさか来る気じゃないよな。やめろよ」

「は？　キサマ誰に対して物を申してるんだ？　仙台じゅうがひれ伏すほどおしゃれして最前列で聴いてやんよ」

まどかはやめてくれと言って聞く女ではない、むしろやめろと言われるほどその気になる性格である。俺は口をすべらせたことを死ぬほど後悔して顔を覆《おお》った。

そして困った人はもう一名。

「え、支倉、ヴァイオリン弾くの？　見えねー」

ある日、練習が長引いて自宅に一度戻る余裕がなかったから、大学からそのまま地下鉄に飛び乗ってアルファルドに向かった。更衣室では先に来ていた尾崎さんが着がえをしていて、俺が肩からかけたヴァイオリンケースを見ると目をまるくして「アーチェリーでも始めた？」ととんちんかんなことを言うので、ヴァイオリンだと答えたら、失礼なことに爆笑したのだ。

「なんすかっ、そんなに笑わなくてもいいじゃないすか」

「だっておまえ、そんなロックバンドでエレキかき鳴らしてそうな顔して髪もツンツンなのに、それでヴァイオリンってギャップすげ」

「巨大なお世話っす！」

「にしても、大学のオーケストラとか入ってたんだっけ？　バイトひと筋かと思ってた」

そして俺は再び事の次第を説明することになった。話を聞いた尾崎さんは、黒いベストのボタンをとめながら、ひっそりと顔をしかめた。

「つまんないことする輩《やから》って、ほんとにいつでもどこでもいるんだな」

それから師匠は俺を見て、にこりとなさった。

「その駅コンって、今週の土曜日だっけ？　ちょうどバイトもないし、友人のためにヴァイオリンを奏でる支倉くんの勇姿を見に行こうかな」

「まじでやめてください」

「そうだ、オーナーにも声かける？　むしろアルファルド総出で行く？　例の小悪党とその取り巻きも出演するんだろ。最前列にみんなで並んで威圧《いあつ》してやろうか？」

「ほんとに本気で心の底から勘弁してください……！」

ほんとに来ないでくださいよ、みんなにも絶対言わないでくださいよ、と詰めよる俺に尾崎さんは「わかったわかった」と頷いたが、さわやか笑顔がどうも胡散《うさん》くさかった。

そして、あっという間に本番前日になった。

早めに夕方の練習を切り上げて、仙台駅まで会場の下見に行った。駅前に広がるペデストリアンデッキから仙台駅西口の二階に入り、そこから少し歩いたところにある、仙台の有名な七夕《たなばた》まつりや伊達政宗をモチーフにした色あざやかなステンドグラスの下。そこが明日から始まる駅コンのステージだ。

会場には観客用の椅子のほかに、演奏者用のパイプ椅子やピアノも準備されていた。俺たちは控え室からのルートやステージでの入退場について確認し合い、あとは明日に向けて体調を整えるため、少し早いが解散することにした。

「圭くん、明日寝坊しないようにね」

「ちーちゃん、大丈夫、寝坊しないように今日は寝ないから……」

「いや寝ろよ。全力でしっかり寝て早く起きろ」

明日に本番を控えた緊張からか少しハイになっていた俺たちは、会場をあとにしながらやんやと話していたが、俺は林さんがまったくしゃべっていないことに気がついた。いつもは四人の中で一番しゃべるくらいなのに、なんだか暗い表情で黙りこんでいる。

「林さん、どうかした？ もしかして体調悪い？」

「え……っ？ あ、ううん、そんなことない。ただちょっと疲れたかも。ごめん、じゃあお先するね」

ぎこちない笑顔で早口に言いながら、林さんはペデストリアンデッキの向こうに立ち去った。「また明日」と千晴が声をかけても、ふり返らなかった。

俺は心配と一緒に、かるい寒気みたいな、薄暗い予感がした。

そういう予感ほど的中する。


『あ、爽太くんっ？ あのね、今、林さんからメールがあって――』

千晴がひどく動揺した声で電話してきたのが朝の八時頃だった。気合いを入れてベーコンと野菜と玉子焼きをがっつり挟んだサンドイッチを作っていた俺は、落ち着けと千晴をなだめつつも、話を聞いたらやっぱり自分も動揺を抑えられなかった。

「電話もしてみたけど、つながらないの。それどころじゃないのかもしれないけど……」

練習で使っているサークル棟の狭苦しい小部屋に集まった俺と圭に、千晴は林さんから送られてきたメールを見せた。

『突然おばあちゃんが倒れたので実家に帰ります。ごめんなさい』

文面は簡潔で、絵文字もなし。俺は林さんの実家がどこか知らなかったが、千晴と同じで秋田の出身らしい。

「でも、そういう事情なら、仕方ないね……」

「そう、だよね……どうにもならないことだよね……」

圭も千晴も何とかこの事態を受け入れようとしていたけど、俺はどうにも昨日の林さんの様子が引っかかっていた。体調が悪いんじゃないかと訊ねた時の、驚いたというよりは、ぎくっとしたという反応。逃げるみたいに早足で帰ったうしろ姿。

スマホをとり出して交換していた番号にかけると「爽太くん?」と千晴がとまどったように呼んだ。千晴が言うとおりつながらない。でもそれは予想していたから、俺はまた続けて発信した。もう一回。もう一回。さらにもう一回。

唐突にコール音がやんだ。

『……はい』

「林さん、メールの内容が本当なら、大変な時にごめん。けど、もしかして、高泉さんに何かされた？」

　圭と千晴が目をみはるのが見えた。沈黙のあと、電話の向こうでため息が聞こえた。

『……どうして？　私、そういう素ぶりとか見せた？』

「昨日ちょっと様子がおかしい気がした。その前までは普通だったのに」

『昨日、昼休みにトイレに行ったら、いきなり高泉さんと三年生の先輩たちが入ってきて囲まれたの。このまま駅コンに出たらサークルにいられなくなるよ、って言われた。嫌な思いしたくなかったら、当日に駅コン降りてみんなを困らせろって』

　文化財並みに古い手法の脅《おど》しに俺は絶句したが、その体験は林さんの心を傷つけるのに十分な威力があったんだろう。快活だった彼女の声がひどく暗い。

『いられなくなるも何も、駅コン終わったら辞めるつもりだったよ。だって今のサークルって一部の人だけ楽しそうで、いつも息苦しくて、馬鹿《ばか》みたい。でも――あんな怖い思いしても今日平気で弾けるほど、私は強くない。サークルは辞められても大学の中に高泉さんや先輩たちはいるし、同じ教育学部だから、これから何か不利になるようなことされても嫌だし。……悪いとは思ってるよ。でも、ごめん。もう無理』

　電話をかけた段階では俺は説得するつもりだったが、林さんの声を聞いたら、もう本当に無理なんだとわかった。体じゅう傷だらけの人に、それでも立てとは言えない。

「わかった。今まで千晴と圭の味方してくれてありがとう。あの……お大事に」

最後の言葉は、何と言えばいいのかよくわからないまま付け足したものだったが、林さんが弱々しく吐息《といき》で笑うのが聞こえた。それから、通話は切れた。

俺はスマホを下ろして、圭と千晴に事情を説明した。圭もいつものアンニュイな表情を険しくしていたけど、とくに千晴はダメージが大きいようだった。

「……私のせいだ。私がもっとうまくやってたら、ここまで高泉さんのこと怒らせなかったら、林さんにそんな思いさせなくてすんだのに」

「何言ってるの、ちーちゃんは何も悪くないよ」

「そうだよ。つか今は、駅コンのこと考えようぜ。三人で弾かないといけないんだから」

涙目の千晴も、千晴の背中をさすっていた圭も、ぱちくりして俺を見た。俺はなるべく「当たり前だろう」という顔をして二人を交互に見た。

「ここでやめたら高泉の思いどおりで腹立つし、あんなに練習したのも無駄にすんの癪《しゃく》だろ。一応ヴァイオリンとヴィオラとチェロがそろってんだから、何とかなるって」

「……そうだね。落ち込んでるひまはないよ、ちーちゃん。急いで準備しないと」

自分を責める千晴の注意を駅コンのほうに逸らそうという俺の意図を、圭も察したようだった。肩を叩かれた千晴も、そうだね、と呟いて表情を引き締める。

それに、駅コンに出たいというのは本心だった。高泉のやり口はゆるせない。このまま屈してなるものか、という気持ちが俺にも、圭にも、千晴にもあったと思う。

「でも――セカンドヴァイオリンが抜けたら、音のバランスが崩れるよね？　林さんがメロディやってたところもあるし……」

「メロディは僕ら三人で何とか分担できるかな……かなりアレンジが必要だと思うけど」

「とりあえず、楽譜見て考えてみようぜ。まだ時間はあるし」

駅コンは午前十一時から始まり、俺たちの出番は昼休憩をはさんで午後二時だ。ギリギリ最低でも一時間前には会場入りするとして、今は九時すぎ。残り時間は約四時間。諦めなければ何とかなるはずだ。

――そう意気込んで検討を始めたものの、やっぱり簡単にはいかなかった。

弦楽四重奏は、例えるなら、ステージの上で数秒ごとにポジションが入れかわる複雑なダンスを四人で踊るようなものだ。メロディを奏でていたヴァイオリンが突然さっと引っこんで伴奏に回ることもあれば、対旋律を弾いていたチェロが朗々《ろうろう》とメロディを歌い出したりもする。誰が主役で誰が脇役という区別がない、四人それぞれが拮抗《きっこう》した役割を持っているのが特徴で、ひとりでも欠ければその穴はあまりに大きい。

今日演奏する予定だった『イエスタデイ』と『レット・イット・ビー』でも、林さんは俺が弾くメロディのハモリや、千晴とのデュエットや、さまざまな役をこなしていた。俺たちが三人だけで弾くとなれば、林さんの役割を分担して、曲がきちんと成立するように編曲しなければいけない。けど、そんなことがすぐにできるようなスキルは俺たちにはないし、時間もない。

狭苦しい小部屋の床に全パートの楽譜を広げて、頭を突き合わせた俺たちは、だんだん無口になった。圭も千晴も、俺と同じことを考えているのが苦しげな顔つきからわかった。諦めたくない。でも——無理かもしれない。

突然、高い電子音が小部屋に響きわたった。

悩んでいたせいで俺はそれが自分のスマホの着信音だと気づくのが遅れた。はっとしてリュックからスマホをとり出すと、液晶画面には『尾崎幹也』と表示されていた。

「もしもし……」

『あ、尾崎です。支倉、いま大丈夫？』

尾崎さんのいい声があんまり普段どおりで、俺はなんだか喉《のど》が苦しくなった。

『今日の駅コン、差し入れ持ってこうと思うんだけど、そういうの渡すタイミングあるのかな？　もし本番は撤収とかで忙しいなら、先に渡しに行こうかと思ったんだけど』

絶対来ないでくださいとあれほど言ったのに、やっぱり俺の師匠は来る気らしい。そして差し入れまでしてくれる気らしい。俺は鼻の奥がツンとした。

『もしもし？　聞こえてる？　おーい？』

「あの——尾崎さん、すいません。何ていうか……まだわかんないんですけど、今日の駅コン、ちょっと難しいかもしれなくて……」

『──どういうこと？　何があった？』

尾崎さんにはすでに俺が千晴や圭と四重奏をやることになったいきさつを話してある。だから今朝になってセカンドヴァイオリンが欠けてしまったことと、その原因をかいつまんで話した。話を聞き終わった尾崎さんの声は、温度が低くて鋭かった。

『むちゃくちゃだな。そこまでやるのか、そいつ』

「……とりあえずそういうことで、三人でやれないかって考えてたとこなんです。けど、今は何とも言えなくて……なので差し入れは、ほんと、お気持ちだけで十分なんで」

『けど三人でやるっていっても……あ、待って』

尾崎さんの声が遠のいた。でも通話が切れたわけじゃなく、向こう側の音声がかすかに聞こえる。どうもそばに誰かがいて、尾崎さんはその人と話しているようだった。

と、ふいに耳もとで小さなノイズが起こった。

『もしもし』

尾崎さんではない誰かの声に俺は面食らった。尾崎さんよりも少し高い、ソフトな響きの声。この声、どこかで聞いたことが──記憶をさぐって、あっと思い出した。

『演奏、やりたい？　それともやめたい？』

挨拶もなく、いきなりその人は問いかけた。腹の中心に切りこまれた気がした。

気づいたら俺は答えていた。

「やりたいです」

ずっとそこしか見えなくなっていた楽譜から顔を上げると、圭と、千晴と目が合った。圭が、千晴が、力強く頷いた。そうだ、弾きたいんだ、こいつらと。

『わかった』

電話の向こうの人は、シンプルに言った。

『あのさ、ピアノ四重奏はどうかな』

「……へっ？」

『ピアノとヴァイオリンとヴィオラとチェロでやる四重奏。弦楽四重奏ほどメジャーじゃないけど、ちゃんと由緒ある編成だよ。今いるのって大学？　そこってピアノ使える？』

「いえ――ピアノは――ちょっとないです……」

『そっか、じゃあこっちの大学来てもらえる？　幹也が行ってる大学、わかる？』

「は、はい」

『駅で幹也のこと待たせておくから。楽器と、譜面台と、楽譜と、それから総譜《スコア》も忘れないで。時間がないだろうからなるべく急いで』

じゃあ、と言うなりその人はプツリと通話を切った。

俺は、ぼうぜんとスマホの液晶画面を凝視した。

　電話の内容を話しても、圭も千晴も「ちんぷんかんぷん」という顔だった。無理もない、話している俺からしてちんぷんかんぷんなのだ。しかしここで燻《くすぶ》っていても仕方ないから、俺たちはそれぞれの相棒をケースにおさめ、駆け足で地下鉄の駅に向かった。

「あ、来た来た。こっち」

　移動はひと駅だけだからすぐに到着した。改札を抜けると、黒のポロシャツにこじゃれたチェック柄のパンツをはいた尾崎さんが手をふっていた。

「日野原くんと、早坂さんだね？　初めまして、尾崎幹也です。支倉とは同じアルバイト先で働いてます」

「そ、爽太くんがいつもお世話になりまして……」

「爽太のことを、これからもよろしくお願いします……」

「なんで二人して親みたいになってんだよ」

「はは、支倉にいい友達がいてよかった。じゃ、さっそく行こう」

　颯爽《さっそう》ときびすを返した尾崎さんに、俺たち三人組もひょこひょことついて行った。外に出ると、皮膚《ひふ》が痛くなるほどの強い陽射《ひざ》しが照りつけた。目が眩《くら》んで一瞬閉じたまぶたをまた開ければ、もうそこが駅と直結したキャンパスだ。土曜の午前だというのに学生がたくさんいる石畳《いしだたみ》の道を、尾崎さんはすいすい歩いていく。

いくつも林立する講義棟の間を歩いて到着したのは、うちの大学のサークル棟とよく似た、四階建ての建物だった。中に入ると、クラリネットなんかの管楽器の音やギターの音、明るい笑い声、丁々発止《ちょうちょうはっし》で何かを言い合っている声、いろんな音がいっきに押しよせてくる。コーヒーや絵の具みたいな匂いもした。尾崎さんはにぎやかな建物の階段を一番上まで上り、廊下の突き当たりのドアを開けた。

「つれて来た」

ドアの向こうは、ホワイトボードと壁ぎわに積まれた椅子、そして立派なグランドピアノがあるだけの、広々とした部屋だった。

ピアノのそばには五分袖《そで》のデニムシャツを着た男子学生がいた。

グランドピアノの漆黒《しっこく》の屋根を突上棒で固定していたところで、尾崎さんが声をかけると、くるりとふり返った。

貴族の息子とか王子とか、そういうやんごとない役が似合いそうな整った顔だち。髪は少し茶色がかっているけど、染めているというよりは色素が薄いという質感だ。その人は、すたすたと一直線に俺に向かって歩いてきた。

「セカンドヴァイオリンの楽譜と総譜くれる？」

「えっ、あっ、はい……これです」

「ありがと。じゃあとりあえず一回通してみよう。椅子出して、ピアノの前に座って」

冊子になっている総譜をパラパラめくりながらピアノのほうに向かおうとするその人を、尾崎さんがため息まじりに襟《えり》をつまんで引っぱり戻した。

「まずは自己紹介しなさいよ。文倉はともかく、ほかの二人はぽかんとしてるでしょうが」

そう言われて初めてその人は困惑している圭と千晴に気づいたようで、きょとんとした表情のまま口を開いた。

「八宮《やつみや》和希です。ここの二年生。ヴァイオリンとピアノだとやっぱり勝手が違うから、うまく穴を埋められるかわからないけど、ベストは尽くすのでよろしくお願いします」

俺はそこで初めて、和希さんがどういうつもりで俺たちを呼び寄せたのか理解した。

「あの――つまり、俺たちと駅コンに出てくれるってことですか？」

「なんでびっくりしてるの？　電話でそう言ったのに」

俺の記憶が確かならひと言もおっしゃってませんが!?

「だいたいの感じをつかみたいから、とりあえず一回通させて。きみがヴィオラで、きみがチェロだよね？　椅子はあそこだから好きなの持ってきて。準備できたら声かけてね」

和希さんはまったく人見知りしない性格らしく、今会ったばかりの千晴と圭に以前からの知り合いみたいに声をかける。和希さんのフランクさに緊張を解かれたのか、圭と千晴も「はい」と声をそろえて動きはじめた。

アンサンブル演奏の時には、お互いの呼吸を合わせせられるように半円状に座る。ピアノの前に椅子を並べて、チューニングもすませると、和希さんが俺のほうを見た。

「演奏順は？」

「『イエスタデイ』『レット・イット・ビー』です」

「うん、いいね。しっとり始めて、感動的に終わる。じゃあヴァイオリン、お願いします」

『イエスタデイ』の冒頭は俺のファーストヴァイオリン、次にセカンドヴァイオリン、そしてヴィオラとチェロが次々に音を重ねていく、センチメンタルな前奏から始まる。俺は弓をかまえて、千晴と圭、そして和希さんとアイコンタクトした。腹をくくって、身振りでテンポを示しながら、弦に弓をすべらせた。

　俺の音を追ってすぐに清水みたいに透明なピアノの音が、千晴のやさしいヴィオラの音が、圭の豊潤《ほうじゅん》なチェロの音が重なった。

　そのまま四つの音色がひとつになって、ものがなしい旋律を奏でる。

　曲はなめらかに流れていく。何も違和感がない。不安も不満もない。むしろピアノが加わったことで、曲の色彩と情感が増してさえいた。突然セカンドヴァイオリンが欠けて、ピアノがその穴埋めをしている四人だなんて忘れるほど、心地いいハーモニーが響く。

　何だ、これ。すげえ。

　和希さんはやさしげな顔とは裏腹にけっこう容赦のない人で、俺たちにひと息つかせることもなく「次『レット・イット・ビー』」と命じた。驚くことに、こっちも完璧な仕上がりだった。ただ単にセカンドヴァイオリンの役割をピアノでなぞったら、本来想定された楽器ではない分やはりどこかに違和感が出るはずだ。でもそれが一切ないのは、和希さんが誤差を修正するみたいに楽譜を手直ししながら弾いているからだ。それも前準備はまったくなしの、ぶっつけ本番で。

何なんだ、この人。俺があっけにとられたように、千晴と圭も言葉もない顔で和希さんを見ていた。しかし当の本人は、別に誇《ほこ》る様子もなくひょいとこっちに顔を向けて、

「チェロ、うまいなあ。小さい頃から習ってた？」

「……はい、父が仙台フィルのチェリストなので。人と話すのが得意じゃないので、チェロばかり弾いてました」

「『レット・イット・ビー』のソロ、すごくよかった。ヴィオラも。リズムがぶれないし、伴奏正確にしてくれるから、音のせやすかった。ありがとう」

「そんな……めっそうもないことです」

圭はめずらしくアンニュイな顔をほころばせ、千晴も頬を赤らめて眼鏡を押し上げる。俺も褒《ほ》めてもらえるのかとちょっぴり期待したが、俺を見た和希さんは眉をひそめた。

「支倉ってじつはシャイ？　なんか、演奏が小さい」

「えっ、小さ」

「聴いてるともっと弾けそうな気がするんだけど。自分に酔いすぎるのも困るけど、遠慮

しすぎでもお客さんは楽しませられないよ。『イエスタデイ』なんてヴァイオリンの見せ場だらけなんだから、アイドルグループのセンターになったつもりで弾こうよ」

「いや自分そういうの苦手で……！」

「そうだ、幹也のこと見習ったらいいよ。あいつ目立つの大好きなナルシシストだから。普段そばで見てるでしょ？」

「誰がナルシシストだって？」

ドアが開いて生協のビニール袋をさげた尾崎さんが入ってきた。俺たちが練習に没頭している間に出かけていたらしい。「人がいない間に何しゃべってんだか」と顔をしかめながら尾崎さんは、引っ張ってきた椅子の上にビニール袋の中身を出した。

「昼飯買ってきたから好きなもの食べて。そろそろ食べないと本番に間に合わないだろ」

こんなところでもアルファルドの人気ナンバーワンボーイの実力をいかんなく発揮する俺の師匠。袋からとり出されるおにぎりや総菜パンに、じつはかなりひもじくなっていた俺たちはふらふら吸いよせられた。「お茶とジュースどっちがいい？」「おしぼりもあるよ」と尾崎さんは夢中になって食べる俺たちをマネージャーのように世話してくれた。

和希さんは、紙パックの牛乳とレーズンがのった蒸しパンを食べながら、ずっと総譜をながめていた。ときどき牛乳を床に置いて、鍵盤を叩くように指を動かしもする。

三十分ほど休憩し、手をよく洗った俺たちは、再び演奏ポジションについた。

そして弾きはじめて間もなく、愕然《がくぜん》とする。

和希さんの演奏が一変していた。

さっきまでのピアノは手直しを加えつつもセカンドヴァイオリンの代役を務めていた。だけど今は、楽譜にはなかったはずの対旋律で俺の弾く主旋律を引き立たせ、かと思えば自分自身が華麗に主旋律を歌い、次の瞬間にはやわらかく音をひそめて、デュエットする圭と千晴の伴奏にまわる。自在であざやかで聞き惚れるばかりだった。初めからこんな曲が存在していたかのようで、だが恐ろしいことに、和希さんは楽譜を見ていない。

これはもう穴埋めどころの話じゃない。編曲だ。

この人は、この短時間で、頭の中に自分《ピアノ》のための楽譜を作ってしまったのだ。

はぐれ弦楽四重奏楽団は、完全に、はぐれピアノ四重奏楽団に変わった。

4

移動しながら駅コンの事務局に連絡して、事情があってメンバーがひとり交代すること、急きょピアノを使いたいことを説明すると、どちらも問題ないと言ってもらえた。

「ありがとうございました、和希さんに俺たちのこと頼んでくれて」

地下鉄で移動する途中、俺はとなりで吊り革につかまる尾崎さんに小声で話しかけた。

圭と千晴と和希さんは少し離れたドアのそばで、三人で総譜をのぞいて話しこんでいる。

「俺が頼んだわけじゃないよ。支倉と電話してたら『どうかしたのか？』って訊かれたから、事情説明したら、あいつが俺のスマホぶんどって自分からああ言い出しただけ」

「え……そうなんすか」

「まあ少しマイペースだけど、誰かが困ってたら普通に手は貸すやつだよ。アルファルドのピアニストが電撃退職した時も、俺が困ってたから寝てたの起きて来たんだと思う」

そっとうかがうと、和希さんは圭と千晴に何かを言われて笑っていた。その屈託《くったく》のない顔を見ると、ほんとに普通の兄ちゃんだ。

「……和希さんって、何者なんですか？　じつはプロ志望とか、そういう人ですか？」

和希さんは何というか――次元が違う。ピアノに縁のない俺から見ても演奏技術は半端じゃないし、あのわずかな時間で曲の改編もしてしまった。そんな芸当、単にピアノを習っていたくらいの人にはできないはずだ。

尾崎さんは俺から目をそらし、車内の風景が映る黒い鏡のような窓をながめた。

「プロとかは考えてないと思うよ。さっき使った部屋は合唱部の部室なんだけど、和希は雇われ伴奏者やってて、代わりに趣味で空き時間にピアノ弾かせてもらってるみたい」

「趣味……なんですか？　あれで」

「本人はそう言ってる。――本心ではどう思ってるのかは、俺にはわからない」

最後は尾崎さんらしくなくぽつりとしていて、何となくそれ以上は訊けなかった。

仙台駅に到着すると、土曜日の構内はいつもより混雑していた。

西口二階のステンドグラスの前には、予想以上に観客が集まっている。にわかに緊張しながら俺たちは受付をすませた。「じゃあ、落ち着いてがんばって」と手をふる尾崎さんと別れて、控え室に向かう。駅で働く職員用の部屋が、控え室として提供されているのだ。ただここではもう練習はできない。できるとしたら最低限の確認程度だ。

控え室に入ると、俺の前を歩いていた千晴がぎくりと足をすくませた。どうしたんだ？と千晴の肩先から顔を出して、俺も思わず体がこわばった。

高泉。

室内は本来あっただろうテーブルなどが片付けられてがらんとしており、奥に椅子に座った数人の女子グループがいた。白いワンピースで衣装をそろえた彼女たちは、一様に俺たちを友好的とは言いがたい表情で見ている。中でも毛先をきれいに巻いた高泉の視線は、本当に皮膚に刺さるんじゃないかと思えた。

今朝の電話で聞いた林さんの打ちのめされたような声を思い出すと、腹の底から怒りがこみ上げた。けど、ここにはほかの出演者もいる。揉《も》めたら本番を控えた人たちに迷惑がかかる。俺は感情をねじ伏せて「あっち行こう」と千晴の腕を引いた。高泉たちから一番離れた反対側の壁ぎわに向かおうとした時、背中に声が投げられた。

「林さん、辞めちゃったんですって？　それでも出てくるなんて、その図太さだけは認めてあげる。でも、三人でガタガタの演奏して恥をかかないようにね」

嘲笑《ちょうしょう》を含んだ言葉と、さざ波みたいなくすくす笑い。

人を脅してあれだけ傷つけておいて、なんで笑えるんだ。我慢できなくなって俺は高泉をにらみつけた。口を開きかけた瞬間、ぽんと肩に手を置かれた。

「三人じゃなくて、四人です。ピアノ四重奏に変更したので」

俺の肩を押さえたまま和希さんが穏やかな口調で言うと、高泉のグループは一様に目をまるくした。え、かっこいい、と誰かが呟くのが聞こえた。和希さんは温和な微笑をたたえたまま、驚きで表情が固まっている高泉に言う。

「ご心配ありがとうございます。でも、たぶんガタガタにはならないので安心してください。それと、あなたも奏者だからわかると思うんですけど、演奏前ってみんなナーバスになってるものだから、マイナスの言葉をかけるのはやめましょう」

高泉の頬に赤みがさした。これが挑《いど》むように言われたら彼女もいつもの調子で言い返せたんだろう。でも和希さんの口調はどこにも棘《とげ》がなくほがらかで、怒るに怒れない、それがひどく腹立たしいという顔で高泉は和希さんをにらんでいた。

ふっと、高泉の表情に妙な変化が起きた。何かが引っかかるというような、それが何かわからなくてもどかしいというような。目はずっと和希さんを食い入るように見ている。

「もう行こうよ」とメンバーに声をかけられると、高泉はすっきりしない顔つきのまま、仲間と控え室を出ていった。

「……すんません、ありがとうございます」

「ん、別に。迫力のあるおねえさんだったね。あの人に抗議できたの、すごいよ」

最後のほうは、和希さんは千晴に笑いかけた。「そうです、ちーちゃんはすごいんです」

「すげえ修羅場もくぐってきてるし」と圭と俺がまぜっ返すと、千晴はぎこちないながらも笑顔を見せて、はりつめていた空気がほどけた。和希さんのおかげだ。

「じゃあ、そろそろ時間だから行こう」

楽譜を広げて気になる箇所の最終確認をしてから、出番の五分前に、パーテーションで区切られた舞台わきの待機場所に入った。俺たちの前の団体はフルートの三重奏で、これが終わったら出番だ。

しばらくして運営スタッフから合図が送られ、俺たちはいよいよパーテーションの外に出た。和希さん、俺、千晴、圭の順番でステージに上がっていく。

緊張しながら横目で客席をうかがって、俺はぎょっとした。

まどかがいる。セレブがリゾート地で着るような派手なワンピースにフルメイクで俺に笑顔で手をふっている。つか、なんで尾崎さんと二人仲良く並んでるんだ？

笑顔で手をふる二人から必死に目をそらした俺は、その時客席に入ってきた女子数人を見て胸が冷えた。

高泉。

高泉とその取り巻きは、これみよがしに最前列の空席に座った。コンサートホールと違って奏者と最前列の距離はかなり近い。千晴は大丈夫か。ピアノの前に並んだ椅子に腰を下ろしながら様子をうかがおうとした時、黒い物がフラッと倒れ、鋭い音が響いた。

千晴が譜面台を倒したのだ。

焦った表情で屈みこむ千晴と一緒に俺も譜面台を起こした。床に落ちてしまった楽譜は圭が拾って譜面台にのせてくれた。プーッと誰かがふき出した。高泉たち。声をひそめて笑っている。千晴が舞台の上で失敗したことを心の底から喜んでいる顔で。

千晴は表情を崩さずに椅子に座ったが、かわいそうなくらい耳が赤くなっていた。忍び笑いは続く。俺たちが楽器をかまえたのに、くすくす、くすくす、いつまでも。

もう我慢できない。俺が怒鳴りかけた、その瞬間。

ドガーンと凄まじい音が鳴り響いた。

客席だけではない、吹き抜けになっている三階のコンコースを歩いていた人すら驚いた顔でふり返るのが見えた。両手を思いっきり鍵盤に振り下ろした衝撃音。音の弾丸で心臓を撃ち抜かれたみたいだった。高泉も、そのほかの観客も、俺も、誰もが呼吸を止めて、今自分たちをピアノでぶん殴った張本人を凝視した。

構内を一瞬で静まり返らせた和希さんは、もう一度鍵盤に両手を振り下ろした。さっきよりはやわらかく、今度は和音も伴って、夕暮れのような哀切をおびた曲調で。俺は背中がぞくりとした。――ピアノの音が練習の時と違う。俺たちと弾いていた時はどこまでも透明で、調和のために加減された音だった。でも今の音は、聴く者の内臓に食いこんでくるような凄みがあった。

それだけじゃない。

今も続く和希さんの独奏は、練習の時には存在しなかった。つまりこれは即興なのだ。本当に楽譜にこんな前奏部があると思わせる自然さで、リアルタイムで作曲しながら鍵盤を叩いている。本当に何者なんだ、この人――息をのんだ瞬間、和希さんが俺に鋭い目を向けた。直感して俺はヴァイオリンに顎を当て、弓をかまえた。ピアノがアレンジされたサビのメロディを奏でる。戻ってきた、ここだ。

千晴と圭に合図を送りながら息を吸い、弦に弓をすべらせた。『イエスタデイ』の冒頭のピアノとの絡み。ぴったり重なって、そこにヴィオラの懐《ふところ》の広い音と、チェロの深く艶《つや》っぽい音が重なる。今までで一番息が合った。このあとは俺のソロだ。

「なんか、演奏が小さい」「アイドルグループのセンターになったつもりで」

――ちくしょう、やってやる。

ソロを弾きはじめて間もなく、伴奏の千晴と圭が目をみはって俺を見た。俺は気づかないふりで弾き続けた。大げさなくらいたっぷりと、あらん限りセンチメンタルに。

『イエスタデイ』は、突然恋人にフラれた男が、昨日はよかった、昨日に戻りたいと独白する歌だ。くり返される『イエスタデイ』と、嘆きの歌詞は、ちょっと未練がましい。

でも、ずっと続くと信じていた毎日が突然終わってしまう瞬間を、俺も知ってる。

ずっと一緒にいられると思っていた人を、ある日突然に失う痛みは、俺にもわかる。

心を引き絞るみたいに歌うヴァイオリンにヴィオラとチェロ、ピアノが重なって、駅の高い天井に最高に切ないメロディが反響する。だんだん四つの音色は嘆き疲れたように遠ざかり、最後にはささやくようなピアニッシモになって、余韻《よいん》を残しながら消えた。

客席からぱらぱらぱらと拍手が起きた。

まだ終わりではありませんよ、とやさしくたしなめるみたいに和希さんがすぐに前奏を始める。『レット・イット・ビー』。前奏が終われば、チェロのソロだ。

がんばれよ、と目線を送ったら、圭はアンニュイな目で俺を見つめたあと、ニーと口角を上げた。不敵な笑みに面食らっていると、圭はひと息に弾きはじめた。雄弁で、深くて、艶っぽいチェロの音。……圭のやつ、めちゃくちゃノッてる。

圭だけじゃなかった。二周目でチェロに重なった千晴のヴィオラも、今までにないくらいのびやかで光っていた。何なんだよ、二人とも。二人に花びらを浴びせるみたいに伴奏しながら、俺は笑ってしまった。楽しくって仕方なかった。ちょっとハイになって好きにやり始めた俺たちをピアノがしっかりと支えてくれる。だから何も怖くない。

最後『ありのままに《レット・イット・ビー》』と歌う有名なメロディを四人で奏でるユニゾンもぴったり決まって、終わりの和音をこれでもかと情感をこめて響かせてから、同時に音を切った。

一秒、完全な静寂がおりた。

パンパンとよく響く拍手が起きた。尾崎さんが手を叩きながら立ち上がっていた。それを見たまどかも拍手しながら立ち上がる。二人がサクラだと知らない周囲の人々も、ある人は立って、ある人は座ったままで、大きな拍手を送ってくれた。

俺がほうけた気分で千晴と圭を見ると、二人も同じような気持ちに違いない顔でこっちを見ていた。目の端で何か動くので、ピアノのほうをふり向くと、和希さんがしきりに手をふって合図していた。はっとして、俺は圭と千晴をうながして立ち上がった。

惜しみない拍手に、心からの感謝をこめて一礼。

そして顔を上げた時には、最前列にいた高泉たちの姿はなかった。

＊

「そーたー、よかったよー、上手だったよー」

控え室で楽器を片付けて出てくると、外で待ちかまえていた派手なワンピースのまどかが、わしゃわしゃと頭をなでくり回してきた。

「ちょ、やめろって……！　つか何？　なんで姉さん、尾崎さんと？」

まどかの後ろには、黒のポロシャツを着た尾崎さんが執事のように微笑をたたえて立っている。まどかは尾崎さんを指さしながら笑った。

「あんた前に『バイトのイケメン先輩』って写真見せてくれたじゃない。そしたら似た子がいるから、声かけてみたら当たりだったの。話してみたら気が合うし。な？　尾崎」

「はい、まどかさん。支倉、こんな素敵なお姉さんがいるなら教えてくれたらいいのに」

なんでこの人たちは初対面でこんなに意気投合してるんだ……？　引いている俺をよそに、まどかは今度は圭と千晴に向き合ってこぼれるような笑顔になった。

「それで、あなたが圭くんで、あなたが千晴ちゃんだよね。爽太がいつもお世話になってます。こいつ友達少ないから、仲良くしてくれてありがとう」

「いえ、こちらこそ爽太くんにはいつもお世話になって、今日もすごく助けられて……」

「僕がお腹《なか》をすかせてると、いつも爽太が、おかあさんみたいに食料をくれて……」

「やめろってほんとに居心地悪すぎっから……！」

「それであなたが、尾崎の同居人で、さっきピアノを弾いてた」

まどかが失礼なことに人さし指を向けると、和希さんはやわらかく笑みを浮かべた。

「八宮和希です。今日は本当に飛び入りだったんですけど、でも、楽しかったです」

「尾崎から話聞いたよ。あなたが手を貸してくれたから、この子たち無事に駅コンに出られたんでしょ。本当にありがとう。お礼させてね」

そしてまどかは構内を行き交う人の目も気にせず、高々とこぶしを突き上げた。

「打ち上げ行くべ！　今日は私の奢《おご》りだ、みんな好きなだけ食って飲んで暴れるがいい！」

「頼むからやめろ！　飲んで暴れるのは絶対あんただよ！」

「それに今の時間、飲み屋も開いてないかもしれませんね。たいてい五時開店だから」

腕時計で時間を確認した尾崎さんは、にこりとした。

「提案ですけど、宅飲みはどうですか？　俺たちの住んでる部屋、わりと広さがあるんでよく大学の友人たちも集まるんです。それならすぐに始められるし、多少は羽目を外して騒いでも平気だし。ただ、地下鉄に乗らなきゃいけないんで少し時間かかりますけど」

「尾崎ナイス！　でも、それならもっといい場所があるよ。うちのマンション。ここから歩いて十分くらいだし、それだとみんな帰りも移動しやすいでしょ」

いかにも名案を思いついたという顔のまどかに「いや！」と俺はあわてて手をふった。

「無理だって。最近掃除サボってたし、姉さんの物とか服とか雑誌とか散らかってるし」

「爽太……平気。部屋の汚さなら、僕も負けない」

「私も、寮の同室の人、すぐに部屋を散らかすから慣れてるよ」

「俺も同居人にすぐ部屋散らかされるから慣れてるな」

「え、おれそんなことしてない」

「ほらみんなこう言ってるし。大丈夫、大丈夫。よーし、そうと決まったら買い出しだ！　みんな私について来い！」

ガキ大将のようにこぶしをふって歩き出したまどかに、みんな楽しそうについて行く。俺はげっそりして、ヴァイオリンを担ぎながら最後尾をとぼとぼ歩いた。

マンション近くのスーパーに立ち寄って、肉や野菜やスナックやペットボトルの飲み物を山ほど買った。カゴ持ちは俺で、牛肉の塊《かたまり》や焼酎の一升《いっしょう》瓶まで入れられた時には手がもげるかと思った。ちなみにブロック肉は尾崎さんがローストビーフにしてくれるらしい。

「え、八宮くん、未成年なの」

「はい、十二月生まれなので。だからお酒だめです」

「えー、もしかして全員お酒だめ？　若者と語らいながら焼酎飲みたかったのに」

「大丈夫です、俺は昨日ちょうど二十歳《はたち》になりました。じっくりお付き合いします」

「なによ尾崎、昨日が誕生日？　早く言いなさいよ。爽太、ケーキも買うよ。ホールで」

ぎゃあぎゃあ騒ぎながら買い物をすませてマンションに帰ってきた。尾崎さんは調理担当で圭と千晴はそのアシスタント、俺と和希さんはリビングを片付けて買ってきた食べ物や飲み物をセッティングする係になった。出資者であるまどかは、帰ってくるなり「これ食前酒」と言って缶ビールをプシッと開け、ソファでゆうゆうと飲みはじめた。

俺はローテーブルに人数分のコップを並べながら、箸を並べる和希さんをうかがった。駅コンが終わったあとはバタバタしていて、まだきちんと感謝を伝えていなかった。

「あの、今日はほんとにありがとうございました。助かったし、楽しかったです、ほんと」

「別にたいしたことじゃないから。おれも楽しかったし。とくに『イエスタデイ』、文倉が本番でいきなり自分に酔ったナルシシストに変身したの、すごくおもしろかった」

「和希さんがそうしろって言ったんじゃないすかっ」

「なんで怒るの、褒めてるのに。ほんとによかったよ。『レット・イット・ビー』もみんな楽しそうで、それがお客さんにも伝わったんだと思う。いい演奏だった」

褒められて俺は照れてしまったが、今日賛辞を受けるべきなのは、むしろこの人だ。

「和希さんも、俺、語彙《ごい》ないんでうまく言えないですけど——ほんとにすごかったです。一緒に弾いてて感動して……ピアノ、いつからやってるんですか？　相当長いんじゃ」

「ん、長いっていえば長いかな。けどレッスンはもうかなり前にやめたから。そういえば文倉たちって、大学でどんな勉強してるの？」

何となく、少しだけ、はぐらかされたという感じがした。和希さんのやわらかい表情には別に変化はなかったし、マイペースな人だから、単に俺の勘違いかもしれないが。

「全員、教育学部なんです。小学校の教員めざしてて」

「そっか、いいね。人を育てるのって、すごく立派な仕事だと思う」

目を細めて和希さんはほほえんだ。――この人の言葉は、ふしぎなくらい素直に響く。

「和希さんは？　大学でどんな勉強してるんですか？」

「幹也と同じ。法学部で勉強してる」

「すげ。じゃあ将来は弁護士とか裁判官とか、そういう法律関係めざしてるんですか」

「ううん。過疎《かそ》の関係の仕事ができたらいいなって思ってる」

カソ、という言葉を変換するのに数秒かかった俺は、まぬけな顔をしていたと思う。

「カソ……ってあの、地域から人がいなくなっちゃうアレのことですか？」

「うん。厳密に言えば、その地域から人が少なくなることで、たとえば学校がなくなるとか、商店がなくなるとか、住民の生活水準を保つことが難しい状態、くらいなんだけど」

和希さんはスーパーの袋からコーラのペットボトルをとり出しながら続けた。

「少子化が解決することってこの先ないだろうし、高齢化はどんどん進むだろうし、それで苦しい思いをするのはまず人が少ない地方なんだよね。それ、何とかできないものかなって思ってて。法学部の地方自治政策を専門にしてる教授で、ずっと過疎の研究をしてる人がいるんだ。宮城県の過疎集落で実際にフィールドワークしながら、集落機能の維持向上に何が必要なのか研究してる。その人の話が聴きたくて、今の大学に入ったんだ」

小学生の時に先生に世話になったから自分も先生になろう、くらいの大ざっぱな気持ちで今の進路を選んだ俺は、和希さんの持ってるビジョンの明晰さに圧倒された。

「すごいっすね、そこまではっきり自分のやりたいこと考えられるって……」

「別にすごくなんてないよ。おれの場合は、そういう問題が身近だったからだと思う」

けど和希さんって、尾崎さんと同じ横浜出身じゃないのか。横浜なんて東北の小さい町で育った俺からすると大都会だし、過疎なんて一ミリも関係ないんじゃないか。いぶかる気持ちが顔に出たらしい俺を見て、和希さんは小さく笑った。

「おれ、高校の三年間は離島にいたんだよね」

「あ——尾崎さんに聞きました。寮で暮らしてたんですよね」

「うん。本当に小さい島で、きれいなところなんだけど、おれが島留学する何年か前は、かなり危機的状況だったんだよ。過疎が急激に進行して島で唯一の高校は廃校寸前、自治体の借金は百億くらいに膨らんでた。それで新しく高校に赴任してきた校長が、何とかしなきゃって声をあげて、大改革が始まったんだ。Ｉターン移住者に援助をして島の人口を増やしたり、高校の生徒を増やすために島外生の募集も始めた。校長が自分で日本全国を飛びまわって広報活動をして、文科省に直接かけ合って教員を増やすように交渉したりもしたみたい。校長だけじゃなく、自治体職員も、教職関係者も、島の小さい商店の人まで、本当に島全体で必死にやった取り組みだったんだ。それで五年以上かけて移住者は五百人近く増えたし、一クラスしかなかった高校の生徒も倍増した」

「すごいっすね……！」

「うん、本当にすごいことだったんだって大学に入ってから改めてわかった。地域再生の顕著《けんちょ》な成功例ってよく紹介されるから。だから地方にまつわる問題がこの国にはたくさんあるってことは前から知ってたし、その校長が島を守ったみたいに自分にもできることがないかって考えて――」

ふっと和希さんは言葉をとぎれさせた。

手もとのグラスをながめる目は、本当はもっとずっと遠くを見つめているように思えた。俺はとまどって、和希さん、と小さい声で呼んだ。和希さんはわれに返ったように俺を見ると「何でもない」と恥ずかしそうに笑った。俺は、胸をつかれた。

笑顔を取り繕《つくろ》うまでの一瞬、和希さんは、救いようもなくかなしい目をしていた。

「え、炊飯器でローストビーフなんてできるんですか？」

「そう、保温機能を使うんだよ。ざっと表面を焼いたらソースと一緒にポリ袋に入れて、熱湯を張った炊飯器に突っこんでおくだけ。三、四十分したら食べられる。じゃ待ってる間に、今度はこのホットケーキミックスを使って超簡単ピザを焼こう」

「尾崎さん、愛してる……」

テーブルのセッティングを完了して和希さんと一緒に台所に行くと、尾崎さんが次々と華麗なる宅飲み料理を作っていた。俺の師匠はどこまでも器用だ。「支倉と和希はこれやっといて」と指令を受けて、俺と和希さんは洗ったレタスをちぎったり、乾燥ワカメをもどしたりしてサラダを作った。圭と千晴は、即席ピザの生地にエビやイカやチーズを楽しそうにトッピングしている。

「なにこれ、この短時間でこれだけ作ったの？　尾崎、私の嫁になって」

「いいですね。司法試験落ちて人生に敗れたら拾ってください」

三十分後、即席シーフードピザも焼き上がって、リビングのテーブルにはこれでもかというほどおいしそうな食べ物が並んだ。まどかと尾崎さんは、さっそくお互いのグラスにワインを注ぎ合い、残りの未成年組はコーラやオレンジジュースやウーロン茶をとぽとぽコップに注いだ。

今日は心臓が止まりそうなくらいのトラブルも、はらわたが煮えくり返るくらい腹立たしいことも、その全部が帳消しになるくらいかがやかしい体験も、本当にいろんなことがあった。だからその反動だったんだろう、いつもアンニュイな圭も、まじめすぎる千晴も、いつになくはしゃいで笑っていたし、それは俺も同じだった。酒なんて飲んでないのに、酔っぱらってるみたいなテンションだった。とにかくおいしいし、楽しいし、笑いがとまらなかった。

そんなふうに浮かれていたから、俺はまどかと和希さんがリビングから姿を消していることに、かなり長い間気がつかなかった。

あれ、と気づいてあたりを見回すと、ベランダのガラス戸の向こうに、バカンス中のセレブみたいなワンピースを着たまどかのうしろ姿を見つけた。となりには和希さんもいる。何をやってるんだろう。「よし、そろそろローストビーフも出すか」と尾崎さんが腰を上げたので、俺も二人を呼んでこようと立ち上がった。

打ち上げはまだ空も明るいうちから始めたのに、いつの間にかガラス戸の向こうの空は真っ暗だった。ガラス戸を開けると、風が吹きこんで、外の喧騒《けんそう》が流れこんできた。

「——何があったのか、本当のところは今もわからないの。爽太が二〇七〇年で世話してもらったって言ってるその女が爽太を誘拐したんじゃないかってことで、警察もしばらく捜査したみたいだけど、結局見つからなかった」

息が止まった。

まどかはさっきまでのはしゃいだ声とはまるで違う、はりつめた声で続ける。

「警察の人に何を訊かれても、本当に二〇七〇年にいたんだって爽太は言いはって——それはいいんだけど、無事に戻ってきてくれたからそれでもう全部いいんだけど、それからあの子、あんまり人に心を開かなくなっちゃったんだよね。だから、本当にありがとう。できたらまた、今日みたいに……」

「姉さん」

思った以上に声はきつく響いた。まどかが肩をゆらしてふり返り、そうた、と呟いた。

だめだ、怒っては。俺は手を握りしめて、無理やり笑った。

「尾崎さんのローストビーフ、そろそろできるってよ。中入れよ」

「ああ、うん――そうだね」

ぎこちなく笑ったまどかは、金魚の尾びれみたいにひらひら風になびくワンピースをひるがえして中に入っていく。それを見届けてから、俺は和希さんのほうを向いた。

ベランダのフェンスに腕をのせた和希さんも、俺を見ていた。ふしぎな目つきで。驚いているような、怪訝《けげん》に思っているような、信じられないみたいな、そんな目をして。

俺は和希さんがまどかから聞かされたに違いない話をごまかすために、アルファルドでそうしてるみたいに、目いっぱいの笑顔を作った。

「和希さんも行きましょうよ。尾崎さんのローストビーフ……」

「小学三年生の時、行方不明になったことがあるって、お姉さんに聞いた」

和希さんの静かな声に、俺は胃がギュッと重くなった。

ベランダに吹きつける夏の夜風は、日向《ひなた》に放置したバケツの水みたいに生ぬるい。マンションの向かいに建つビルの電気の点いたフロアの窓だけが点々と白く浮かびあがって、室内で立ち働く人の姿が見える。

リビングをうかがうと、ちょうど大きな肉の塊を皿にのせた尾崎さんが台所から登場して、圭と千晴が喜びの声をあげた。尾崎さんが優雅な手つきで切った肉を最初にまどかに渡すと、それを頬張ったまどかが、デリシャス、ブォーノ、フクースナ、と外国語を並べ立てて称賛する。

　誰も俺たちの話は聞いてない。

「……ええ、まあ。昔のことなんでもうほとんど覚えてないですけど。それよか尾崎さんのローストビーフ、できたみたいですよ。戻りません？」

「行方不明になってる間はどこにいたのか訊かれたら、支倉は『未来にいた』って答えたって。それは本当？」

　ベランダのフェンスを背にした和希さんは、俺から目をそらさない。この人はいつも、何のバリアもない目でまっすぐに人を見る。

　俺は「ほんと恥ずかしくて居心地が悪い」という感じの苦笑いを作った。

「や、本気にしないでくださいよ。俺、あの頃まだ小さかったし、ちょっと混乱して変なこと言っちゃっただけなんで」

「でも、一カ月半も行方不明だったんだよね。その間、どこでどう過ごしていて、どうやって帰ってきたの？」

　和希さんが、馬鹿にしたり、からかうつもりで訊いているんじゃないのはわかってる。この人のことだから、純粋に興味を持っただけなんだろう。

　だけど、あの一カ月半のことは誰にも話したくない。

　もう散々踏み荒らされたし、否定されたし、陰で笑われもした。もうこれ以上、彼女のことは誰にもふれられたくない。

「もう覚えてません。全部忘れました」

声にこめた、話すつもりはないという俺の固い意志は和希さんにも伝わったんだろう。相変わらずまっすぐに俺を見ていたけど、もう質問を重ねることはなかった。

「それよか戻りましょうよ。ここ暑いし――」

「おれは、過去から来た人に会ったことがある」

続けようとした言葉が、喉の奥でしぼんだ。

和希さんの色素の薄い髪が、風にやわらかくゆれている。

「……すんません、意味よくわかんないんですけど」

「二〇一七年のことだから――もう四年前だけど。おれは高校一年の時に、その人と知り合った。彼女は一九七四年から来た。一九七四年から、二〇一七年に」

汗ばんだ背中を、冷たいしずくがやけにゆっくりと伝い落ちていった。

唇がぴくりと動いて、でも何も出てこなくて、耳の奥でマイクでも当てたみたいにドクドク響く自分の心臓の音を聞きながら、俺は和希さんを凝視することしかできない。

「……何すか、それ？　どういう――」

「爽太くん」

カラリとガラス戸が開いて、千晴が顔を出した。さらに千晴の頭の上から、にょきっと圭も顔を見せる。

「何してるの？　尾崎さんのローストビーフ、すっごくおいしいよ」

「あと和希さん、テーブルのスマホ鳴ってます……『本郷《ほんごう》教授』って出てます」

「あ、ほんと？　今行く」

今まで俺としていた奇妙な話の内容なんて少しも匂わせない自然さで、和希さんはリビングに戻っていった。

俺はアホみたいに、その場に立ちつくした。

# 第二章

# 昔行った未来の話

# 1

「恋わずらい？」

朝ごはんの目玉焼き丼をスプーンでつついていたらそんな声がして、え、と顔を上げると、まどかが怪訝《けげん》そうな表情でこっちを見ていた。

「なに、恋わずらいって」

「だってため息ばっかりついて上の空だから」

そんなにため息をついていただろうか。だけど上の空だったのは確かだ。俺は目玉焼きには醬油《しょうゆ》派なのに、ソースをかけてしまっている。そして、恋ではないものの、ある人のことばかり考えて頭から離れないという点では似ていないこともないかもしれない。

「あの――ごめんね」

またため息をもらしながら味噌《みそ》汁をすすっていたら、まどかが突然ぽつりとこぼした。

俺は具のワカメを唇にはさんだ状態でまばたきした。

「ごめんって何が？」

「一昨日、私、八宮《やつみや》くんにあんたが昔行方不明になった時のこと話したでしょ。あんたにとっては勝手に他人に話されたくないことだよね。考えが足りなくて、ごめん」

めずらしく気弱な表情をするまどかに、俺は声が出ないくらい驚いた。あれが土曜日のことで、今日はもう月曜日だ。まどかは、まさかずっと気にしていたんだろうか。

「別に気にしてないし。てか、そんなん忘れてた」

あえてテレビに目をやりながら素っ気なく言った。ちゃんと気にしていないように聞こえただろうか。ん、とまどかは子供みたいに小さく呟《つぶや》いて、スプーンを動かした。

本当に、気にはしてない。確かにあの一瞬は腹を立てたけど、今はもう。

そもそも、まどかがあのことを話さなければ、その後の衝撃的な言葉はなかったのだ。

『おれは、過去から来た人に会ったことがある』

『二〇一七年のことだから──もう四年前だけど。おれは高校一年の時に、その人と知り合った。彼女は一九七四年から来た。一九七四年から、二〇一七年に』

あれはどういうことなんだ。どういう意味なんだ。和希《かずき》さんはどういうつもりなんだ。

俺をからかったのか？　──いや、そんな雰囲気じゃなかったし、そんな人じゃない。

でも、じゃあ何だ？　本当に、和希さんは過去から来た人を知ってるのか。ある日いきなり未来に行った俺みたいな人間が、ほかにもいるっていうのか？

同じことをぐるぐる考えながら大学に向かった。地下鉄にゆられながらスマホをとり出して、あーと声をもらしながらドアにゴンと額をぶつけた。なんで連絡先を訊《き》かなかったんだ。……あ、そうだ今日バイトだ。尾崎《おざき》さんに訊いたら教えてもらえるかも。

そう思ったら早くアルファルドに行きたくて仕方なく、一時限目の教室に入ってからも俺はずっとそわそわしていた。一分すぎるのがすごく遅い。これじゃ夕方六時までどれくらいかかるんだろう。

「爽太《そうた》……おはよう」

「うお冷た!?」

突然うなじに何かを押し当てられて泡を食ってふり向くと、いつの間にかとなりの席に圭《けい》が、その向こうに千晴《ちはる》が座っていた。圭はジュースのペットボトルを持っていた。

「何すんだよっ」

「だって何回も声かけたのに気づいてくれないから……」

「爽太くん、どうかした？　具合でも悪いの？」

千晴にすごく心配そうな顔をされて、いや、と俺はあわてて手をふった。呼ばれたのに気づかなかったなんて不覚だ。なんかもう本当に恋わずらいみたいだぞ、と額を指の関節でぐりぐりやっていると、圭がペットボトルのジュースをさし出してきた。よく見ると、圭と千晴も同じものを手もとに置いている。

「駅コン、爽太くんのおかげでうまくいったから。私と圭くんから」

「え、いいってそんな。おかげとかじゃねえし」

「まあまあ、まずは一杯……」

圭が酒を勧めるみたいにペットボトルのふたを開けた。それから自分のペットボトルのふたも開け、千晴も同じことをして、圭の「かんぱーい……」というアンニュイな発声で俺たちは小さくペットボトルをぶつけ合った。炭酸が喉《のど》にしみて、すごくうまい。

「今日、退部届出してこようと思って……」

ジュースを四分の一くらいまで飲んだ圭が、ぽつりと言った。千晴も頷《うなず》く。

「私も。もうこれ以上は、ちょっと無理だと思うから」

「そっか……」

「それでね、土曜日からずっと考えてたんだけど、ピアノ四重奏、これからも続けられないかな？」

思わずきょとんとしてしまった俺に、千晴はちょっと顔を赤らめながら続けた。

「爽太くんと、圭くんと、私と、和希さんで。だって本当に楽しかったから。私、あんなに気持ちよく弾けたの初めてだったし、あんなに大きい拍手もらったのも初めてだった。調べてみたらね、仙台《せんだい》って駅コンみたいな音楽のイベントがけっこうあるの。そういうのに年に何回か出るだけでもいいから、続けられないのかな。あれ一回だけで終わっちゃうの、すごくもったいないと思う」

「そりゃ確かに……」

「でも、和希さんは、難しいかもしれない」

ひときわアンニュイに言った圭は、俺と千晴を交互に見た。

「じつは僕もちーちゃんと同じこと考えてて、土曜日の打ち上げの時、和希さんに言ってみたんだよね。『僕たちと愉快な音楽仲間になってください』って」

「おまえ意外と行動力あるよな……愉快な音楽仲間ってちょっとわかんねえけど」

「そしたら和希さん、困ったみたいに笑って、『ごめん』って言われた」

俺たちは好きな人に告白を断られた青少年のように、しょぼんとした。

「……まあ、しょうがねえよ。勉強も忙しいだろうし、合唱部の雇われ伴奏者もやってるらしいし」

「そう、だよね……和希さんにも、いろいろあるよね。駅コンの時は、たまたま私たちが困ってるの知って、助けてくれただけなんだし」

「それで失恋気分で僕は今日血圧が低い……眠い……」

「それはいつものことだべ」

話してるうちに講師が教室に入ってきて、講義が始まった。

八月頭からの試験期間が一週間後に迫っているから、講義は集中して聴きたいのだが、今日は意識が浮ついてだめだった。気づくと和希さんのことを考えてしまう。演奏活動を断られたのもショックではあったけど、やっぱり今は、例の言葉のほうが気になった。

午前の講義が終了したあと、いつものように三人で学食に向かった。目に痛いくらいの夏の緑であふれた敷地内には、ほかにも昼の休憩を楽しむ学生が集《つど》っている。俺たちのように学食をめざしていく人もいれば、この炎天下なのに噴水のそばのベンチで寝そべっている人も、広場でアカペラの歌を合わせている集団もいる。

最初に高泉《たかいずみ》に気づいたのは俺だった。

学食の人ごみの中に、見覚えのあるロングヘアのうしろ姿を見つけて、ぎくっとした。その動揺を察知したかのようなタイミングで高泉がふり返り、はっきりと俺を認めた。

俺は知らんぷりして通りすぎようとした。彼女とはひと悶着《もんちゃく》もふた悶着もあったけど、もう終わったことだし、関わりたい相手じゃない。それは向こうだって同じだろう。

それなのに高泉は、予想外の行動に出た。人の流れに逆らってこっちに向かってきたのだ。このへんで圭と千晴も高泉に気づき、体を硬くするのがわかった。

高泉は俺たちの前に来るなり言い放った。

「駅コンでピアノを弾いてた男子は、月ケ瀬《つきがせ》和希よね。あなたたちどういう関係なの？」

俺たちは三人そろって、うっかり大きい飴玉《あめだま》を呑《の》みこんだみたいに黙っていた。

月ケ瀬って？

千晴は顔をこわばらせながらも声を張った。

「違います。あの人は、八宮和希さんです」

高泉は怪訝そうに眉をひそめ、次に俺たちを無遠慮にながめ回し、最後に嘲笑《ちょうしょう》した。

「何も知らないわけね」

俺たちが何を知らないのか知らないが、この女に笑われる筋合いはないことだけは確かだ。にらむ俺に、高泉はせせら笑いを返した。

「二〇一五年のテレーズ国際音楽コンクール。彼が中学生の部でグランプリをとった時、私もヴァイオリン部門に出場してたの。初出場で年上の入賞常連者たちを押しのけて優勝、でも確かにそれだけの演奏だったわ。何もなければ将来は第一線で活躍するピアニストになったかもしれないけど、そう。あんなことがあったのに、まだ人前で弾けるのね」

高泉の思わせぶりな言い方はわざとなんだろう。思惑にはまるのは癪《しゃく》でたまらないのに、一方で気になって仕方ない。『あんなこと』って何だ。

「付き合う相手は選んだほうがいいわよ。まあ、あなたたちにはお似合いだけど」

高泉はスマホをとり出して、細長い指で手早く何かの作業をした。最後に画面の中央をタンと叩くと、長い髪をひるがえして人ごみに消えていった。

チリン、と間を置かずに音が鳴った。千晴がスマホを出して「高泉さんから」と警戒した声で俺と圭に伝えた。俺たちは顔をよせて、千晴のスマホをのぞきこんだ。

高泉から送られてきたメールには、複数のＵＲＬが貼りつけてあった。見ろ、ということなんだろう。千晴が迷うように俺と圭をうかがってから、リンクを開いた。

最初に目に飛びこんできたのは写真だった。

礼装を着た、まだ幼さが残るくらいの年齢の、トロフィーを抱いてほほえむ和希さん。

『人殺し県議の息子は未来のピアニスト?』

まがまがしい赤の太字で書かれた見出し。

俺たちは誰もひと言も発することなくそのページの記事を読んだ。最後まで読み終えて、千晴が次のURLを開くと、それは新聞社のネット記事のまとめだった。

二〇一五年、十月。横浜《よこはま》に住む県議会議員が、口論になった男性を歩道橋から突き落とし、その男性は死亡した。逮捕された議員は傷害致死罪で起訴され、懲役《ちょうえき》三年、執行猶《しっこうゆう》予《よ》五年の判決を受けた。

その議員にはひとり息子がいた。俺たちよりも一歳上で、名前は月ヶ瀬和希。

犯罪者の息子。


夕方六時のぎりぎり前にアルファルドに到着すると、尾崎さんはもう更衣室にいた。

「あ、支倉《はせくら》。遅いから休みかと思った」

制服のワイシャツのボタンをとめながら眉を上げる尾崎さんに、俺は小さく顎《あご》を引いた。尾崎さんはボウタイを襟《えり》もとにかけて位置を確認しながら「あのさ」と続けた。

「うちの同居人が、支倉と連絡とりたがってるんだよ。アドレス教えるから、時間がある時に連絡してやってくれる?」

手早くボウタイを結び終えた尾崎さんは、ブラックのスマホをとり出して「送るよ」という感じの手ぶりをした。俺もパンツのポケットからスマホを出したが、でも。

「——和希さんは、もとから八宮じゃないんですか？　前の名字は『月ヶ瀬』ですか？」

尾崎さんの顔から、一瞬で親しさや気安さみたいなものが消え失せた。

「尾崎さんって、和希さんのお父さんのこと——」

「もし」

冷たく鋭い声だった。

その声よりもさらに鋭い刃物みたいな目を、尾崎さんは俺に突きつけた。

「もしおまえが今口にしようとしてることで、和希を侮辱《ぶじょく》したり、悪意を持って傷つけようとするなら、今この瞬間から金輪際《こんりんざい》あいつに関わることはゆるさない。俺もおまえとはもう一切関わらない。そしておまえが握った情報を使って少しでもあいつの不利益になることをしたら、俺はどんな手を使ってでも同じだけの損害をおまえに与える」

俺は息をつめた。尾崎さんが発する殺気で周囲の酸素が薄くなった気がした。

「……和希さんのこと書かれた昔の記事、読んで。いい気分か嫌な気分かっていえば、すごく嫌な気分でした。ショックかショックじゃないかっていったら……ショックです」

ふっと、圭や千晴と屈託《くったく》のない顔で笑っていた和希さんの姿がよみがえった。どうしてあの人は、あんな血が凍るような悪意を受けながら、あんなふうに笑えるんだろう。

どうして、まだ人を助けようと思えるんだろう。

「今、和希さんのこと好きか嫌いかって訊かれたら、俺はあの人のこと、好きです」

尾崎さんはまだ厳しい目で俺を見据《みす》えていた。

その目のまま、スマホを持った右手を上げて、親指だけを画面にすべらせた。

一拍おいて、俺のスマホがブルッと震えた。メール受信の通知が画面に表示される。

あの人のアドレスには、有名な音楽家の名前と、『１９７４』の数字が入っていた。

＊

バイトが休みの二日後、夕方。俺は駅コンの演奏場所でもあった仙台駅西口二階の、ステンドグラスの前に立っていた。

約束の時間は五時半だったが、朝からそわそわしていた俺は三十分も早く着いてしまった。二十分待ったあたりで気づまりになったので、時間まであたりをウロウロすることにした。エスカレーターで三階に上ると「牛たん通り」「すし通り」「ずんだ小径《こみち》」という仙台名物の店を集めた一角がある。そこを見るともなしに歩いていたのだが。

「ずんだソフト、ひとつください」

「かしこまりましたー」

なんか聞き覚えのある声が、とふり返ると、ずんだ小径にある甘味処《どころ》のカウンターで、俺が待ち合わせしている人が今まさにずんだソフトを受けとっているところだった。

「何やってんすか」

「あれ、早い。まだ十分くらいあるのに」

リュックを背負った和希さんは、こうばしそうなコーンの上にくるくる巻かれた緑色のソフトクリームを大事そうに持って目をまるくした。俺は二十分もそわそわ待ってたのに、この人はこんなところでずんだソフトを食おうとしてたなんて……。

「支倉も食べたら？　ずんだソフト、しあわせの意味がわかる食べ物だよ」

「いや俺は、……ずんだソフト一個ください」

淡い乳緑色のずんだソフトは、確かにしあわせの意味がわかるほどおいしかった。甘味処の奥にはイートイン用の席もあるので、俺と和希さんはそこに移動した。

「仙台に引っ越してきて、このずんだソフト初めて食べた時、感動して。それから仙台駅に来るたびこれ食べてる」

「まさか駅で待ち合わせにしたのって、ずんだソフトが食いたかったからじゃ」

「へへ」

帰宅時間帯に入っているから構内には人の数が多い。ざわめきと、足音と、電車や新幹線のアナウンスが絶えず聞こえる。ソフトをひと通りなめた和希さんが、口を開いた。

「幹也《みきや》に『支倉は知ってる』って言われたから、もしかしたら会ってもらえないかもって思ってた。時間とってくれてありがとう」

俺は後ろめたい気分になって、ずんだソフトに目を落とした。

「……なんか、すいません。プライバシー侵害みたいなことして……」

「いや、支倉が謝ることないから。ただ、どういうルートで知ったのか訊いていい？」

「駅コンのことで揉《も》めた、例の高泉って人が……和希さん、中学生の時にコンクールで優勝してますよね。その時に、あの人もヴァイオリン部門に出場してたらしくて……」

「そっか……コンクール関係者は盲点だったな。もう六年もたつし、名字も変わってるんだけど、やっぱりわかる人もいるんだ」

「月ヶ瀬――だったんですか、前の名字は」

「うん、高校までは。おれが大学に入った時に両親が復縁して、八宮になった」

「え、復縁？」

俺は勝手に過去の事件のせいで和希さんの両親が離婚して姓が変わったと思っていたので目が点になった。和希さんは、小さないたずらが成功したみたいに口角を上げた。

「おれの父は婿《むこ》養子だったから、母と結婚した時に、母方の姓になったんだ。事件のあと両親が離婚して、おれは母のほうに残ったから月ヶ瀬のままだったけど、両親が復縁して今度は母が父方の姓になったから、八宮になった」

かなり波乱万丈な話をしているのに、和希さんは普段と変わらず自然体だ。俺は和希さんのそういう、何か起きた時でも動じない感じはこの人のマイペースな性格から来てるんだと思っていたけど、それだけではないのかもしれない。

かつてもっと過酷《かこく》な体験をして、それを乗りこえてきたから、この人はどんな時にもゆらがない芯のようなものを自分の中に持ってるのかもしれない。

「和希さんのお父さんの話、圭と千晴も一緒に聞きました。でも俺、和希さんがどんな人か知ってるから、昔の事件のことは、関係ないっていうのとは違うけど……和希さんから何かをマイナスにするわけじゃないです。それは、圭と千晴も同じだと思います」

これだけは言っておかなければと思っていたことをひと息に言うと、和希さんは不意を突かれたみたいに目をまるくして、

「ん……どうもありがとう」

と照れくさそうに笑った。それが妙に人の心をくすぐる笑顔で、何やらこっちまで変に照れてしまって、俺はもしゃもしゃとずんだソフトを食べた。和希さんはマイペースに、時々小さくなっていくソフトクリームをかなしそうに見ながら食べていた。

コーンをくるんでいた紙をくしゃっと丸めてから、俺は深呼吸して切り出した。

「俺も和希さんと連絡とりたかったんです。和希さんに、訊きたいことがあって」

「うん。おれも、支倉に訊きたいことがある」

俺が何を訊きたいのか全部わかっているように言った和希さんは、そっちからどうぞ、と手ぶりで示した。

俺はどう話すべきか考えた。訊《たず》ねたいことを訊ねるには、どうしてそれを知りたいのかを言う必要があって、その理由には、入り組んだ事情がある。

「俺、何ていうか、話の持っていき方とかうまくないんです。だから、聞いてもらえますか。かなり長い話になるし——こんな話、今まで誰も、信じてくれなかったけど」

「うん」

和希さんは迷いのない動きで頷いた。

俺は息を吸って、吐いて、加速する鼓動を静めた。

十年前の、二〇一一年三月十一日。あの日に一度俺の生活はめちゃくちゃに壊れた。

そして、二〇一一年六月十七日、俺は時間を超えて二〇七〇年を訪れた。

＊

俺は、倉津町《くらつちょう》という宮城県の沿岸にある小さな町で生まれた。

人口が一万ちょっとの本当に小さな町は、北と南と西は山に、東は海に囲まれている。

握りかけの手みたいな形をしたリアス式海岸の倉津湾には二十以上の港があって、その港を中心に町が広がり、町をつつむように山脈が広がっている。

俺の育った家は、『神鳴崎《かんなりざき》』という町の景勝地の近くにあった。神鳴崎は子供でも足がつく程度の入り海で、沖合いにてっぺんから下まで見事に真っ二つになったどでかい岩がある。大昔、神様が雷を落としてこの岩を裂いたという伝説があって、そんな名前がついたらしい。半開きの扉みたいな巨岩の裂け目は、子供が二人手をつないでも楽に通り抜けられるくらいの広さで、向こう側に太平洋の水平線がのぞいている。俺はよくここで友達と貝や魚をとったり、岩の裂け目を抜けて外海まで競って泳いだりした。俺は泳ぎが得意だったから、たいてい一番だった。

俺に泳ぎを教えたのは父さんだ。父さんは消防士で、たとえば俺が学校で友達とつかみ合いの喧嘩《けんか》をしてアザを作って帰ってきても、カラカラ笑いとばすような人だった。

「爽太は何といってもガッツがあっていい。さすが父さんの子だ、もっとやんなさい」

一方、看護師だった母さんは、眉間《みけん》にしわを刻んでこう脅《おど》すタイプだった。

「今度同じことをやったら注射をお見舞いするわよ。それも一番痛ーい筋肉注射をね！」

ちなみにこの脅しは大人のくせに注射嫌いだった父さんにもよく使われて、男二人は母さんにどんな時も敵《かな》わなかった。そんな家族が、俺は、とても好きだった。

両親は二〇一一年三月十一日、地震による大津波で町が壊滅した日に死んだ。

町の消防署にいた父さんは、地震の発生後、近隣の住民を高台に避難させている最中に津波にのまれた。町立病院で働いていた母さんは、自力で動くことのできない患者を屋上に運んでいる途中で、津波に流された。

　両親がどす黒い波にのまれた時、俺は小学校の裏山にある神社にいた。俺たちの学校も災害時の避難場所ではあったけど、尋常《じんじょう》ではない揺れ方から大変な津波が来るかもしれないと考えた先生たちが、もっと高台の裏山に児童を避難させると決めたらしい。その判断で俺たちは命を救われた。十五メートルを超える大津波は裏山の斜面を駆け上がって神社の鳥居にまで到達し、学校に残っていたら俺たちはまず助からなかった。

「今日はもう暗くて動くのは危ないから、ここに泊まります。ちょうどいいから卒業式の歌の練習をしようか。ピアノはないけど大丈夫だよね？」

　必死なくらい明るい笑顔をした先生たちは、何度も俺たちに歌わせた。ひと晩じゅう、ずっとだ。今ふり返ると、あれは俺たちをパニックにさせないほかに、眠らせないためでもあったんだろう。あの日は雪も降ったほど寒くて、俺たちはみんな体を縮めて震えている状態だったから、眠りこんだら低体温症になりかねなかった。

　余震が何度も続くなか、寒さや不安や空腹を頭から追い出すために、俺は声をはりあげて歌った。真夜中、空を見ると、プラネタリウムでしか見たことがないような満天の星がかがやいていた。あんなに無惨《むざん》なことが起きたのに、停電した町の上にひろがる星空は、恐ろしく美しかった。

俺は本当に楽観的なガキで、朝になって水没した町を見ても、怪獣《かいじゅう》に踏みつぶされたみたいな自分の家を見ても、人でいっぱいの避難所で寝起きするようになっても、どこかで大丈夫だと思っていた。すごく大変なことが起きたみたいだけど、少し時間がたてば何とかなって、父さんと母さんが俺を迎えに来てくれる。疑うことなくそう信じていた。

だから、青いシートを被せられて体育館の床で横になる父さんと母さんに会った時、俺は、それがマネキンか何かにしか見えなかった。

シートをめくろうとしたら、担任の先生に抱きすくめられて止められた。先生のすすり泣きを聞きながら、俺はアホみたいに突っ立っていた。ようやく水が引いた町は瓦礫《がれき》だらけの廃墟《はいきょ》みたいで、あちこちで火事も起きたりしているから、消防士の父さんは今すごく忙しいんじゃないか。けがをした人もたくさんいるから、看護師の母さんは病院で動きまわっているんじゃないか。だから二人ともまだ俺を迎えに来れないだけで、これは、ここに転がっているのは、やっぱりマネキンなんじゃないか。

だけどその遺体はやっぱり俺の父親と母親で、俺は孤児《こじ》になった。

そして、母方の親戚である西城《さいじょう》の家に引きとられた。

西城のおばさんは母さんといとこ同士で、歳《とし》も同じだった。二人はすごく仲がよくて、しょっちゅう長電話をしたり買い物に出かけたりしていた。

西城のおばさんには、俺と同い年の息子がいた。ユウタといって、眼鏡の似合う賢くてやさしいやつだった。俺とユウタは同じ小学校に通っていたから、夏休みには俺の苦手な読書感想文をユウタが、ユウタの苦手な工作は俺が担当して、二人でこっそり笑った。

「爽太くん。お父さんとお母さんのことは、本当につらかったわね」

地震から十日がたった頃、避難所に来た西城のおばさんは、目に涙をためて言った。

俺はぼんやりとおばさんを見ていた。その頃はいつも頭がぼんやりしていたのだ。おばさんはそういう俺に何か耐えられなくなったみたいで、深くうつむいた。そのおばさんの肩を、西城のおじさんが抱いた。母さんも働いていた町立病院の医師だったおじさんは、眼鏡の似合う聡明《そうめい》な人で、ユウタとよく似ていた。

「ユウタのことは、聞いているかな」

俺は少し迷って、頷いた。俺の両親と同じように、ユウタも津波で亡くなっていた。

ユウタはあの日、熱を出して午後から学校を早退した。そして、おばさんにつれられて小児科《しょうにか》クリニックで診察を受けている時に地震が起きた。海辺の町で育った大人は、大きな地震があったら津波が来るから高い場所に逃げろと小さな頃から言い聞かされている。だからおばさんもユウタをつれて高台の公園に避難した。

だがあの日の津波の高さは想像を絶した。どす黒い悪魔みたいな波はほかの避難者もろとも二人をのみこんで、おばさんは救助されたけど、ユウタは遺体で見つかった。

「きみはお父さんとお母さんが突然いなくなってつらいと思う。私たちもユウタがいなくなってとてもさびしいし、かなしい。私たちにはきみの気持ちが理解できるし、きみにも私たちの気持ちが理解してもらえると思う。きみさえよければ、私たちと一緒に暮らさないか。私たちは、きみのお父さんとお母さんが好きだったたし、ユウタと仲よくしてくれたきみのことも好きだ。とてもお父さんとお母さんの代わりにはならないだろうが、きみが立派な大人になるまで、お父さんとお母さんの代わりに見守りたいんだ」

何と言えばいいのかわからなくて、俺は避難所のドアに目をさまよわせた。それがこの頃のくせだったのだ。今にあのドアから父さんと母さんが俺を迎えに来るんじゃないか、そんな気がして一日ずっとドアを見ていた。

突然、おばさんが飛びつくような勢いで俺を抱きしめた。驚きすぎて固まる俺の耳もとで、涙にかすれた声がささやいた。

「一緒に帰ろうね」

硬直していた俺は、突然涙がこみあげた。

それは、俺が一番聞きたい言葉だった。父さんと母さんにそう言ってほしかった。

でも父さんも母さんも、もう俺を迎えに来ることはない。二人は死んだから。

だけど俺は生きていて、生きている俺は、生きている人たちとしか一緒にいられない。

たとえば、父親でも母親でもないのに、俺に帰ろうと言ってくれたこの人たちのような。

その日、俺はおばさんと手をつないで、西城の家に帰った。

倉津町でも一番高い丘の上に建っていた西城の家は被害もなく無事だった。でもそこにはユウタだけがいなくて、代わりにユウタの部屋で俺が生活するようになった。

廊下《ろうか》をはさんだ真向かいの部屋は、まどかのものだった。俺とまどかは一応親戚だからそれまでにも顔を合わせたことはあったけど、八歳も離れているからそんなに親しくはなかった。ただ、まどかとユウタは仲のいい姉弟《きょうだい》だった。西城の家に引きとられて初めて顔を合わせた時、まどかは苦いものを飲んだような顔で俺を見た。

西城の家で俺は大切にされた。もちろんいくらかぎこちなさはあったけど、おじさんもおばさんも俺にやさしかったし、まどかも宿題を教えてくれたことがある。そのうち仮校舎を使って学校の授業も再開され、めちゃくちゃになった町は少しずつ前に進み始めた。町でも、家でも、いろんなものが少しずつよくなっているように見えた。

だから、俺は今でもわからない。それが何をきっかけに始まったのか。

「おかえり。ユウタ、プリン作ったけど食べる？」

ある日、小学校から帰ってきたらおばさんにそう言われた。おばさんはいつも通りの、悪意なんて一点もないやさしい笑顔だった。だから俺は何秒か迷ったあと、うん、と返事をした。単に呼びまちがえただけだ。そもそもユウタとソウタという名前が似ていると、俺とユウタはよく笑っていた。だからその時はたいして気にしなかった。でも。

「おかえりユウタ、学校どうだった?」「ユウタ、今日はお父さんもお姉ちゃんも遅くなるから二人でごはん食べよう」「ユウタ、なんだか背が伸びたんじゃない?」

ただの呼びまちがいだと考えるのも三回までが限界だった。それにおばさんは、おじさんやまどかがいる時にはちゃんと「爽太くん」と呼んだ。俺と二人きりになった時だけ、それは起きた。ユウタ。ユウタ。ユウタ。むせ返るくらいの愛情をたたえて俺を見つめ、おばさんは愛《いと》おしそうに呼びかける。

「おれ、爽太だよ」

一度たまりかねて言ったことがある。その時のおばさんの顔は忘れられない。みるみる笑顔が消えて、小刻みに震える瞳《ひとみ》が光をなくしてガラス玉みたいになった。本当に、そのまま倒れて死んでしまうんじゃないかと思った。

誰かに相談しようとも思った。でも臨時開設の診療所で働くおじさんは忙しすぎて家に帰れないこともよくあって、帰って来ても話しかけることができないほど疲れきった顔をしていた。まどかも俺にはどこか壁があった。それでも勇気を出して話しかけたことはあったのだ。お姉ちゃん、と。高校から帰ってきて部屋に入ろうとしていたまどかは、びくりと肩をゆらして俺を凝視した。まるで幽霊にでも遭遇したような顔で。

「なに?」

鋭い視線に、俺は声が出なくなった。沈黙が長引くと、まどかがため息をついた。

「悪いけど、大事な用じゃないならあとにしてくれる？　疲れてるから」

大事な用、なんだろうか。ただ違う名前で呼ばれるというだけだ。この人たちの死んだ息子、死んだ弟の名前で呼ばれるというだけだ。騒ぎたてるのは大げさなのか。ユウタと呼ばれるたびに自分の存在が塗りつぶされるような気になる俺のほうがおかしいのか。

結局俺はまどかに何も話せなかった。そしておばさんは、また俺を「ユウタ」と呼ぶ。

俺は、もしかして、ユウタの代わりに引きとられた？

大事に大事にしていた猫が死んでしまって、かなしくて仕方ない時に見つけた野良猫に同じ名前をつけて世話するみたいに、俺はこの家につれてこられたんだろうか。だからおばさんは俺をユウタと呼ぶんだろうか。爽太という俺はいらないんだろうか。

でも、じゃあそうだったとして、それが何だ？

家族じゃないのに家に置いてもらって、毎日ごはんを食べさせてもらって、学校に通わせてもらってる俺に、文句を言う権利があるのか。嫌だと言ったところで誰か味方してくれる人がいるのか。俺は親も家もないみなしごで、俺を無条件に守ってくれた人たちは、もうどこにもいない。

黙っていることにした。ユウタと呼ばれるたびに体がこわばって吐き気がしたし、それは時に耐えがたいほどだったけど、おばさんにまたあんな顔をさせるのかと思うと、俺はユウタじゃなくて爽太だと叫ぶことはもうできなかった。

その噂《うわさ》を聞いたのは、六月に入った頃だ。

「神鳴崎に死んだ人の幽霊が出るんだって」

クラスの女子がひそひそと話していて、そのうちほかのクラスメイトも「知ってる」「おれも見た」と口々に言い始めた。もともと津波で死んだ人の幽霊を見たという証言は、町内であとを絶たなかった。ただ神鳴崎は古い伝説のある場所だったし、そういうことが起こりそうな異世界めいた雰囲気があるから、ほかの噂よりひときわ真実味があった。

「夜にあの岩の裂け目をくぐるとね、あの世につれて行かれて戻ってこれないんだって。本当に行方不明になっちゃった人もいるって」

二〇一一年六月十七日、金曜日。今でもはっきりと覚えている。

俺はみんなが寝静まった午前二時頃に、西城の家を抜け出した。懐中電灯ひとつだけを頼りにして、まだ瓦礫があちこちに残る道を走った。

父さんと母さんに会いたい。

あの世でも天国でも何でもいい。二人のいるところに俺もつれてってほしい。

神鳴崎は、もう瓦礫と土台しかなくなった俺の本当の家の近くにある。

廃墟になった家の前を走り抜けて、丘を下っていくと、強く打ち寄せる波の音が聞こえてくる。そこからさらに海に通じる遊歩道を駆け下っていくと、神鳴崎に出る。

大きなまるい月が、黒い夜の海に、青い光を降らせていた。

打ち寄せる波の向こうに空を衝《つ》くようにそびえる、てっぺんから真っ二つになった巨大な岩。大昔、神が雷を落としてこの岩を裂いた。半開きの扉みたいな巨岩の裂け目からは、いつもなら遠い水平線をのぞむことができる。

だけどその時、俺は奇妙なものを見た。

真っ二つに割れた岩の裂け目に、白い炎のような、あるいは夏のすごく暑い日に道路にできる陽炎《かげろう》のような、目を凝《こ》らしても実体をうまく捉《とら》えられないゆらぎが見えた。

父さん。母さん。

俺は服を脱いで飛沫《しぶき》を上げながら水に入った。何も怖くはなかった。普段なら子供でも足がつくくらいの浅瀬なのに、その夜は俺の頭を越えるほど水位があった。俺はわき目もふらずに巨岩に向かって泳いだ。

巨大な要塞《ようさい》のような岩に近づくにつれて、正体不明の白いゆらぎは、寒天みたいに巨岩の裂け目を覆《おお》っているのがわかった。しばらく立ち泳ぎをして呼吸を整え、さらに大きく息を吸って巨岩の裂け目をくぐろうとした瞬間、俺は海中で見えないクジラに体当たりされたような衝撃を感じた。ゴゴゴという低い音。はっとした。

地震。

次の瞬間襲ってきた波をかぶって、俺は海中に引きこまれた。

波に揉まれながら、俺は奇妙なものを見た。地震でめちゃくちゃになる前の、きれいな倉津町の町並みが、暗い海中をスクリーンにしたように半透明に映っている。笑って道ばたで立ち話してる大人の姿や、下校途中の小学生の姿も見えた。——何だ、これは。

さらに強力な衝撃に襲われ、俺は完全に体のコントロールを失った。水面に出ようともがいても届かない。息が苦しくてたまらなくて、気が遠くなって、真っ暗になって。

そして突然、まぶしくなった。

「しっかりしてッ！　顔を上げて息を吸って!!」

誰かが俺の腕を指が食いこむくらい強くつかんで、頬《ほお》をひっぱたくような声で叱《しか》りとばした。俺は必死にその誰かにしがみついて、無我夢中で海面に顔を出した。

「泳いで！　もう少しだから！」

水を吐いて激しく咳《せ》きこみながら、俺は自分を助けてくれた誰かの顔を見た。

必死の形相をした、ずぶ濡れの女の人。長い黒髪が頬や首すじにはりついている。左の目もとに小さなほくろがあって、どこかさびしそうに見える。

それが五鈴《いすず》だった。

2

次に目を覚ました時、俺は白いベッドに仰向けになっていた。

「あ、気がついた？　気分はどう？」

ぼんやりしながら声がしたほうに顔を向けると、若い女の人が椅子《いす》に座っていた。ゆるく波うつ長い黒髪が、ワンピースを着た肩にかかっている。左の目もとに、ぽつんと小さな泣きぼくろ。その人は焦げ茶色の目で俺を見つめて、ふわりと笑った。

「よかった、わりと元気そうだね。本当にびっくりしちゃった、神鳴崎に散歩に行ったらきみがバチャバチャ溺《おぼ》れてるんだもの。念のためにレントゲンを撮ったりいろいろと検査してもらったよ。結果は異常なし、痛いところや変なところがなければ帰っていいって。よかったね。あ、そうそう。服は着てなかったけど、パンツだけはちゃんとはいてたから。きみの沽券《こけん》はちゃんと守られたから安心していいよ」

ほがらかに笑いかけてくる知らない女の人を、九歳の俺は硬直しながら見上げていた。

五鈴が首をかしげた。

「どうしたの、大丈夫？　もしかしてどこか痛い？」

「……大丈夫、です。どこも痛くないです」

「そう、ならよかった。私は、諏訪《すわ》五鈴。きみの名前を教えてもらえる？」

「支倉爽太、です……」

「はせくら、そうたくん。響きがシャープでいい名前だね。爽太くん、水は飲む？」

そう言われて俺は喉がすごく渇いていることに気がついた。急いで頷くと、五鈴が背中を支えて起き上がるのを手助けしてくれた。出された紙コップ入りの水を、俺はいっきに飲み干した。冷たい水が体のすみずみにしみこんでいった。

それから俺は、初めてはっきりとした意識で周囲の景色を見た。

白い壁と白い天井。ベッドにとりつけられた薄いカーテン。空調の効いた清潔な空気。

「……ここ、どこ、ですか？」

「うん？　病院だよ。倉津町病院」

──倉津町病院？

倉津町病院は、俺の母さんや西城のおじさんが働いていた町立病院だ。でも病院は津波に襲われて、建物こそ残ったけど内部はめちゃくちゃになった。今は廃墟同然で放置されて、高台に建てられたプレハブ施設が臨時診療所になっていたはずだ。

「ここ、診療所なんですか？」

「診療所？　ううん、倉津町病院だよ。きみを見つけて、ここに運んだの」

なんだか話が嚙《か》み合わない。困惑していた、その時だった。

五鈴の頭ごしに窓の向こうの景色が目に入って、俺はベッドをとび出した。

窓に駆けより、ガラスに額を押しつけて、その到底信じられない光景を凝視した。

静かな藍色の海と、緑の山脈に囲まれた、いくつもの家や店がならぶのどかな町並み。

――こんな馬鹿《ばか》な。こんなのはおかしい。

あの日、まっ黒な波が襲ってきて町は壊滅した。今でも町は瓦礫だらけで、潰れた家の残骸《ざんがい》や、ひっくり返った車や、無残に折れた大木や、壊れたおもちゃやアルバムや、そんな希望がなくなるようなものがまだ町じゅうに残っていたはずだ。

ここは倉津町じゃない。

「――ここ、どこ?」

「どこって、だから、病院だよ。倉津町病院」

そんなわけない。倉津町がこんな――何もなかったみたいにきれいであるはずがない。

だけどそれは言葉にならなかった。あまりに衝撃と混乱が大きかったんだと思う。俺はただ五鈴を見上げて、ぼうぜんと立ちつくすことしかできなかった。

そういう俺の様子から、さすがに何か変だと思ったんだろう。眉をよせた五鈴は、俺の肩にそっと手をおいて、ゆっくりと、小さな子供に言い聞かせるみたいに言った。

「きみ、大丈夫? おうちで休んだほうがいいよ。送っていくから教えて。家はどこ?」

家。俺の家。

あの夜、父さんと母さんのところに行きたくて、西城の家を抜け出した。

でも俺は、やっぱり今も父さんも母さんもいない場所に立っている。その場所は何かがおかしくてわけがわからないけど、生まれた家も両親も津波に奪われた俺には、もう家と言える場所はひとつしかない。

俺はぶかぶかの病衣の裾《すそ》を握りながら、小さい声で、西城の家の住所を呟いた。

五鈴は、なぜか怪訝そうに眉根をよせた。確認するように俺が言った住所を復唱する。

「本当に？　本当にそこでまちがいない？」

「……はい」

「区をまちがえてるとか、番地を勘違いしてるとか、そういうことはない？」

どうしてそんなことを言われるんだろう。俺はものすごく腹が立った。今思うとそれは不安の裏返しだったんだろうけど、九歳の俺は五鈴をにらんだ。

「勘違いなんてしてない」

「だって、そこって」

「そこがおれの家だよ」

五鈴は困ったなという表情で後頭部をなでてから、小さく息をついた。

「わかった。とりあえず、きみが言うその場所に行ってみよう」

それから五鈴は「適当に買ったものだけど」と紙袋に入ったTシャツとハーフパンツを俺にくれた。服がどこかにいった俺のために用意しておいてくれたらしい。俺は会ったばかりの女の人がそこまでしてくれたことに驚き、おずおずと受け取った。

別室で医師の簡単な診察を受けたあと、五鈴は俺をつれて、広々としたロビーみたいな場所に行った。俺は、自分がいるのが臨時診療所でもないことを知った。臨時診療所は急ごしらえのプレハブ施設で、こんなに広くて立派できれいな建物じゃない。

清潔なロビーには長椅子が並び、大勢の人が座っていた。五鈴はカウンターで受付スタッフにカードを渡した。雰囲気から五鈴が金を払っていて、それは俺の診察料だということは何となくわかった。俺はすごく所在ない気分になって、別の場所に目をそらした。

ロビーの中央の柱には巨大な液晶パネルが設《しつら》えられて【6／17（月）15：16】と日付と時刻が表示されていた。俺が西城の家を抜け出して神鳴崎に行ってから、もう十二時間以上が経過しているらしい。

それにしてもあの立体的に浮いて見える数字はどうなってるんだろうと驚いていた俺は、奇妙なことに気がついた。

どうして曜日が【(月)】となってるんだ？　今日、六月十七日は、金曜日のはずだ。

次いで立体的な数字の下部にある文字列が目に入って、俺はざわっと肌が粟立《あわだ》った。

【公立倉津町病院】

――倉津町病院は町立だ。そもそも「倉津町病院」という名前の病院はもうないのに。

「どうぞ乗って。シートベルトはしっかり締めてね」

病院の外に出ると広い駐車場があって、五鈴は紺色のコンパクトな車のドアを開けた。

俺は助手席におずおずと乗りこんだ。五鈴は俺がシートベルトを装着するのを見届けると

「ウィン！」といきなり勢いよく発進して、俺はヒッとなった。

夏の晴れた空の下、どこにも瓦礫や亀裂《きれつ》のない道路を、紺色の車は軽快に走った。エンジン音がほとんど聞こえないからふしぎに思って五鈴に言ったら「電気自動車だからね」と返された。電気自動車？　そんなのに乗っている人を俺は見たことがなかった。

俺は車窓の外を流れていく風景を食い入るように見つめた。どこも壊れていない家々。港に並んだ船。地面を覆う草と樹木。風にゆれる田んぼの稲。何もかも町から消えたはずのものだ。それに町並みが俺の記憶と全然違う。やっぱりここは倉津町じゃない。

でも――あの手をまるめたような湾の形。町をつつむ山脈の線。そういう偉大な自然は記憶と同じだった。倉津町じゃないのに、倉津町みたいだ。少し前から感じていた混乱と不安がじりじりと強くなって、俺は助手席で手を握りしめた。

そして数分後、その混乱と不安は頂点になった。

「ここが、きみの言った場所だよ」

五鈴は長い上り坂のてっぺんで車を停《と》めた。車から降りた俺は、門に駆けよった。

確かにそれは、俺が引きとられた西城の家だった。煉瓦《れんが》を積んだ塀と門。積み木を重ねたような二階建ての母屋《おもや》と、天窓のある屋根。

でも、よく見ると何かが違った。――そうだ、壁の色が違う。白かったはずの壁が白と青みがかったグレーのツートーンになっている。それにおばさんの趣味だった庭いっぱいの花の鉢植えもない。それに、門柱にあった『西城』の表札もない。

よく似た二枚の絵を並べてまちがい探しをするみたいに、ひとつ差異を見つけるたびに脈が速くなり、俺はふらりと五鈴を見上げた。

「西城のおじさんとおばさんは……？　まどか姉ちゃんは？」

「その人たちが、きみの保護者なの？　あのね、支倉爽太くん、よく聞いて」

五鈴は体をかがめて、まっすぐに俺の目をのぞきこんだ。

「その人たちは、この家には住んでない。ここは私の家だから」

何を言われたのか、俺にはわからなかった。五鈴はもう一度、明瞭《めいりょう》な声でくり返した。

「きみが自分の家だって言ったここは、私が住んでるんだよ」


とりあえず入ろう、と言って五鈴は、黒いワンピースのポケットから出した鍵で玄関のドアを開けた。毎日そうやってこのドアから出入りしているという慣れた手つきだった。

めまいがするような気分で、俺は家の中に入った。玄関、フローリングの廊下、天井の高さ、それらは確かに俺の知ってる西城の家だ。でも、靴箱の上に見覚えのないガラスの置物がある。壁紙の色が変わってる。天井につけられた電灯の形が違う。ぐにゃりと視界がゆがんだ気がした。――これは、いったい、何なんだ。

「ソファに座ってて。いま麦茶持ってくるから」

リビングに俺をつれて行くと、五鈴は奥のキッチンに入っていった。リビングの広さや窓の位置、そこから見える景色なんかは俺が知っている西城の家と同じだ。でもやっぱり、家具の位置や壁の時計など、違う点がいくつもある。西城の家ではシンプルな銀色の針の時計をかけていたけど、ここの壁にはかわいい家の形の時計がかかっている。赤い屋根の下にある小さな窓からは、きっと時間になったら鳩《はと》がとび出すんだろう。

鳩時計から視線をスライドさせた俺は、壁にかかったカレンダーに気づいた。

それは紙製の一年カレンダーとは違う、数字を刻んだ色とりどりのタイルを木板に規則正しく並べた万年カレンダーだった。月が変わるごとに、曜日に合わせて数字を刻んだタイルを並べかえていく仕組みだ。

そのカレンダーの上部の、西暦と月が並んだ部分を目にした俺は、棒立ちになった。

【2070 June】

「あれ、どうしたの？　そんなとこに立ってないで、こっちに来て座って」

五鈴の声にふり返る時、こわばった首や肩がギシギシした。五鈴はコップをのせたお盆を持って、ほら、と目線で俺をソファセットのほうへうながす。でも俺は動けなかった。

「……このカレンダー、おかしいよ」

「え？　何が？　どこもおかしくないよ」

「だってここ【2070】ってなってる。今は、二〇一一年じゃん」

相手のまちがいを正すような言い方をしながら、俺は情けないくらい声が震えていた。

とまどいを浮かべた五鈴は、ためらうような、気遣うような口調で言った。

「きみがどうしてそう言うのかよくわからないけど……今は二〇七〇年だよ。二〇七〇年の、六月十七日」

ぐらっとめまいがして、気が遠くなった。このまま気を失って眠りこんでしまいたかった。そうすれば次に目を覚ました時、きっと全部が夢になってる。

けど実際の俺は気絶することもできずに、やっぱり頭がおかしくなりそうなくらいわけがわからない場所に立ち続けている。

「……嘘《うそ》言うなよ。二〇七〇年なんて、そんなの嘘だよ」

「嘘じゃないよ。どうして嘘なんてつかなきゃいけないの？」

眉をよせた五鈴は、黒いワンピースのポケットから携帯端末——二〇二一年の俺が使ってるスマホよりもずっと薄くて軽そうな——をとり出して「ほら」と俺に液晶画面を見せた。画面の右上には、西暦と日付と時刻が表示されていた。

【2070／6／17　15：42】

頭の中が、クレヨンで塗りつぶされたみたいに、まっ白になった。

「それより、二〇一一年ってどういうこと？　きみは今が二〇一一年だと思ってるの？」

心配するようなまなざしで問いかけられて、俺は崖《がけ》に追いつめられたみたいな気分になった。横目に、壁にかけられたカラフルなタイルのカレンダーが映る。

【2070 June】

何もなかったみたいにきれいな町。

廃墟同然だったはずなのに、新しく立派になっている倉津町病院。

同じ家のはずなのにあちこちが違う西城の家。

まさか——本当に、ここは二〇一一年じゃなくて、俺がついさっきまでいたはずの時間から六十年もたった、二〇七〇年だっていうのか？

「——帰る、おれ」

頭がぐらぐらして、でもとにかくここにはいられないから、ここは何かがとてつもなくおかしいから、俺は声を絞り出した。風邪《かぜ》をひいたみたいにかすれた声を。

「帰るって、だけどきみ、どこに行くの」

「だって——だって今日、金曜日だからアニメあるし、おれ、帰んないと」

「今日は金曜日じゃない、月曜日だよ」

「知らないよそんなん！　おれ帰んないと！」

「ねえ、落ち着いて。ちょっと待ってよ」

落ち着けと言われても落ち着けるわけがなく、帰る帰ると駄々っ子みたいにくり返しながら、実際には俺は一歩もその場を動けなかった。だってここは倉津町なのに俺が知ってる倉津町とは違って何かがすごく変で、二〇七〇年だなんてそれはもしかしたらこの女の人が俺を騙《だま》そうとして言ってる嘘かもしれないけど、でも、本当にそうなのだとしたら？

本当にここが二〇七〇年なら、俺はどうすればいいんだ？

もし今が二〇七〇年なら、西城のおじさんとおばさんは百歳を超えている。もう生きていないかもしれない。それに、まどかは？　どこに行ってしまったんだ？　俺はもうこの家しか行くところはないのに、今ここには全然知らない女の人が住んでいて、じゃあもうここだって俺の家じゃない。

俺はどこに行ったらいいんだ？

ひゅっと喉が鳴った。心臓が胸を破ってとび出してきそうなくらい激しい動悸《どうき》がして、呼吸がどんどん荒くなって、苦しくて仕方ないのに自分ではどうにもできない。落ち着いて息を吸おうとすればするほど呼吸は暴走して、立っていられなくなった俺が崩れおちたのと、五鈴が駆けよって俺の肩を抱いたのはほぼ同時だった。

「落ち着いて。大丈夫。無理に息を吸おうとしなくていいから。ゆっくり吐いて……そう、上手だよ。次は一回息を吸って。そう、またゆっくり吐いて」

五鈴の声は俺が知っている女の人たちに比べると低めで、耳にしみこむみたいだった。汗で冷え切った背中をさする手が、すごく温かくてやさしかった。

しばらくすると呼吸は落ち着いて、俺はほとんど放心状態でソファに沈んだ。帰るとわめく気力も、もうなかった。自分がどうなっているのか、これからどうすればいいのか、少しでも考えようとすると底のない穴に真っ逆さまに落ちていくような恐怖に襲われるから、とにかくソファと一体化して何も考えないようにした。

「ねえ」

急に肩をさわられて、びくっと顔を上げると、五鈴がのぞきこんでいた。

「ちょうどケーキを買ってたんだ。紅茶もいれたから一緒に食べよう」

ほら、とうながされるまま、俺はダイニングのテーブルについた。テーブルには花もようの皿にのったケーキが二個あって、それはどちらも俺が一番好きな苺《いちご》のショートケーキだった。俺の向かいに腰を下ろした五鈴は「はい」とフォークをさし出した。二〇七〇年でもフォークを使うんだ、と俺はぼんやり考えた。

ショートケーキはたぶんすごくおいしいんだろうけど、味がよくわからなかった。とにかく俺は五鈴が口を開くのが怖くて、ケーキを半分まで食べた五鈴が「あのね」とついに切り出した時は全身が凍りついた。

「今日の夕ごはんはカレーの予定なんだけど、きみは辛口でも大丈夫かな？　甘口のほうがよかったりする？　それとも間をとって中辛にしようか？」

「……ふぇ？」

「ただし、肉に関しては豚バラだから。ブロックの。二センチ角に切った。ルーに関しては譲歩するのもやぶさかではないけど、ここは絶対に譲れません」

　まじめな顔の五鈴を俺は五秒くらい凝視してから、なんとか声を絞り出した。

「……辛口、で、大丈夫です。父さんも母さんも辛いの大好きだったから、唐辛子とかコショウとかバンバン入れてた」

「ほお、きみのご両親とは気が合いそう」

「あと、じゃがいもはゴロゴロでっかく切ったのがいい」

「おお同志よ！　私たちはいいカレー仲間になれる」

　俺は、どうして五鈴がそんな無邪気な顔で俺に笑いかけるのかわからなかった。

「おれ、ここ、出てかなくていいの——？」

　ずっとそれが怖かった。いつ彼女に邪魔に思われるのか、いつここから出て行ってくれと言われるのか。俺はそう言われたって仕方ない。俺と彼女は何の関係もない赤の他人だし、俺は誰も守ってくれないみなしごだから。

　紅茶をひと口飲んだ五鈴は、カップを置いて、正面から俺を見つめた。

「もちろん。カレーを食べるのにひとりじゃ張り合いがないよ。それにけっこう時間も遅くなっちゃったから、ひとりで作ってたら夕飯の時間に間に合わない。きみもニンジンとじゃがいもの皮むきを手伝って」

「……なんで？　おれ、他人じゃん。おねえさんとなにも関係ないじゃん」

「そういう色々なこと、今日はひとまず置いておこうよ。疲れてる時と、かなしい時と、お腹《なか》がすいてる時は、重大なことを考えちゃだめ。絶対にいい考えなんて浮かばないから。今日のきみのミッションは、私と一緒に世界一おいしいカレーを作ってたっぷり食べて、王様みたいにゆっくりお風呂に入って、ぐっすり眠ることだよ。話は明日の朝、ごはんを食べてからにしよう。いい？」

ことさらいかめしい表情を作った五鈴の顔が、みるみるにじんで見えなくなった。涙は拭くのが追いつかないくらいどんどんあふれて、耐えきれなくなった俺は自分でもわかるくらい顔をぐしゃぐしゃにして、幼児みたいにうなりながら泣いた。

俺はもう世界でひとりぼっちだと思っていた。この先何があっても誰にも助けてもらえなくて、自分に降りかかったことは全部自分だけで何とかしなくちゃいけないんだと思っていた。

父さんと母さんが俺をおいて突然いなくなってから、ずっと怖くてかなしくて凍えるほどさびしかった。それが死ぬまで続くんだと思うと、今すぐ消えてしまいたくなった。

「泣き虫だなぁ、きみ。けっこう気概《きがい》がありそうな面《つら》がまえしてるのに」

こんなふうに、初めて会った人が、やさしく頭をなでてくれるなんて思わなかった。

俺は泣きながら残りのケーキを食べて、五鈴と一緒にカレーを作った。ピーラーでニンジンとじゃがいもの皮をむく俺を、五鈴はうまいうまいとおだてた。

カレーはただでさえ俺の大好物なのに、五鈴のスパイシーなカレーはものすごくおいしくて、俺は三杯もおかわりした。

そして温かい風呂に入って、知らないベッドで、嘘みたいに深く眠った。

3

記憶の中の二〇七〇年は、もちろん二〇二一年現在より進化したものがたくさんあったが、基本的な生活にはそこまで変化はなかったように思う。

リビングのテレビは驚くほど薄型に進化していたけど、形自体はほとんど変わっていなかった（ただしこのテレビは故障している上に五鈴が「どうせ見ないから」と放置していて結局一度も使われなかった）。五鈴が使っていた携帯端末も、二〇二一年のスマホとそんなには変わらない。赤い屋根の鳩時計はそれこそ現在と変わらないし、五鈴はハーブのプランターに水をやる時は赤いジョウロを使っていた。朝食の目玉焼きはフライパン、食パンはトースターで焼いたし、食事には箸《はし》を使った。

「さて、ミーティングを始めようか。では支倉爽太くん、きみに何があったのか、なるべく詳しく話してくれる？」

目玉焼きとメープルシロップトーストの朝食が終わったあと、五鈴は牛乳たっぷりのコーヒー牛乳を二人分作って、おごそかにミーティングを始めた。俺は何度かつっかえながら、自分の身に起きたことを順を追って話した。

二〇一一年六月十七日、金曜日の午前二時頃に、俺は神鳴崎に行ったこと。巨岩の裂け目に入ろうとしたところで大きな地震に襲われたこと。その拍子に波をかぶって溺れたこと。それを五鈴が助けてくれたということ。俺が二〇一一年で聞いた死んだ人たちの幽霊の話とか、神鳴崎で見た白い陽炎とか、昔の町並みのフィルムみたいな不可思議な現象は、話をややこしくさせそうだったから黙っていた。

ひと息にしゃべると疲れてしまい、俺はコーヒー牛乳を飲んだ。五鈴は眉根をよせて、何とも言えない顔をしていた。俺はいたたまれなくて、足の指をぎゅうと縮めた。

「……おれ、嘘ついてないよ」

「嘘だとは思ってないよ。きみの昨日からの必死な姿を見てれば、そんな悪ふざけはしてないってことはちゃんとわかる。ちょっとまだ理解が追いついてないだけ」

五鈴は難しい顔のままコーヒー牛乳を飲み、宙《ちゅう》を見上げた。

「確認すると、二〇一一年六月十七日の午前二時頃に神鳴崎で溺れたきみを、どういうわけなのか二〇七〇年六月十七日の私が神鳴崎で見つけた。時間は、午前十時くらいだったと思う。二〇一一年六月十七日時点では、きみはこの家に西城さんという人たちと住んでいて、二〇七〇年の現在は、私が住んでる」

事実を羅列《られつ》した五鈴は、腕組みしてしばらく目を閉じ、小さくうなった。

「……いわゆるタイムスリップ的な？　おもしろすぎるんですけど」

俺はちょっと楽しそうな五鈴をじとっと見た。「でも本人にしたら大変だよね」と五鈴はご機嫌とりの笑顔で急いでつけ足した。わかってもらえたらうれしい。

「……あの。二〇七〇年って、タイムマシンとか、できてる？」

「聞いたことないなぁ。もしかしたらどこかの大国が秘密裏に開発してるかもしれないけど、少なくとも一般には普及してないね。宇宙旅行だってまだまだ庶民《しよみん》には手が届かない値段だし」

二〇七〇年は思ったほどたいしたことがないようだ。じゃあタイムマシンで二〇一一年に戻ることもできない。俺はがっくりしたが、それから、変な気分になった。——俺は、本当に戻りたいのか？　ユウタと呼ばれ続ける二〇一一年に？

「それにしても、きみはどうしてそんな真夜中に神鳴崎に行ったの？　明るいうちならまだしも、夜なんて危ないじゃない。あそこ時期によっては波も荒くなるし」

首をかしげた五鈴から、俺は目をそらして「別に」と口の中で呟いた。

「そういえば——私が生まれるずっと前の話だけど、二〇一一年って、大変な地震があった年じゃなかった？　きみと保護者の西城さんたちの名字が違うのって、関係あるの？」

内臓に手を突っこまれたような心地がして、俺は体を硬くした。

そういう俺の様子から、何か察したのかもしれない。五鈴はそれ以上深く訊こうとはしなかった。コーヒー牛乳のカップを持ち上げ、くるりと宙に意味のない模様を描いた。

「とにかく、どういう仕組みなのか見当もつかないけど、神鳴崎にきみの身に起きたことの原因がありそうだね。お昼ごはんを食べたら、一緒に行ってみようか。単純に考えれば、二〇一一年できみは突然姿を消したことになってるんじゃないかと思うし、それならきっと、きみと一緒に暮らしていた人たちはすごく心配してるだろうし――」

心配という言葉が、どうしてそんなにと自分でも不可解になるほど神経にさわった。

「心配なんてしてない」

五鈴が眉をよせた。急激に感情が高ぶって、俺は自分の声が荒く尖《とが》るのを聞いた。

「おじさんも、おばさんも、まどか姉ちゃんも、他人だから。おれは本当の家族じゃないから。だから心配なんてしてない。おれが戻んなくたって平気だよ」

「……詳しい事情はわからないけど、それはどうかな。きみはちゃんとお礼も言えるし、私がカレーを作るのも手伝ってくれた、いいやつだよ。その人たちがきみを大事にしたから、きみはきみのいいところを人に分けてあげられるんじゃないかな」

「大事なのはおれじゃなくてユウタだよ」

体がどんどん赤黒くふくらんでいくような気がした。どんどん、どんどんふくらみ続けて、そのうち爆発してしまうかもしれない。この体いっぱいの怒りのせいで。

そうだ、俺は本当は、ずっと怒っていた。

何に対して？　誰に対して？　父さんと母さんを殺した地震と海？　傷ついたふりをして俺を死んだ息子の身代わりにするおばさん？　仕事ばかりで何もしてくれないおじさん？　助けを求めたのに俺の手をふり払ったまどか？

「でもおれはユウタじゃないから、ニセモノだから、みんなどうしておれが生き残ったんだって思ってるんだよ。おれじゃなくてユウタが生きてればよかったのにって、ユウタの代わりにおれが死ねばよかったのにって思ってるんだよ。だからおれをユウタって呼ぶんだよ。だから何回おれは爽太だって言っても、ユウタって呼ぶんだよ」

体の奥底から震えが起こる。あの町を呑みこんだまっ黒な津波みたいな、凶暴な感情が体の中で荒れくるってる。波の引いたあとに残った現実がこんなものなら、もう一度地震が起きればいい。そして今度こそすべてを跡形もなく壊せばいい。

「おれだって好きで生きてるんじゃない。死んだってよかった。こんなことになるんなら生き残んなくてよかった！　父さんと母さんに会いたい。返してよ。できないなら父さんと母さんのいるとこにおれをつれてってよ。夜に神鳴崎に行ったら会えるって——なのに嘘だった。みんな嘘ばっかだ。おじさんも、おばさんも、本当はおれのことなんか好きじゃないくせにきれいごとばっか言って大嫌いだ！　もうみんないらない、まどかもユウタもみんな大っ嫌いだ!!」

頭がガンガンする。胸をかきむしって心臓を引きずり出したい。息がうまくできない。

これ以上ここにいれば何も関係のない五鈴にきっともっとひどいことを言うから、俺はリビングのドアを開けようとした。五鈴が後ろから少し乱暴に腕をつかんだ。

「待って、どこに行くつもり？　ここにはきみの知ってる人はいないんだよ」

「はなせよっ！」

俺は自分でも聞いたことのない、獰猛《どうもう》な野犬みたいな声をあげて五鈴の手をふり払った。溺死《できし》しそうだった俺を助けて、ごはんを食べさせてひと晩泊めてくれた人の手を。

怒りは相手を選ばない。目に映った人間すべてにこの怒りを贖《あがな》えと噛みつく。

「あんただってそのうちおれのこと邪魔になるくせに！　やさしくしてくれるのなんか今だけだろ。他人だからそのうち出てけって言うだろ。だから今いなくなればいいだろ！」

「言わないよ」

われを忘れて吠えたてる犬みたいな俺に、五鈴は鞭《むち》を一振りするように鋭く言った。

「出ていけなんて言わない。きみをひとりで放り出すつもりなんてない。覚えておいて。きみはまだ九歳の子供で、その歳じゃ抱えきれないような大変な思いをたくさんしたんでしょう。でもね、だからって私の意志を知ったふりして決めつける権利なんてない」

本気になった大人の語気にのまれて、俺は動けなくなった。

五鈴は、立ちつくす俺の前にゆっくりと膝《ひざ》を折った。

立ち膝になって、すごく近いところから俺の目をのぞきこむ。五鈴の瞳に映った自分を見て、俺は自分が怒りくるった顔じゃなく、今にも泣き出しそうな顔をしていたことを知った。そっと頭をなでた手が、背中に動いて、俺は五鈴の肩に顎をのせる恰好《かっこう》になった。

「――きみは、お父さんとお母さんに会いたくて、夜の神鳴崎に行ったんだね」

じわっと鼻の奥が熱くなって、俺は唇を嚙みしめた。

「大好きな人たちに置いていかれるのはつらいね。本当に、心が消えるくらい、つらい」

俺の背中をやさしく叩きながら、五鈴はかすれた声でささやく。

「でも、お父さんとお母さんのところには、きみをつれていけないよ。もしそれができたとしても、まだそこには行ってほしくないよ。私が言ってもきみには全然足りないだろうけど、でも、きみが無事でよかった。生きていてくれて本当によかった。死んだってよかったなんて、お願いだから、言わないで」

目が壊れたみたいに涙があふれ出した。

犬がうなるような音が喉で鳴って、それでもう耐えきれなくなって、俺は声をあげて泣いた。とまらなくて、もうとまらなくて、五鈴にしがみついて泣いた。五鈴は楽な姿勢じゃなかっただろうに、じっと俺を抱きとめていてくれた。

涙を一滴残らず絞り出した俺は、疲れ果ててソファで気絶するように眠った。

そうして、長い時間がたったあと、神様の歌みたいにきれいな音で目を覚ました。

起き上がると、白いカーテンが掛かった窓辺で、五鈴がヴァイオリンを弾いていた。

当時の俺は音楽の授業がすごく苦手で、楽譜も全然読めなかったし、ときたま授業で流されるクラシックなんて退屈でとても聴いてられなかった。

でもその時は、五鈴が奏でるヴァイオリンの音色に心をうばわれた。

五鈴が弾いていたのはシューベルトの『アヴェ・マリア』だった。もちろん当時の俺はそんな曲名なんてわからなかったけど、天国から降ってくるような調べの美しさはわかった。五鈴のヴァイオリンの音は、清くて、やさしくて、淡い金色に光っていた。

「おはようございます、王子様。ご機嫌いかがあそばしますか？」

弾き終えた五鈴は、くるりと俺のほうを向いて、弓を持った右手を胸に当てると騎士みたいにひざまずいた。ソファの上で俺は思わずふき出して、五鈴はにんまりすると、また夕焼けのような色のヴァイオリンを肩にのせた。

「では、お次はこれ」

五鈴はモンティの『チャールダーシュ』を弾きはじめた。冒頭は酔っ払いのおじさんが「世の中うまくいかねえなあ」と千鳥足《ちどりあし》でぼやいているような哀愁《あいしゅう》が漂いつつもコミカルな曲調で、そこから一転、熱狂的な速弾きが始まる。人間業《わざ》とは思えない高速の超絶技巧に俺は完全にぽかーんとして、それを見た五鈴はにやりと不敵に笑うと、信じられないことにさらに速度を上げた。しまいには弾きながらくるくる回りはじめて「ジャジャーン」

とフィナーレを弾き鳴らした五鈴が胸に手を当てておじぎした時、俺は夢中で拍手した。開いた口がふさがらない俺を指さして「その顔サイコー」と五鈴は大笑いした。

そのあとも五鈴はたくさんの曲を弾いてくれた。音楽オンチの俺でも聴いたことのあるクラシックの名曲から、俺の好きなアニメの主題歌まで本当にいろいろ。聴いている間、俺は感動したり、わくわくしたり、大笑いしたり、ずっとはしゃぎっぱなしで自分のためだけのリサイタルを聴いていた。

「じゃあ最後は、私の大好きな曲」

窓から夕暮れの光がさしこむ頃、五鈴がささやくような声で言った。ヴァイオリンを肩にのせ、五鈴は祈るように目を閉じると、ひそやかに弾きはじめた。

それは、今はもうない遠い国に伝わる、古い歌みたいな曲だった。

聴いたことはないはずなのになぜか懐かしいような気のする旋律は、静かで、けっして明るくはない。でも、かなしいのとも違う。耳をすましていると、記憶の箱がそっと開けられて思い出があふれてくる。自分に好きな人がいたこと、自分を好きでいてくれた人がいたこと。そんな過ぎ去った日々が、あとから、あとから、よみがえってくる。

気がつくと、俺は泣いていた。

涙が雨みたいに流れて、その雨が心を洗い、怒りもかなしみも透明になっていく。

最後の旋律を弾き終えた五鈴は、ゆっくりと、弓を下ろした。

「これはね、私の大切な音楽仲間が作った曲。タイトルはついていないんだけど、私は勝手に『Far away』って呼んでる。遠くにいる大切な誰かを想う曲だよ」

俺はあふれて止まらない涙をぬぐいながら、もう一度聴きたいと言った。五鈴はほほえんで弾いてくれた。きれいな、きれいな旋律と、それに命を吹きこむヴァイオリンの音が、冷たくこわばった心をとかしていく。

懐かしい旋律にのってイメージが浮かぶ。

ずっと遠くの、青い海辺に、父さんと母さんが立っている。手をつないだ二人は、俺をふり返ってほほえむ。少しかなしそうに、でも、おまえなら大丈夫だよというように。

大丈夫なんかじゃないよ。おれ、さびしいよ。あれからずっと毎日さびしいんだよ。戻りたい。神鳴崎のそばのあの家に。父さんと母さんの爽太に。

でも、それはできないんだ。わかってるんだ。本当はもう、ちゃんとわかってたんだ。

「さあ、そろそろ夕ごはんを作らなきゃね。きみは何が食べたい？」

膝をかかえて泣く俺の頭を、五鈴がくしゃくしゃとなでた。俺はぐしゃぐしゃになった顔のまま、涙でかすんでよく見えない目で、五鈴を見上げた。

「――おれ、ここに、いていいの？」

言葉にできない問いかけの全部を抱きとめるように、五鈴はほほえんだ。

「ちょうどこの家、ひとりで暮らすには広すぎると思ってたんだ。よろしく、爽太くん」

＊

　そうして俺は、二〇一一年に戻る方法が見つかるまで五鈴と暮らすことになった。

　やはり俺の身に起きた不可思議な現象の原因は神鳴崎にあるのではないかということで、俺と五鈴は何度か神鳴崎に行ってみたけど、結局手がかりはつかめなかった。でも五鈴は「まあそのうちどうにかなるさ」と楽観的で、帰り道に二人でカニをとって遊んだ。

　ある時、帰りの車の中で、俺はふと思いついた。

「二〇七〇年のおれって、どこかにいるのかな？」

　俺は二〇七〇年には六十八歳になっている計算で、まだ生きていそうな年齢だ。もしも未来の俺がどこかにいるとしたら、そいつに会えば、二〇一一年に戻る方法や、そもそも戻ることができたのかどうか、いろんなことがわかるんじゃないだろうか。

「うーん……それはやめたほうがいいと思うな」

　車を運転する五鈴は、渋い表情で言った。

「どうして？」

「まず、九歳のきみと六十八歳のきみが同じ時間にいるって、それはすごく奇妙な話でしょう。そのうえ顔を合わせたりしたら、何か大変なことが起きそうで怖いよ。それに九歳のきみが六十八歳のきみに会って話を聞いたら、きみは本当なら知るはずのない未来の出来事を知ることになる。それってうまく言えないけど、あまりよくないことだと思うよ。それに、そもそも二〇七〇年のきみを捜すっていうこと自体も——何ていうか、いろいろと問題があるかもしれないし」

九歳の俺は五鈴の歯切れの悪い言い方を妙に思ったが、今思い返すと五鈴が何をためらっていたのかわかる気がする。俺がいた二〇一一年から二〇七〇年までは六十年近い時間の断絶があって、その間に何があったとしてもおかしくない。俺が二〇七〇年の前に死んでいるという可能性だって十分考えられるのだ。もし九歳の俺がそんな事実に直面したとしたら、すごいショックだっただろう。五鈴はそんな可能性も考えて、でもそれを子供の俺に言うには忍びないから、言葉を濁《にご》したんじゃないだろうか。

「同じ理由で、二〇七〇年できみの友達や知っている人を捜そうとするのもやめたほうがいいと思う。二〇一一年の住人のはずのきみがそういう行動をとることで何か問題が起きるかもしれないし、そもそもとても信じてもらえそうにない話だから、きみが傷つくことになるかもしれない。大丈夫、きみはきっとそのうち二〇一一年に戻ることができるよ。私も一緒に方法を探すから、あまり近道しようとしないで、気長にいこう」

「けど……おれがいつまでもここにいたら、おねえさん、迷惑かかるじゃん」

正直な気持ちを言えば、俺はそこまで二〇一一年に戻りたいわけではなかった。ただ、自分がひそかに重荷に思われているのではないかということが不安だった。

五鈴は突然ウィンカーを点滅させて、路肩に車を停めた。どうしたんだととまどう俺の頭に、五鈴はぽんと手を置き、真剣な目をした。

「共同生活にはルールが必要だね。細かいことはおいおい決めていくけど、まずはひとつ。『迷惑』なんて言葉は、今後きみが私といる限り、二度と使わないこと」

声のない俺の髪を、五鈴はくしゃくしゃとかきまぜる。やさしくほほえみながら。

「きみがこの先、何カ月、何年、何十年うちにいたって、私は迷惑なんかじゃない。そういうつまんないことは、もう言わないこと。これが私たちの最初のルール。わかった？」

喉の奥が苦しくなった俺は、うつむきながら黙って小さく頷いた。よし、と笑った五鈴は「ウィン！」といつもみたいに急発進して、俺はヒッと座席で固まった。

それから五鈴は俺の服や下着やパジャマや歯ブラシやその他もろもろの日常生活に必要なものをネットで取りよせてくれた。ひとつ自分の持ち物が増えるたびに、俺はここにいていいとゆるされたような気がして、胸の奥がぬくくなった。

そうして俺と五鈴の共同生活は始まった。

「共同生活にはルールが必要。ということで、爽太くんは次のことを守ってください」

朝食後の恒例のミーティングで、五鈴はおごそかに『ルール』を発表した。

「まず、きみは二〇一一年からやって来て、二〇七〇年のことはまだまったくわからないと言っていい。だから家のまわりくらいは別として、どこかに出かける時は、私と一緒に行動してもらいたいの。何かあった時すぐに対処できるようにね。よろしいかな？」

「はい」

「大変いい返事でけっこうです。それとここにいる間は、きみは私の親戚の子ということにしよう。親戚でもない男の子を家に住まわせてるってわかると、世の中はいろいろと都合が悪いからね。もし誰かに名前を訊かれたら、下の名前はそのままでいいけど、名字は『諏訪』と答えて。どうして私の家に住んでるのかとか、学校はどうしたんだとか、そういうことを訊かれたら『いろいろあって』って答えればいい。そうすれば、相手のほうであれこれ想像して納得してくれるものだから」

「わかった」

「あとは……ああ、そうだ、あれってわかる？」

五鈴はリビングの玄関寄りの壁に取りつけられているモニターを指した。俺は頷いた。

「誰かが外のピンポン鳴らしたら、顔が映るやつでしょ？」

「そう、ついでにマイクで話もできるし、ボタンを押すとドアの鍵も開けられる。ただ、きみはあのモニターにはさわらないで。誰かが訪ねてきたら私が出るし、外出先でも端末から応対できるから、私がいない時でもきみは何もしなくていいよ」

「宅配便は？　おれ、ハンコつけるよ。父さんと母さんがいない時にやってた」

「だめ。宅配便はとくにだめ。たまにあるんだよ、宅配業者を装《よそお》って住人にドアを開けさせる強盗事件が。とにかく、私がいない時は絶対に宅配便を受けとらないこと」

「えー……でも、カメラ見てちゃんと荷物持ってる人が映ってたらいいじゃん」

「それでもだめ。子供しか家にいないって知られたら危ないから。それから、郵便物も。私が夕方にポストから回収するから、きみは郵便物にさわらないで」

「……なんかおれ、ぜんぜんやることない」

「そんなことないよ。きみはハーブのプランターの水やりをお願い。あと、お風呂掃除もお願いしたいけど、できる？」

「できるっ、家でもやってた」

そのほかにも細々とルールが決まった。起床は朝六時半、夜は十時半までに寝ること。「おはよう」「おやすみ」「いただきます」の挨拶《あいさつ》をちゃんとすること。むっとしたら態度ではなく言葉で伝えること。食事は好き嫌い言わずに食べる。アイスは一日一個まで。

「そして最後に」

と五鈴はあらたまった表情で言った。

「わたくし五鈴は、本日から仕事をします。その間、きみは静かにお勉強をしていてください。小学三年生のひと通りの授業、このタブレットにそろってるから」

二〇一一年ではまだタブレット端末やスマホは現在ほどには普及していなかったから、

九歳の俺は手渡された薄型の電子機器のかっこよさに惚れぼれした。

五鈴から説明を受けながらタブレットを操作すると、アニメのキャラクターが割り算やグラフの説明をしたり、昆虫や植物のつくりについて教えてくれる授業が始まる。これが国語、算数、理科、社会、英語とそろっていた。俺は英語の授業なんて初めてだったからびっくりしたけど「そっか、二〇一一年の小学三年生はまだ英語の授業受けないんだ」と五鈴のほうも違う意味でびっくりしていた。

教科ごとにいろんなキャラクターが教えてくれる授業はおもしろそうだったし、タブレットをさわること自体楽しくて「月曜日から金曜日はきちんと時間割どおりに授業を受けること」と指を立てる五鈴に、俺は張り切って頷いた。

……それにしても。

「仕事って、なにしてるの?」

当然気になって訊ねたら、五鈴は少し照れくさそうに耳もとの髪をいじった。

「ヴァイオリンの先生、かな」

意外な返答に俺は驚いたけど、五鈴のヴァイオリンを思い出したら、ぴったりだと納得した。どこかに出かけて行って教えるのかと思ったが「レッスンはこの家でやるの」と言う。ではこれからレッスンを受ける生徒がやって来るのか。二〇七〇年に来てしまってから五鈴以外の人間に会っていなかった俺はにわかに緊張したが、五鈴は笑った。

「生徒さんが来るっていうのとも、また少し違うの」

　五鈴は「今日だけ特別だよ」と言いおいて、俺を二階につれて行った。二階には五鈴の寝室と、俺が使わせてもらってる部屋がとなり合っている。廊下をはさんで向かい側にも二つの部屋があるが、そのうち向かって左側の部屋は、

「ここには入らないで」

　と言われていた。今回五鈴が俺を入れたのは、そのとなりの、右側の部屋だった。

「ここがレッスン室。防音設計にはなってるけど、レッスン中にこの部屋の前を通る時は静かにしてね」

　ドアの向こうはフローリングの床と白い壁の、物が少ない広々とした部屋だった。教本を入れた本棚と、アップライトピアノ、部屋の中央の小さなテーブルくらいしかない。

　部屋の中央に立った五鈴は、小さなローテーブルからとり上げた銀色のブレスレットみたいなものを両方の手首に装着した。次にワンピースの胸もとに、すごく小さなピンバッチみたいなものをつける。それは何かと訊いたら「マイク」と言われた。

「そこの椅子に座っててね。くれぐれも静かに、大人しく。うろうろ歩きまわったりしちゃだめだよ。そうしたくなったら、静かにそっと部屋を出ること」

　ドアのそばの椅子に座らされた俺は、緊張しながら五鈴の指示に頷いた。「そこまで固くならなくてもいいよ」と笑った五鈴は、ヴァイオリンケースを持ってきて、あのあざや

かな夕陽色のヴァイオリンを出した。ヴァイオリンを肩と顎ではさみ、まずはA線をA《ラ》の音に合わせて、A線とD線、D線とG線、A線とE線を開放弦《げん》で弾きながらチューニングしていく。もっとも当時の俺は「チューニング」なんて言葉すら知らなかったから、なんかふしぎなことやってるなぁと五鈴をぽわっと見ていただけだが。

「時間だね。じゃあ、始めます。ここからはお静かに」

唇の前に人さし指を立てて念押しした五鈴は、テーブルに置いた携帯端末を操作した。

部屋の床が一瞬ぼうっと光った。ような気がした。そして俺はあんぐりした。

部屋に人が増えていた。椅子に座って、ヴァイオリンを膝に立てた、上品な老婦人が。

老婦人はふんわりした髪が白髪まじりの銀色で、五分袖《そで》の緑のワンピースを着ている。

いつ、どこから入ってきた？　いや、入ってきたわけがない。だってドアのそばには俺が座っているし、ドアは一度も開かなかった。

老婦人は、よく見ると、五鈴と同じように手首に銀色のブレスレットをつけている。

「おはようございます、ソノコさん。おひさしぶりです」

『ええ、本当に。また先生のレッスンが受けられて、うれしいわ』

しゃべった。普通にしゃべった。でも、どことなく声に機械的な響きがまじっているような気もする。と、老婦人が『あら』とこっちを見て目をまるくしたので俺は硬直した。

『そちらの男の子は？』

「親戚の子なんです。事前にお話しせず申し訳ありませんが、レッスンを見学してもよろしいですか？　もちろんお嫌でしたらすぐに出ていかせます」

『いいえ、かまいませんよ。お利口《りこう》そうな子だし』

ほほえむ老婦人に、俺も精いっぱいお利口そうに見えるように笑い返したが、ちょっと口もとが引きつった。もう、ほんとに、わけがわからない。

うろたえる俺をよそに、五鈴はレッスンを始めた。老婦人は今『G線上のアリア』を練習しているらしい。ヴァイオリンのE線、A線、D線、G線のうち、G線だけで弾くことのできる曲だからそういう名前がついたのだと、あとから五鈴が教えてくれた。

「そうです。音がゆったりと流れるように、音の流れが止まらないように、弓のダウンからアップをなめらかに——弓を押し上げるのではなく、手首で弓を引っぱる感覚で弾きましょう。少し失礼しますね」

五鈴が弓を握る老婦人の手にやわらかく自分の手を重ねて、ボウイングの感覚を伝えようとする。すると、老婦人の弾くアリアはすごくなめらかになった。五鈴のように高らかに響く音色ではないけど、老婦人のスズランみたいに清楚《せいそ》な音もきれいだった。

「では、最後に通してみましょう」

五鈴がピアノの前に座って伴奏を始め、老婦人が『G線上のアリア』を最初から弾きはじめる。途中で音がゆれたり、少し音をまちがえることもあったけど、自分で音楽を奏でることを楽しんでいるのが伝わってくる演奏だった。俺は思わず体に力を入れて、がんばれ、がんばれ、と念じながら聴いていたから、老婦人が最後まで弾き終えて弓を下ろした時は、思わずパチパチ拍手してしまった。『あらあら、ありがとう』と老婦人は、口もとに手を当ててはにかみ笑いした。

レッスンは一時間半で終わり、五鈴と老婦人は次回のレッスンの日程を確認した。そして「お疲れさまでした」『ええ、ありがとうございました。楽しかったですよ』と挨拶を交わすと、五鈴はまた携帯端末を操作した。

ふっと老婦人の姿が消えた。幽霊みたいに突然。俺は再びあんぐりした。

「あれは、MR電話。5Gネットワーク……うーん、ぽかんとしてるな……とにかくすごく大きいデータもあっという間に送れちゃうスゴ技を使って作られた電話なの。電話だから離れた場所にいる人と話ができるし、カメラを使って姿も見えるようにしてあるから、まるでそこに一緒にいるような感覚でやり取りができる」

「で、でもさっき、おばあさんのことさわってたじゃん」

「本当にあの人の体をさわったわけじゃないの。ただ、体につけた装置から筋肉に電気信号が伝わって、私がホログラムにさわると実体にさわったような手ざわりが再現されるし、逆にあの人にも私に本当にさわられたような感覚が再現される。――本当のこと言うと、私も詳しい仕組みはわかってないんだけど、とにかくこのMR電話があれば、生徒さんにここに来てもらったり、私が生徒さんのところに行ったりしなくても、レッスン室で直接向き合ってるのとほとんど変わらないレッスンができるのです。ちなみにさっきのソノコさん、静岡県にいるんだよ」

「す、すげー！」

「ふっふっふ、だてに二〇七〇年じゃないんですよダンナ」

俺は初めて二〇七〇年らしいスゴ技テクノロジーを目撃した興奮で、五鈴と昼ごはんのチャーハンを食べながら「すげー、すげー」とアホみたいにくり返した。五鈴はおかしそうに笑ってから、まじめな顔になって俺をスプーンで指した。

「ところできみ、午前はレッスンの見学で勉強を休んだんだから、午後はきちんとやるんだよ。私は午後もレッスンが入ってるけど、しっかりね」

勉強のことを持ち出されて若干《じゃっかん》げんなりしつつも、俺は「はい」と頷いた。それからずっと思っていたことを言おうとしたけど、いや、いくら何でもそれは厚かましいよなと思い直して、また口を閉じた。五鈴が眉を上げた。

「なに？　何かあるなら、遠慮しないで言ってごらん。言いたいことはしっかりと言う、これも共同生活のルールだよ」

俺はもじもじとチャーハンの山をスプーンで崩しながら、言ってみることにした。

「……あの。おれも、ちょっと、ヴァイオリン弾いてみたいな、って……」

泣き疲れた俺のために五鈴が弾いてくれたヴァイオリンの音が、ずっと耳を離れなかった。さっきの老婦人の楽しそうな笑顔を見て、弾いてみたいという気持ちは強くなった。

でも、ただでさえこの家に置いて面倒を見てもらっているのに、そんなことまでねだるのは迷惑なんじゃないだろうか。そう思っておずおずと五鈴をうかがうと、

「いいよ、やってみる?」

あっさりと五鈴は言って、にっと笑った。

「じゃあ、夕ごはんを食べたら記念すべき第一回目のレッスンをしよう。それまできみは勉強を、私はレッスンをがんばる。よろしいかな?」

俺はぶんぶんと頷いて、急いでチャーハンをたいらげて食器を片付けたあと、タブレットで動画授業を受けた。授業の最後には、内容を理解したか確かめるミニテストがある。専用のペンで画面に回答を書きこんでいると、二階からヴァイオリンの音色が聞こえた。途中でつっかかったり少しキーキーする生徒の音と、それをサポートする華麗《かれい》で高らかな五鈴の音。五鈴の音が聞こえると、俺は思わず手をとめて耳をすましてしまった。

「では、爽太くんにはこのヴァイオリンを進呈します」

ナポリタンにチーズをたっぷりかけてピザみたいに焼いた夕飯が終わったあと、五鈴は俺をリビングに呼んでヴァイオリンを持たせた。オレンジ色の強いそのヴァイオリンは、五鈴の夕陽色のヴァイオリンに比べると、いくらか小さい。

「ヴァイオリンは楽器の大きさと体の大きさが合ってないといけないの。だから体の成長に合わせて、楽器も替えていくんだよ。これは私がちょうどきみくらいの歳の頃に使ってたヴァイオリン。はい、じゃあ楽に足を開いて立って、ここ、この鎖骨《さこつ》の付け根の平らになったところに、ヴァイオリンのこの裏の部分がくるようにのせる。そう、いいよ。力は入れないで、このくるくるしたうずまきの手前のところに手を添えて。そう、手の甲と手首と腕がまっすぐになるように」

　五鈴は俺の肩や腕の角度、どうしても力の入ってしまう手をメンテナンスするみたいにさわって微調整した。そしてついに弓を持たせてもらって「はい、この弦に当てて弾いてみよう」という音頭に合わせて張り切って弓を引いたのだが。

　ギョギョー、というノコギリみたいなすごい音が出て、俺はショックで固まった。そんな俺を見て五鈴は「あはっ、その顔」と大笑いした。

「ぜんぜんだめじゃん……」

「そんなことない、最初は誰でもこうだよ。私だってそうだったもの。いきなり上手にできる人もまれにいるけど、とにかく毎日こつこつ練習するのが大切なの」

　でもこんなノコギリの悲鳴のような音が、五鈴の音みたいになるにはいったいどれだけかかるんだろう。意気消沈した俺の頭に、五鈴はふわりと手を置いた。

「毎日、毎日、耳をすませてヴァイオリンの声を聴いてると、だんだんどうすればこの子が一番いい声で歌ってくれるのかわかってくる。そうするとヴァイオリンはきみの相棒になる。世界中にある宝石みたいな音楽を一緒に歌ってくれる仲間に。そしてね、一度きみが手に入れた音楽は、何があっても一生消えないの。それってすごく素敵じゃない？」

純真な少女みたいな笑顔を、俺は吸いこまれるように見つめた。たぶんこの時、本当に吸いこまれたんだと思う。心とかいうものの何分の一かを。

それなのにそのあと、ヴァイオリンの片付け方をひと通り教えた五鈴が、

「じゃあ、今日はここまで。爽太くんはお風呂に入っといで。耳の裏もしっかり洗ってね。あ、歯もちゃんと磨くんだよ」

こんなまるきり幼児に対するようなことを言うから、なんだかカチンときてしまった。

「あのさ、おれ、二〇〇二年生まれなんだよ。おねえさんは？」

「うん？　いま二十五歳だから、二〇四五年生まれだね」

「ってことはさ、おれのほうが年上なんじゃないの？　子供扱いしないでよ」

目をまるくした五鈴は、それから二ヤーと笑った。

「確かにそうだね。二〇〇二年生まれのきみは、本当なら今は六十八歳だもんね。立派なおじいちゃんだよね。ごめんね？　年下の分際で子供扱いして。さ、爽太おじいちゃん、お風呂どうぞ。ゆっくり浸かってくださいねー」

そのあとも五鈴は「爽太おじいちゃん、お風呂上がりに麦茶を一杯いかがですか？」

「爽太おじいちゃん、歯はちゃんと磨きました？」と笑顔で俺をおじいちゃん呼ばわりし続けて、俺が「や、やめろよぉー」とベソをかくまでやめなかった。

4

二〇七〇年に迷いこんでからの三週間ほどは、今ふり返ると、小さな水槽の中に五鈴と二人だけでいるような日々だった。

二〇一一年とはあまりにも違う二〇七〇年の倉津町は、見ていると胸がざわざわして、俺は外に出るのにどうしても気後《きおく》れした。五鈴がタブレットにゲームや俺が二〇一一年で読んでいた漫画の電子版をたくさんダウンロードしてくれたから退屈することはなかったし、何より俺は始めたばかりのヴァイオリンに夢中でひまさえあればギコギコと練習していたから、ほとんど家から出なかった。出たいという欲求もなかった。

五鈴も五鈴で、仕事は家の中ですませる上に、必要なものはほとんどネットで取りよせていたから「すき焼きなのに卵買うの忘れた！」と突発的な買い物に行く以外、ほとんど家から出なかった。五鈴と二人だけですごす時間は、ひっそりとして平穏だった。

しかし、そこは小学三年生。ある日突然外にとび出したい気分になる。

七月の上旬が終わる頃だった。土曜日だったから俺は動画授業を免除されていたけど、五鈴はレッスン中で、つまりは退屈だったのだ。俺は耳をすまして二階にいる五鈴がまだレッスン中であることを確かめてから、忍び足で玄関に向かった。「ひとりで出歩かない」というルールは覚えていたけど、五鈴が気づく前に帰ればいい。

ドアを開けて外に出ると、眩《くら》むような陽射《ひざ》しが降ってきた。一日の中でも一番暑い時間帯だったから、体を押し包む熱気がすごい。俺は無性にわくわくして駆け出した。

靴の裏がくっつきそうなアスファルトを踏みしめて、坂道を下りた。丘の上からながめる二〇七〇年の倉津町は、よく観察すると、海から距離をとった高台に築かれている。きっと大きな津波が来ても安全な土地にするために、大規模な工事が行われたんだろう。海の堤防もかなり高く大きくなっていた。

あんな絶望的に壊れた倉津町が、六十年たったら、こんなにきれいで平和な町になるのか。感動というには胸が痛いような、形容しがたい気持ちで町をながめていた時だった。

「――ボク、もしかして五鈴ちゃんの親戚の子？」

艶《つや》っぽい声にふり返ると、黒い日傘をさした女性が立っていた。花柄のワンピースを着ていて、ゆるくまとめた髪を胸もとに垂らしているのが妙に色っぽい。買い物袋をさげたその人は、たじろぐ俺に日傘をさしかけながら「こんにちは」とほほえんだ。

「おねえさんの知り合いですか……？」

「そうね、少し歳の離れたお友達。いとこの子をしばらく預かることになったってこの前会った時に聞いたけど、あなたのことでしょう？　私はマリエ。あなたは？」

「……諏訪、ソウタ、です」

どぎまぎしながら名乗ると、なぜかマリエさんは小さく瞳をゆらした。でもすぐに「ソウタくんね」とあだっぽく笑うと、するりと俺の手を握った。俺はびっくりして手をふりほどこうとしたが、なぜか手はびくともしない。

「ソウタくん、今の気温を知ってる？　三十五度。これからまだ一、二度は上がるはず。私、向こう見ずな若者って大好きだけど、さすがにこんな天気に帽子もかぶらないで外にいるのは命知らずもいいところよ。私と一緒にいらっしゃい」

「い、いいです、おれ帰るから……！」

「いやよ、つまらない。私ね、おすましの五鈴ちゃんをあわてさせるのが大好きなの」

マリエさんは俺の抵抗をものともせず、鼻歌をうたいながら坂道を下りた。マリエさんは年齢が推測しにくい人で、けぶるような微笑で人をクラクラさせる、魔女っぽい雰囲気の持ち主だ。どこにつれて行かれるんだ、と俺は青くなった。

「ここが私のお城。どうぞ、入って」

到着したのは坂のふもとに建った店だった。レトロな煉瓦造りで『喫茶もかまたり』と看板が出ている。もかまたり……？　たぶん、この人が魔術で使う呪文だ。

マリエさんがドアを開けると、ドアにかけられた鈴がチリーンと澄んだ音を鳴らした。

「おかえりなさい、マリエさん。暑い中お疲れさまでした」

「ただいま、レイ。ごめんなさいね、お留守番を頼んでしまって」

店内には木製の丸テーブルが三つ置かれ、その奥にカウンター席があった。カウンター席には男性客がひとりいて、今のところ客はその人だけらしい。

「おや……マリエさん、そのお子さんはどなたですか？」

髪を紳士的になでつけた男性は、まっ青な瞳で俺を見た。当時の俺はテレビ以外で外国の人を見たのは初めてだったから、びっくりして流暢《りゅうちょう》な日本語を話す彼を凝視した。

「五鈴ちゃんの親戚の子。こんなに暑いのに外をうろうろしてたから誘拐してきちゃった。ソウタくんっていうんですって」

「ソウタ、くん……そうでしたか。初めまして、私はレイモンド・ハウィントン。どうぞレイと呼んでください。ソウタくん、こちらに来て一緒にお話をしましょう」

ほほえむレイは目もとや口もとに知的なしわがあって、外国の渋い映画俳優みたいだ。

俺はどぎまぎしながら、レイのとなりの脚《あし》の長い椅子に腰かけた。

「ソウタくんは、おいくつですか？」

「九歳です……」

「では、三年生さんですね。私は、五十五歳。マリエさんは……」

「だめよレイ、そこから先を言ったら蠟人形《ろうにんぎょう》にしちゃうから。レイはね、市内の小学校で英語の先生をしてるの。とっても日本語が上手でしょう？　学校でも大人気なのよ」

そういえば五鈴が、二〇七〇年では小学生も英語を習うと言っていた。俺は動画授業で習った挨拶を「ナイストゥーミーチュー」と思いっきりのカタカナ発音で実践してみた。それでもレイはすごく喜んで「Nice to meet you too」と美しい発音で返してくれた。

カウンターのあちら側にまわったマリエさんは「はい、どうぞ」とオレンジジュースを出してくれた。俺は金を持っていなかったからあわてたけど「若い生気を吸わせてもらったからサービスよ」とマリエさんは妖《あや》しい微笑を浮かべた。吸われてたのか……!?

「あら……五鈴ちゃん、出ないわね。ソウタくんを誘拐したって教えたいのに」

「あ、おねえさん今ヴァイオリンのレッスンしてるから、電話に出れないと思います」

携帯端末を耳に当ててたマリエさんにあわてて言うと、マリエさんも、レイも、そろって驚いた表情になった。なんだ、と俺はたじろいだ。

「五鈴ちゃん、レッスンを再開したの？」

「……さいかい？」

「そうですか。また弾く気になってくれたのなら、それはとても喜ばしいことです」

レイが深い安堵《あんど》のこもった声で言い、どことなく痛みを含んだ微笑を浮かべた。俺はとまどったけど、でも、二人の言葉が意味することはわかった。

「おねえさん、ヴァイオリンのレッスン休んでたの？」

「知らなかったの？　そうね、もうかれこれ一年くらい」

一年。予想以上の長期間だった。

「どうして休んでたの？　病気だったの？」

「病気といえば、そうかもしれない。だんなさんが亡くなってからの五鈴ちゃん、本当に見ていられない状態だったから……」

だんなさん。

俺はこの時まで、本当に一度たりとも、五鈴にそういう相手がいる可能性を考えたことがなかった。もちろん五鈴は二十五歳の大人で、結婚していたって何もおかしくはないのだが、とにかく九歳の俺はびっくりしすぎて口がきけなかった。

「マリエさん。彼はまだ、亡くなったと決まったわけではありません」

レイが渋い美声に、少しだけ咎《とが》めるような響きをのせた。マリエさんは色っぽく自分の肘《ひじ》を抱きながら、かるく眉をひそめた。

「だけど、事故からそろそろ一年でしょう。遺体が見つかってないからって『大丈夫だ』『きっと無事だ』って励ますことは、逆に五鈴ちゃんを苦しめてしまうんじゃない？　それよりは起きたことを受け入れて、少しずつでもこれからのことを考えたほうがいいわ」

「ですが、それでも五鈴さんは信じたいのだと思います」

「でも、信じることが自分を打ちのめすことだってあるじゃない。レイだってずっと見ていたでしょう、五鈴ちゃんの様子。もう十分苦しんだわよ、そろそろ諦《あきら》めて楽になっても罰《ばち》は当たらないわ」

「あのっ、……おねえさんのだんなさんって、どうしたの？　事故にあったの？」

同時に口を閉ざしたマリエさんとレイは、当惑した様子で俺を見た。

「お母さんや親戚の人から、聞かされてないの？」

「……ちょ、ちょっとしか」

俺が五鈴の親戚だという設定を疑われると困るから、とっさに小さく嘘をついた。マリエさんとレイは困惑した顔を見合わせて、マリエさんが小さく嘆息した。

「やっちゃったわね……話すけれど、五鈴ちゃんの前では、このことにふれないであげてね。──去年の夏、大きな地震があったことを覚えてる？　あの日、地震のせいでこのへんでも数十センチの津波が起きて、神鳴崎にいた五鈴ちゃんが溺れてしまったのよ。五鈴ちゃんを助けるためにあの人も海に飛びこんで──五鈴ちゃんは助かったけど、あの人は波にのまれてしまった。ライフセーバーの資格も持ってる人だったのだけどね……あの日は大潮《おおしお》で、波が高かったのも悪かったのかもしれない」

事故のあと、五鈴の夫は懸命に捜索されたが結局見つからず、行方不明のままもうじき一年がたとうとしている──そういうことらしい。

「それからの五鈴ちゃんは、もう、見ていられないくらいだったわ。ごはんも食べないでどんどん痩《や》せて、家からもほとんど出なくなってしまってね……」

「……彼を知る人と会うのがつらかったのだと思います。事故以来、五鈴さんはヴァイオリンを弾かなくなってしまったのですよ。レッスンでも、演奏活動でも、一切」

レイは携帯端末で写真を見せてくれた。俺はびっくりした。それは赤いドレスを着てステージでヴァイオリンを弾く五鈴だった。五鈴は生徒にヴァイオリンを教えるかたわら、アーティストのライヴや映画音楽の収録に参加したり、自分が所属するストリングスグループのコンサートを行ったり、俺が思っていたよりもずっとヴァイオリニストとして活躍していたらしい。

「私も五鈴さんのグループのコンサートに何度か足を運びましたが、とてもすばらしかったです。だから五鈴さんがまたヴァイオリンを弾くようになったのならとてもうれしい。ソウタくんが彼女に元気を与えてくれたのかもしれませんね」

最後にレイは湿っぽさを払うようにやさしく笑ってくれたけど、俺は元気なんて与えた覚えはないから笑い返せなかった。

『大好きな人たちに置いていかれるのはつらいね。本当に、心が消えるくらい、つらい』

感情を暴走させた俺を抱きしめてくれた時、五鈴はどんな思いであぁ言ったんだろう。

俺の知ってる五鈴はいつも明るくて、よく食べるし、よく笑うし、時々いじめっこだ。でも本当は、隠しているだけで、五鈴は今でも、つらいんじゃないか。

チリーン、と澄んだ鈴の音が響いた。

「あら、五鈴ちゃん。いらっしゃい」

笑顔で声をかけるマリエさんと一緒に、俺もドアのほうをふり向いた。携帯端末を片手に入ってきた五鈴は、走ってきたのか額に汗を浮かべて息を切らしていた。カウンターに近づいてくる五鈴の顔がまっ青なのを見て、俺はどきりとした。

「――黙っていなくなったら、心配するじゃない」

五鈴の声がひどくかすれていたから、俺は何も言えなくなった。マリエさんが、氷水を注いだグラスを五鈴の前に置いた。

「私が坂のところにいたソウタくんを誘拐してきたのよ、怒らないであげてちょうだい。ほら、五鈴ちゃんも座って、少し休んでおいきなさいよ。ちっとも店に顔を出してくれないんだもの。すごくさびしかったのよ、私」

「……ありがとうございます、マリエさん。でも、ちょっと今日は用事があるから」

ぎこちない笑顔の五鈴は「ソウタ、行こう」と俺の手を握った。俺は何となく逆らえなくて、背の高い椅子から下りた。「五鈴さん」とレイが穏やかに声をかけた。

「おひさしぶりですね。最近レッスンを再開されたと聞きました。本当によかった」

「……ありがとうございます、レイ。心配をかけてごめんなさい」

「演奏活動は？　そちらも再開するのですか？」

「いいえ――そこまでは。今の私には、人の心を打つことはできないから」

俺は思わずそんなことはないと声をあげそうになったけど、レイは「待っていますよ」と思いやりのあるほほえみでそれだけを言った。五鈴も弱い笑みを返して、マリエさんにも「今度コーヒーを飲みにきます」と頭を下げると、俺の手を引いて外に出た。

俺はもう誰かと手をつないで歩く歳でもなかったし、五鈴の手には力が入りすぎて少し痛かったけど、五鈴の横顔がはりつめていたから何も言えなかった。

「マリエさんと、レイと、何を話してたの？」

丘の上に続く坂道を上りはじめた時、やっと五鈴が口を開いた。硬い声だった。

「俺が何歳とか、レイが英語の先生してることとか、おねえさんがまたヴァイオリン弾くようになってよかったとか……」

「それだけ？」

五鈴に黙って家を抜け出した上に、五鈴が今まで俺にひと言もしゃべらなかったことを勝手に二人から聞いたことが後ろめたくて、俺は小さく頷いた。そっか、と呟いた五鈴は、ため息をついた。深く、疲れたように。

「二人のルールを決めたよね。外に出る時は私と一緒、って。きみは二〇〇二年生まれで二〇一一年から来た爽太おじいちゃんなんだから、家を離れる時は、ちゃんとひと声かけてよ。同じ倉津町っていってもきみがいた時代とは何もかも変わってるし、そういうところを子供がひとりだけで歩くのは危ないでしょ？」

最後には五鈴はいつもの笑顔になったけど、それはどこか無理をしているように見えた。それとも、俺が気づかなかっただけで、五鈴はずっと無理していたんだろうか。

「はー、暑かった。夕ごはんの前だけどアイス食べちゃおうか？　爽太、スイカ味が好きだよね。出しとくから手洗っておいで」

家に着くと五鈴はますます明るくふるまった。この日の五鈴は長い髪をまとめていて、のぞいたうなじが頼りないほど細かった。何だったんだろう、この時急にこみあげた気持ちは。じれったくて、もどかしくて、腹立たしくて、くやしかった。五鈴が俺をガキ扱いしてカラ元気を見せることも、でも実際に俺はガキなんだということも。

「だんなさん、って」

リビングの電気を点《つ》けようとした五鈴が、小さく肩をゆらした。

ふり返った五鈴のあまりに無防備な顔を見て、俺は自分が女の弱みにつけ込もうとしている悪い男になったような気がしてすごく焦ったけど、止められなかった。

「だんなさんって、どんな人だったの」

「……マリエさんたちに聞いたの？」

五鈴の声は息をのむほど静かで、俺はうつむきながら、ちっちゃく頷いた。

長い沈黙のあと、細いため息が聞こえた。

「私のヒーロー」

その五鈴の声は、マシュマロみたいにやわらかくて甘かった。

五鈴は俺を冷房の効いたリビングのソファに座らせてから、静かに話しはじめた。

「私には、両親と兄と姉がいてね、みんなうんざりするほど出来がいいの。そして両親は子供は出来がよくて当たり前っていうか、自分たちの子供なんだからこれくらいはできるはずだっていう考えの持ち主だった。でも私は小さい頃から、その期待に応《こた》えられなかった。どうして私だけがこうなんだろうっていつも思っていたし、きっとみんなのほうも、どうしてこいつだけこんなふうなんだろうって思っていたと思う。唯一私が得意だったのはヴァイオリンだけど、それも両親に言わせれば、世界で活躍するような一流でなければ意味がないの。わかり合いたいと私は思ったし、たぶんあっちもそう思っていたんだろうけど、お互い違う国の言葉を話してるみたいに噛み合わないんだよね。父と母は、今でも私の生き方を認めてないと思う」

俺は黙って頷いた。ちゃんと聞いている、と伝えたくて。

「高校生の時に、親にもうヴァイオリンはやめろと言われたの。趣味で弾くことはゆるすけど、これからはもっとちゃんと勉強して恥ずかしくない大学に入れって。でも私にとってヴァイオリンは趣味じゃなかった。もっと真剣で、大げさに聞こえるかもしれないけど人生を懸《か》けたいものだった。だから音大に行かせてほしいと頼んだら、コンクールで優勝してみせろって言われたんだ。自分にそれだけの才能があると証明しろ、って。——そして私は優勝できなかった。目の前が真っ暗になって、もうあの頃は毎朝起きるたびに自分が息をしてるのが嫌だったな。そんな時にね、あの人と会ったの」

「五鈴のヒーロー」

　直感で合いの手を入れたら、五鈴は目をまるくしてから破顔した。そうやって笑ってもらえただけで全部が報われるような笑顔だった。

「そう、私のヒーロー。ある日突然現れて、私に勇気と誇《ほこ》りを与えてくれた。あの人と会っていなかったら、私は今どうしていたのかな。全然想像できないや」

　五鈴の目が、記憶をたどるように遠くなった。

「彼とは音楽仲間でね、一緒にいろんなところで、いろんな曲を弾いた。あの人もヴァイオリン弾きだったの。とびきり上手《うま》いとは言えないけど、あの人が弾くと聴いている人はみんな笑顔になった。私ね、そんなヴァイオリンの弾き方もあるんだってことをあの人に会うまで知らなかったんだ。親が認めるような一流のソリスト以外にも、ヴァイオリンと一緒に音楽に関わって生きる方法はある。そういう生き方も劣っているわけじゃなくて、私がそれを素敵だと思うことができればそれでいいんだって、あの人が教えてくれた」

　ほほえんでいた五鈴は、表情を翳《かげ》らせて手もとに目を落とした。

「マリエさんとレイには、どこまで聞いたの？」

「……神鳴崎で、事故にあって、行方不明だって……」

「うん――たくさんの人が必死に捜してくれたけど、どうしても見つからなかった。あの日は地震があって、ちょうど私が神鳴崎にいた時に津波が起きたんだ。私、ちゃんとわかってなかったんだけど、津波ってほんの三十センチ程度でもすごい威力があるんだよね。あっという間に海に引きこまれちゃって――あの人のおかげで私は助かったけど、代わりにあの人がいなくなっちゃった」

「でも、見つからないのは、どこかで生きてるからかもしれないよ」

五鈴を元気づけたくて必死に言った。五鈴は、今にも透けて消えそうな笑みを浮かべた。

「うん、そうだね。そうだといいな。そうだといいなって思うけど――もし、もし死んじゃったんなら、苦しい思いとか痛い思いをしたんじゃないといいな」

――どうして。

「どうして、泣かないの？　かなしいのに笑うの、変だよ」

なんだか無性にかなしくてじれったかった。五鈴は目をまるくしてから、また笑った。

「泣かないよ、大人だもん。それに助けてもらった私がしくしく泣くのも彼に悪いし」

「けど――変だよ」

「そうかな？　まあ大丈夫だって。あ、私ちょっと二階の片付けしてくるね」

はずみをつけて立ち上がった五鈴はリビングを出ていき、そのうしろ姿を、俺は何か言いたいのに何を言えばいいかわからないもどかしい気持ちで見た。

ほんの二、三分後だった。突然、ゴトンと大きな物音が二階から聞こえた。

驚いた俺はリビングをとび出して階段を駆け上がった。二階に着くと、五鈴のレッスン室のとなり、「ここには入らないで」と言われていた部屋のドアが開いていた。

ベッドと机と本棚がある普通の部屋だった。本が積まれた机の散らかり方とか、ベッドのしわの寄り方とか、今も部屋の住人が何事もなく暮らしているみたいだった。

その部屋の床に、五鈴がうずくまっていた。

押し殺した泣き声と、震える五鈴の背中。頭がまっ白になった俺は、おろおろと五鈴のそばに膝をついた。背中をまるめた五鈴は、何かを抱きしめていた。

ヴァイオリンだった。五鈴の夕陽色のヴァイオリンとは違う、メープルシロップを塗り重ねたような色の。五鈴の腕の隙間《すきま》から見える裏板に、けっこう目立つ傷がある。ニスが白く剝《は》げた、小さないなずまみたいな形の傷だ。

「あの日、喧嘩して……馬鹿みたいなことで、怒って、黙って出かけて……」

五鈴が、切れぎれの涙声で言う。ぎゅっと固く、ヴァイオリンを抱きしめる。

「神鳴崎で海を見てたら、急に、すごく揺れて、波が来て、溺れて……戻ろうとしても、できなくて、苦しくて、怖くて、そしたら――あの人が、走ってくるのが見えて……追いかけて、きてくれた。私、勝手に怒って、とび出したのに……」

引きつれるような音が五鈴の喉で鳴って、涙がヴァイオリンの裏板に降った。

「私があの時、出ていかなかったら……神鳴崎になんか、行かなかったら……私なんかと会わなかったら――」

「五鈴は悪くないよ」

胸が苦しくて、震える肩にふれながらとっさに言っていた。

「五鈴のせいじゃないよ。その人もそんなこと思ってないよ」

五鈴が顔を上げた。乱れかかった前髪の間から、小さな女の子みたいに濡れた目が俺を見る。くしゃっと顔がゆがんだかと思うと、五鈴は声をあげて泣き出した。

五鈴はきっと、ずっと泣けなかったんだろう。そばで泣ける人を失ってから。

泣いてほしくないとか、笑ってほしいとか、守りたいとか、そういう気持ちが苦しくてたまらないほど押しよせて、俺は必死に五鈴の震える背中をさすった。


次の日の朝は、しとしとと雨が降っていたことを妙に覚えている。

朝、俺が起きてキッチンに行くと「おっはよー」と五鈴はいつも通りの顔で笑った。朝ごはんはホットケーキで、蜂蜜とバターをたっぷりのせてナイフとフォークで食べた。

「昨日は、なんか、みっともないところを見せちゃって申し訳なかったね」

コーヒー牛乳のカップを手でつつみながら五鈴がぽそっと言ったから、俺はホットケーキをほお張りながら、いかめしい顔で答えた。

「気にすんなよ、おれのほうがずっと年上なんだから」

「あ、そうでしたね。爽太おじいちゃん、もう一枚ホットケーキ食べます？　ベーコンとチーズをのっけてもおいしいんですよ」

その朝は動けなくなるくらいホットケーキを焼いて二人で食べた。日曜日だったから、五鈴もレッスンは休みで、俺も動画授業はなし。だから一日、二人で俺も知ってる古いアニメ映画を見たり、ごろごろ昼寝したり、なまけ者になって夕方まですごした。

玄関のベルが鳴ったのは、二人で夕飯の支度をしている時だった。

「あー、油の温度がちょうどいいのに……爽太、このレタスちぎっておいて」

野菜の天ぷらをあげようとしていた五鈴が、ぼやきながらガスを止めた。「配達とか頼んでなかったと思うけど……」と五鈴が急ぎ足でキッチンを出ていったあと、俺はレタスをシャクシャクとちぎってサラダの皿に盛っていたが、変だなと気がついた。

玄関のベルが鳴ったら、いつも五鈴はリビングにあるモニターで相手を確認して応答する。リビングはキッチンのすぐとなりだ。でも、五鈴の声が聞こえてこない。どうしたんだろうと俺はキッチンから顔を出した。

五鈴は、リビングの玄関寄りの壁に取りつけられたモニターの前にいた。

ひどくこわばった横顔で、まるでそこに映っている人物の目をふさごうとするかのように、画面を押さえて立ちすくんでいる。

「どうしたの？」

ただ事ではない雰囲気だった。五鈴は返事をせず、モニターを押さえ続けている。

また電子音のチャイムが鳴った。そこにいるのはわかっている、と告げるように。

五鈴は応答しない。五鈴の緊張は俺にも感染して、二人で茂みに隠れて肉食獣が去るのを待っている小動物みたいに、身じろぎもしないで息を殺していた。

三度目のチャイムは鳴らなかった。

五鈴は、訪ねてきた誰かが諦めて立ち去るのに十分な時間を置いてからやっとモニターから手を離して、肺《はい》の底から絞り出したようなため息をついた。

「誰が来たの？」

五鈴は、明らかにモニターに映った何者かを知っていた。そしてその何者かを強く警戒して拒絶していた。俺のほうを向いた五鈴は、ぎこちない苦笑を作った。

「ちょっとね、今は会いたくない人。天ぷらもあげてる途中だったし、悪いけど居留守を使っちゃった」

それから五鈴は何事もなかったように天ぷらをあげて、ソーメンをゆでて、おいしいと何度も言いながら夕ごはんを食べて、俺のヴァイオリンのレッスンをしてくれた。

五鈴が何かをごまかしたのはわかっていたけど、五鈴がそのことにふれてほしくないと思っているのもわかったから、俺は気になりつつも黙っていた。

だけど、妙な出来事はそれ一回だけじゃなかった。

一週間くらいあと、俺はなんだか寝つけなくてキッチンに水を飲みにいった。時間はもう夜の十一時くらいだったと思う。そろそろと階段を上って二階に戻ってくると、五鈴の寝室からかすかに声が聞こえた。話し声？　この家には、俺と五鈴しかいないのに。

しかもその声が何となく険しい雰囲気で、俺はそっと五鈴の寝室のドアを開けた。

『——……から話は聞いてる。きみもそのはずだ』

男の声が聞こえて、俺はぎくっとした。細いドアの隙間から、ベッドに腰かけた五鈴の姿が見える。五鈴の前に立っている人影も。ドアの隙間からでは、黒っぽい恰好をしていることくらいしかわからない。

「知りません。何のこと？」

『隠してもわかってる』

「だから何を言ってるのかわからない。私は知らない」

男の声には機械的な響きがまじってる。それで俺は気づいた。これは、ＭＲ電話だ。

『……とにかく一度そっちに行く。今度は居留守はやめてくれ』

「来ないで」

五鈴の声は相手の胸を突き飛ばすようだった。

「これはあなたには関係ない。あなたは口を出さないで。もう関わらないで。邪魔をしたら、いくらあなたでもゆるさない」

いすず、と男が呼ぶのと、五鈴が携帯端末を操作するのはほぼ同時だった。回線が切断されると同時に、人影は消えた。

五鈴が立ち上がったから、俺は急いで自分の部屋に戻った。ベッドにもぐりこんでも、脈が耳に響いた。さっきのやり取りは何だ。どうして五鈴はあんなに相手を警戒していたんだ。あれは誰なんだ。もしかして、このまま訪ねてきたのは、あの男？

あれこれ考えていたら、小さくドアが開く音がして、俺はぎゅっと目を閉じた。

忍ばせた足音が近づいてきて、足の下に踏みつけていたタオルケットがお腹のあたりに掛け直された。それからそっと、髪をなでられた。やさしく、やさしく、何度も。

手が離れたあと、そろそろと薄目を開けると、五鈴がベッドに顔を伏せていた。

俺はびっくりして、すぐ鼻の先にある五鈴のつむじを見つめた。消灯した部屋は暗く、かろうじて街灯の明かりが漏《も》れさしているくらいだ。それでも五鈴の頭が小さく震えていることはわかった。

五鈴は何を泣いていたんだろう。今でも、俺にはわからない。

わからないけど胸が痛くて、俺は五鈴の髪に手をのばしかけたけど、それをやっていいのは俺じゃないんだと思い出して、引っこめた。

5

二〇七〇年、七月三十一日。それが、俺が二〇一一年に戻った日だった。

その日まで、俺と五鈴は平穏にすごしていた。あの妙な男のことはいつも気にかかっていたし、また訪ねてきたらやっつけてやる気でいたけど、そういうこともなかった。俺のヴァイオリンはようやくヴァイオリンらしい音を出せる程度には上達して『きらきら星』や『こぎつね』が弾けるようになった。

初めてマリエさんとレイに会って以来、俺は何度か五鈴のレッスン中に家を抜け出して『喫茶もかまたり』に遊びにいった。マリエさんは魔女っぽいけど俺が顔を出すと喜んでジュースをごちそうしてくれたし、土日の昼は必ずランチに来るレイは、二〇七〇年での俺の唯一の男友達だった。

「レイはいつから倉津町にいるの？　倉津町で生まれたの？」

「いいえ、生まれ育ったのはアメリカのアラバマ州。数年前までは仙台にいました。仙台の語学学校で講師をしていたのです。その後、倉津町で小学校の英語専科教員を募集すると知ったので、語学学校の職を辞して倉津町に移り住みました」

「仙台のほうがおもしろそうじゃん。倉津町、いなかだよ？」

「そんなことはありません。私は倉津町の美しい風景や親切な人々が大好きです。それに倉津町は亡くなった妻と旅行した思い出があるので、私はこの町を愛しています」

俺はびっくりして、少し考えてから、友達の大事な人が亡くなった時は英語で何というのかレイに小さい声で訊ねた。レイはほほえんで「I'm so sorry」と俺でも言える簡単なフレーズを教えてくれた。俺が教えられた通りに言うと、レイは「Thank you」と温かみのある声で言ってくれた。

俺はレイが好きだったけど、レイも俺を年下の友達みたいに歓迎してくれた。五鈴には訊きづらいことも、だからレイには訊くことができた。

「そうですね――彼は、とても思いやりのある人でしたよ。愉快で、何事も諦めない強い意志の持ち主。学校の子供さんたちにも慕われていました」

「その人も先生だったの？」

「ええ、私の同僚。ちょうど私が倉津町で働きはじめたのと、彼がこちらに異動してきたのが同時期だったので、それが縁となって親しくなりました。町の盆踊り大会で二人ともアルコールを摂取しすぎてしまい、町民のみなさんの前で奇妙な踊りをたくさん披露してしまったのが恥ずかしくも楽しい思い出です」

語り手がレイからマリエさんに代わっても、行方不明になった五鈴の夫は、いいやつだった。彼の評判を聞くたびに、俺は腹の底が重たくなるような変な気分になった。決していい気分ではなかった。だったら聞かなきゃいいのだが、やっぱり気になってしまう。

そんなふうにして時間がすぎ、あの日の前日の、七月三十日。

その日もいつものように五鈴は二階で生徒のレッスンをしていて、俺はタブレットで動画授業を受けていた。最初は新鮮だった動画授業もこの頃には飽きていて、足をブラブラさせていた俺は、ギャハハというにぎやかな子供の笑い声に驚いた。リビングの道路側の窓に駆けよると、俺と同じくらいの子供の集団が、帽子をかぶってどこかに歩いていく。平日なのにと一瞬驚いたが、気づいた。もう学校は夏休みなのだ。

学校。

長いこと忘れていた、でも自分にとっては一番身近な場所を、俺はその時思い出した。

「おれ、学校って行けるのかな」

夕食の時にさっそく話すと、豚《とん》カツにソースをかける五鈴は「え」と目をみはった。

「小学校って、ギム教育なんでしょ？　だったらこっちでも、おれ学校に行っていいのかな。今は夏休みだけど、休みが終わったら行けるかな」

どうしてもと熱望するほど学校が好きだったわけじゃないが、俺は二〇七〇年に来てからもう一カ月半も夏休みのような生活を続けていた。自由すぎる生活に俺は飽きはじめていたし、そろそろほかの同年代の子供と同じように学校に通って勉強するべきじゃないかと思った。ちゃんと二〇七〇年で暮らしていくためにも。

だけど。

「必要ないよ」

五鈴は静かに言った。一瞬聞きまちがえかと思ったくらい、きっぱりと。

「……なんで？　だって、中学校までは、みんな行かなきゃいけないんでしょ？」

「そうだけど、きみは何かの事情でこの二〇七〇年にいるだけで、いずれは戻らなきゃいけないでしょう。二〇一一年に」

俺は、もう二〇七〇年で暮らしていくものと思っていた。これからも五鈴のそばにいるんだと思っていた。そして五鈴もそう思っていると、まったく勝手に思いこんでいた。

「……五鈴は、おれに帰ってほしいの？」

小さい声で訊くと、五鈴は目をふせた。

「おれ、ここにいると迷惑？」

「そうじゃないよ。そうじゃないけど――でも、きみには本当の居場所があるでしょう。きみを待ってる人たちがいるところ。ここは、きみがずっといていい場所じゃないの」

五鈴は椅子を立って、俺のそばまで来た。そして膝をついて、俺の髪をそっとなでた。

「大丈夫、きっと方法はある。きっときみは戻れるよ。諦めずに一緒に方法を探そう」

俺は諦めたんじゃない、ここにいることを自分から望んだのだ。それなのに、五鈴は俺を勇気づけるように、やさしくほほえむ。

「それで、もし戻ったら、私のことは忘れて。そして世界で一番しあわせになるんだよ」

その夜は、よく眠れなかった。

もともと俺は、二〇七〇年で迷子になっていたところを五鈴に助けてもらった。五鈴にしてみれば一時的にあずかっていただけのことで、俺がいずれ元いたところに戻ると考えていたって何もおかしくない。わかっていても、どうしても、裏切られたような気持ちが消えなかった。

そして三十一日。真夜中まで寝つけなかったせいで、目を覚ましたらもう昼近い時間になっていた。俺はあわてて服を着がえて、階段を駆け下りた。

「おはよう。今日はずいぶん寝坊したね」

五鈴はリビングにいて、俺を見ると笑った。前日の不機嫌をまだ引きずっていた俺は、むっつりと口をへの字にして、そこで五鈴が膝にのせたヴァイオリンに気づいた。

五鈴の夕陽色のヴァイオリンではなく、メープルシロップを重ね塗りしたような色合いのヴァイオリン。俺の視線に気づいた五鈴が、f字孔の輪郭《りんかく》を指でなぞった。

「あの人のヴァイオリン。ずっと仕舞いっぱなしだったから、手入れしなきゃと思って」

五鈴は、やわらかいクロスでヴァイオリンの胴をやさしく拭いた。表側を拭き終わり、ヴァイオリンを裏返すと、裏板の中央より下のほうに小さないなずまみたいな傷がある。

その傷跡を、五鈴がそっと指先でなでる。

「これ、ずっと前に派手にぶつけて、ニスが剝げちゃったんだって。普段はしっかりしてるんだけど、時々うっかりやらかすんだよね」

あきれを愛《いと》しさでくるんだような五鈴のほほえみを見た時、あの腹の底が重くなるような感覚が、いつもの百倍くらいの強さで襲ってきた。

「でもその人、もういないじゃん」

五鈴の手がぴくりと止まった。ひどいことを言ってる。わかってるのに止まらない。

「おれまでいなくなったら、ひとりになるよ。それでもいいの？」

五鈴は、ゆっくりとこっちを向いて、静かな目で俺を見つめた。

「いいよ。この一年、私はちゃんとひとりでやってきたし、またそれに戻るだけだもの。きみもそうだよ。きみはここに、夏休みの間遊びにきているようなもので、いつか休みは終わる。そうしたら自分の本当の居場所に帰らなくちゃ」

突き飛ばされたような気がして、俺は手を握りながら身をひるがえした。「爽太っ？」と後ろで五鈴の声がしたけど、ふり返らずに玄関まで走って、外に出た。

陽射しに炙《あぶ》られるような空の下を、地面を蹴《け》りつけて走った。神鳴崎は五鈴の家から車で十五分くらい。少し遠いが歩いていけないわけじゃない。どんどん涙がにじんできたが、やけっぱちの気持ちで俺は走り続けた。

感情が高ぶっていて、ろくにまわりが見えていなかったんだろう。丘の下に続く坂道の終わりのあたりで、突然ドンと誰かにぶつかった。俺は尻もちをついて、手をすりむいた。

「――ごめん。大丈夫？」

ぶつかったのは男みたいで、大きな手が俺の腕を引いた。俺はその手をふり払って、自分で立ち上がった。泣いているところを見られたくなくて、ずっと顔をそむけていた。

「血が出てる。手当てしないと」

「いいです」

「でも」

「おれ行かなきゃいけないから」

前に立ちふさがっている男の腹を乱暴に押しのけて、俺はまた走り出した。

「支倉爽太くん」

静かな声に驚いて、俺はつんのめるように立ちどまった。ふり返ると、白く眩むような陽光の向こうに、黒っぽいジャケットを着た男が立っている。にじんだ涙と、熱気でゆがんだ空気のせいで、顔はぼやけてよく見えない。

「がんばれ」

距離があったからはっきりと聞こえたわけではないが、そう言ったように思えた。

まったく意味がわからなくて変な気分になりながら、俺はまた走り出した。

神鳴崎に着いた頃には、俺は息が切れて汗だくだった。

ごつごつした岩場の浅瀬に、波が寄せては砕けていく。沖の向こう、何かの大きな力で真っ二つにされた巨岩の裂け目からは、青い小さな水平線が見える。

当てつけのようにここに来たものの、肩で息をするうちに頭が冷えてきて、俺は水ぎわに立ちつくした。

五鈴に必要なのは、いなくなった夫だ。それはわかってる。

ここは本当の俺の居場所じゃない。それも、本当はわかってる。

俺はいつか二〇一一年に戻ることになるのか、そんなことができるのかはわからない。でもそれまでに、俺が五鈴にできることは何なんだろう。

『神鳴崎に死んだ人の幽霊が出るんだって』

唐突に、クラスで流れていた噂を思い出した。そもそも俺が二〇一一年で神鳴崎に行ったのも、そのためだったということも。

あの夜、あの巨岩のまわりに見えた白い陽炎のようなものは何だったんだろう。もしかしてあれが、死んだ人たちの魂のようなものだったんだろうか。

五鈴は。

五鈴は、たとえ幽霊でも、その人に会いたいだろうか。

俺はTシャツと短パンを脱ぎ捨てた。噂が本当かどうか、俺があの夜に見たものが何だったのか、今はまったくわからない。わからないからとりあえず調べる必要がある。

軽く体を動かしてから、水に入った。今日はやけに水かさが高い。でも泳ぎには自信があったから、俺は大きく息を吸いこんで水にもぐった。クロールで二つに裂けた巨岩へと泳いでいく。少し波が荒くて、ときどき押し戻されながらも、巨岩まであと十メートルほどのところに迫った。

「――爽太っ！」

息継ぎをした瞬間、喉が裂けるような声が耳にとびこんだ。

俺は驚いて体を反転させ、立ち泳ぎになって水面に顔を出した。

「爽太、いかないで！　お願い！」

もうずっと遠ざかった水ぎわに五鈴がいた。走ってきた勢いのままバシャバシャと飛沫を上げて海に入り、こっちへ来ようとする。泣き出しそうなほど必死な顔。

「お願い、戻ってきて！」

俺は足もとにあった岩を思いきり蹴って、五鈴がいる陸のほうに戻ろうとした。実際そうして泳ぎ出した。だけど。

見えない巨人が俺の体をつかんだみたいに、何かの力にぐんと引き戻された。

「いかないで！」

悲痛に叫んだ五鈴の背後に走ってくる人影があった。黒っぽいジャケット。飛沫を上げて海に踏みこみ、深みへ進む五鈴の胴に腕をまわして押さえこむ。あれはさっきの――

その瞬間、ぐらっと視界がゆれた。

めまいかと思ったが、違う。水を通して衝撃波が体にぶつかってくる。

地震。

何が起ころうとしているのか直感し、戦慄《せんりつ》した瞬間、俺は襲ってきた高い波をかぶって海中に引きこまれた。

どうして。どうして今。五鈴とここに来た時は、何も起こらなかったのに。

波に揉まれ、どっちが上でどっちが下かもわからなくなる。ちゃんと息を吸えなかったから肺の中の酸素はすぐに底をついた。——ああ、同じだ。暗い海中をスクリーンにしたように、半透明の風景が映っている。倉津町の港や山。めちゃくちゃに壊れた町。

苦しさが限界になって、何もかも真っ暗になって。

そして突然、眼球を突き刺すようなまぶしさに襲われた。

「……そうた?」

ぼうぜんと白い天井を見ていると、誰かが俺を呼んだ。

顔を動かすと、まどかがこっちをのぞきこんでいた。髪をポニーテールにして、高校の夏服を着たまどかが。

「お母さん！　爽太が!!」

枕もとのナースコールを押しながら、まどかが声を張り上げた。すぐに足音が駆けつけて、西城のおばさんが視界に現れた。信じられないように見開かれた目。そこにみるみる涙がもり上がって、おばさんは覆いかぶさるように俺を抱きしめた。

「ありがとうございます、ありがとうございます、ありがとうございます……！」

痛いくらいの力で俺を締めつけながら、おばさんはまるで神様にでも言うみたいに何度も何度もその言葉をくり返していた。

だけど俺は、突然現実をちぎられて別の場所にくっつけられたような状況にぼうぜんとするばかりで、指一本動かせなかった。

『いかないで！』

最後に聞いた五鈴の悲痛な声は、あれから十年たった今でも、耳の奥に残っている。

## 第三章

# 過去のかけらが眠る島で

# 1

思い出せる限りのことを話し終えて、俺は肺《はい》がへこむくらい息を吐いた。

仙台《せんだい》駅三階の甘味処《どころ》から移動して、駅ビルに入ってるカフェにいた。店内は西側が全面ガラス張りになっていて、眼下に行き交う大勢の人たちの姿を見ることができる。

「――その、五鈴《いすず》さんって」

俺とテーブルをはさんで、桃のジュースを飲んでいた和希《かずき》さんが呟《つぶや》いた。

「何かトラブルでも抱えてたのかな。その変な男とか電話、気になるね」

「……わかんないです。今じゃもう、なんも知りようがないんで」

答えながら俺は妙な気分になって、ストローで桃ジュースを吸う和希さんをながめた。

視線に気づいた和希さんが「なに?」と眉を上げた。

「……や、和希さん、普通に信じてるっぽいから。なんで信じるんだろうって……」

「え、嘘《うそ》なの?」

「嘘じゃないです。嘘じゃないですけど、普通こんな変な話信じないでしょ。非科学的とか妄想とか勘違いとか、普通は思うじゃないですか」

二〇七〇年から戻った俺は、自分の失踪《しっそう》がかなりの騒ぎになっていたことを知った。

神鳴崎《かんなりざき》で倒れているのを発見されて検査入院していた俺のもとに、警察関係者や小学校の教員やいろんな大人が入れ替わり立ち替わり何度も来て、一カ月半もどこにいたのか、誰といたのか、こっちをいたわる口調で、でも執拗《しつよう》に訊《たず》ねた。俺は正直に話した。隠し事は苦手だし、作り話ができるような頭のいい子供でもなかったのだ。

だが誰も、二〇七〇年にいたという俺の話を信じなかった。

いろんな人から何度も同じようなことを訊《き》かれるうちに、俺は大人たちが、五鈴が俺を誘拐したと考えていることを悟った。

俺は必死になって否定した。俺がいたのがまちがいなく未来の倉津町《くらつちょう》だったことを説明し、五鈴がどんなに手厚く俺を保護してくれたか話した。でも誰も信じてくれなかった。俺の話を聞いた警察官なんかは、かわいそうな子供をなだめる笑みを浮かべて言った。

『言いにくいけど、きみはその女の人に、騙《だま》されていたんじゃないかな』

それきり俺は口を閉ざした。誰が来て何を訊ねようと、もう行方不明になっていた間のことはひと言も話さなかった。「誘拐犯」の捜査は続いていたようだが、二〇四五年生まれの五鈴は二〇一一年には生まれてすらいないのだから捕まるはずもない。ちゃんと話せと叱《しか》られようが、同級生にからかわれようが、俺は沈黙をつらぬいた。そのうち捜査は打ち切られたらしく、時間がたつうちに俺の誘拐騒動も忘れられた。

「確かに、初対面でいきなり今の話をされたら、おれも信じなかったかもしれないけど。

でもおれは支倉《はせくら》とちょっと付き合って、支倉ってあんまり器用に作り話とかできなさそうだなってわかってるし」

「……なんかうれしいようなかなしいような微妙な気持ちっす」

「それにおれは、自分の体験として知ってるから。世の中って、たまにかなりふしぎなことが起こるらしいって」

和希さんがストローを動かすと、グラスの中でふれ合った氷が、澄《す》んだ音を鳴らした。

「……その体験って、和希さんが高一の時に、過去から来た人と会ったってやつですか」

「うん」

「その話、聞いてもいいですか」

うん、と和希さんは小さく顎《あご》を引いて、少しの沈黙のあと、静かに聞かせてくれた。

今から四年前、和希さんと尾崎《おざき》さんが高校時代をすごした離島での、ひと夏の出来事。

一九七四年からやって来た『七緒《ななお》』という和希さんと同い年の女の子。

「そういえば、どっちも名前に数字が入ってるね。『五鈴』の五と、『七緒』の七」

和希さんはそんなふうに笑ったけど、瞳《ひとみ》の奥に痛みが見えた。それだけで二人がどんな関係だったかわかった。やがて、彼女は突然和希さんの前から去り、元の時代に戻った。

「その人、一九七四年で十六歳ってことは……今なら六十三歳ですか？　じゃあ今も」

「いや」

和希さんの声は、雪の夜みたいにしんとしていた。

「彼女は、もう亡くなってる。おれが彼女と会った二〇一七年の時点で、すでに」

俺は、すぐには意味が理解できなかった。数秒かかって理解してから言葉を失った。

「……でも、なんで——病気とかですか」

「うん。難しい病気だったみたい。まだわりと若かったんだけど」

時間のいたずらにしてもあんまり悪趣味で、俺は無性にかなしくなった。出会って親しくなった人が、じつはその時にはもう死んでいたなんて。だけど、薄くなったジュースのグラスをながめる和希さんの目は凪《な》いでいた。

「でも、あとで手紙をもらった時、当然かもしれないって彼女自身は書いてた。同じ時間に同じ人間が二人存在するのはおかしな話だし、大人の彼女がすでに亡くなってたから、十六歳の彼女が一九七四年から二〇一七年に来られたんじゃないか、って」

それからすぐに和希さんは、はっとしたように俺を見た。

「——ごめん。だからって二〇七〇年の支倉のことをどうこう言ってるわけじゃないよ。これは、単なる彼女の推測だから」

俺は和希さんの頭の回転の速さと気のまわり方、両方に苦笑しながら気にしていないと答えた。それに、確かにそれは俺も考えたことがあるのだ。

俺は二〇七〇年で未来の自分を捜そうとして、五鈴に止められた。実際のところあの時、未来の俺は日本のどこかに、世界のどこかにいたんだろうか。そうだとすると九歳の俺と六十八歳の俺が同時に生きていたことになって、それはなんだか命とか存在とかというものがよくわからなくなってくる奇妙な話だ。

だから七緒という人の推測も一理ある気がする。二〇七〇年には俺はすでに存在しない、そういう可能性も十分にあるんだろう。

そう考えてみても、あまり怖くはなかった。先のことすぎてぴんとこないのかもしれない。それに俺は、二〇七〇年からあまりに突然戻ってから、どこか余生を生きているような心地がする。五鈴と離れたあの日から、ずっと。

「支倉も訊きたいことがあるって言ってたけど、おれのほうが先に訊いてもいいかな」

和希さんの声音《こわね》が、微妙に変わった。今までのは次の問いかけのための長い前置きで、本題に入るのだとわかる声だった。

「支倉が二〇七〇年に行った時、倉津町の、神鳴崎っていう場所にいたんだよね。そこにおれを案内してもらうことはできる?」

——ああ、やっぱりそうだ。

和希さんのまっすぐな瞳を見て、胸が熱いような苦しいような、せつない気分になる。

俺たちは、お互い、同じことを訊きたくてここにいる。

「神鳴崎に案内することはできます。あそこは誰でも自由に入れる場所だし。……けど、そこから未来に行ったり過去に行ったりっていうのは、無理だと思う」

和希さんが口を開きかけるのを、聞いてくれと俺は目で押しとどめた。

「俺、試したんです。二〇七〇年から戻ってきてから、何十回も、何百回も、下手すると何千回も。もう一回五鈴に会いたくて、毎日神鳴崎で試しました。でも……だめだった」

今でもあの頃のことを思い出すと苦しくなる。半開きの扉のような巨岩の裂け目を、祈るような思いで泳いでくぐる。だけど何も起こらない。もう一度試す。でも何も起こらない。絶望するまでくり返して、やっぱり無理なんだと泣けてきて、それなのに次の日になればまた試さずにいられない。ようやく諦《あきら》められたのは、五鈴に会いたいという気持ちが擦り切れてしまった、高校に入るあたりだったと思う。

「俺以外にそういう体験をしたって人の話も聞かないし――自分でもわかんないんです。あの時、どうして未来に行ったのか。だから、もう一度同じことをしようと思っても……」

「――そっか」

喜怒哀楽の喜と楽は素直に表現するのに、怒と哀はあまり表に出さない和希さんが目に見えて表情を沈ませた。取り繕《つくろ》うこともできないほど落胆《らくたん》した様子に、胸が痛んだ。

「……和希さんは、七緒さんに会いにいきたいんですか？」

訊かなければよかった、と俺はすぐに後悔した。和希さんが、駅コンの打ち上げの時にほんの一瞬だけ見せた、あの救いようもなくかなしい目をしたからだ。

店内には女性客が多くて、はなやかな笑い声が聞こえた。俺はほとんど手をつけていなかったレモンソーダを、勢いをつけるためにグラスの半分までいっきに飲んだ。

「俺も、和希さんと同じことが訊きたかったんです」

和希さんは全部わかっているようなまなざしで、うん、と言った。

「もう一回……一回だけでいいから、五鈴に会いたいんです。七緒さんは一九七四年から二〇一七年に来たんですよね。それでまた一九七四年に戻ったんですよね。どうやったんですか？　教えてください。お願いします」

和希さんは、数秒沈黙してから口を開いた。

「おれが高校生の時に住んでた島——采岐島《ときしま》っていうんだけど、古い言い伝えのある場所があったんだ。彼女はたぶん、そこから二〇一七年に来た」

「じゃあそこに——」

「でも、勧められない。というかだめだ」

どうしてだと眉を跳ね上げる俺に、和希さんは少し声を強めて続けた。

「その時間を移動する方法は、本当に危険なんだ。彼女が消えた時、おれもその場にいたけど、はじめはもう彼女は死んだんじゃないかって思ってた」

「でも七緒さんは無事だったんですよね。それで一九七四年に戻ったんですよね」

「たまたまだよ。支倉が同じことをやって無事だって保証はない。そもそも確実に時間が超えられるとは限らないし、超えられたとしてもその先が支倉の希望どおり二〇七〇年だとは限らない。下手したら命を落とすことだってあるかもしれない」

「それでもいいです。お願いします」

自分でも驚くくらい懇願《こんがん》めいた声になった。

けど、たとえそれがどんな方法だとしても、俺はもう一度、五鈴に会いたい。会ってどうするかはわからない。でも顔が見たい。声を聞きたい。俺を見て名前を呼んでほしい。わずかでもそうできる可能性があるのに、諦めて素通りすることはできない。

「お願いします」

頭を下げた。ありったけの気持ちで。

店内のざわめきだけがしばらく聞こえていた。

カロン、と氷の音がした。俺が顔を上げると、和希さんはストローから指を離した。

「試験が終わって、夏休みになったら島に行く予定だったんだけど、支倉も来る？」

俺は目が点になった。それって――

「行きます！　行きたいです！　行かしてください！」

「ただ、飛行機と高速バスの空きがあったらだけど。調べてみるから、ちょっと待って。あと移動はほとんど一日がかりだし、旅費もかなりかかるよ。それでもいい？」

俺はこくこくと力いっぱい頷《うなず》いた。和希さんはネイビーのスマホをとり出して、何分か無言で操作すると、王子様っぽいきれいな顔を俺に向けた。

「バスと飛行機、大丈夫だった。じゃ、行こうか」

なんか映画にでも誘うみたいな口調だった。

＊

采岐島というその中国地方の離島を、恥ずかしいが俺は今まで名前も知らなかった。

俺も和希さんも八月頭からの一週間は試験期間なので、出発は八月第二週の月曜日と決まった。スケジュールとしては早朝に仙台駅に集合、そこから仙台空港アクセス線で仙台空港へ。仙台空港からは伊丹《いたみ》空港に飛んで、バスを三つも乗り継ぎ、さらに松江《まつえ》の港からフェリーに乗って、夕方にやっと島に到着。合計の移動時間が約十二時間というなかなかハードな旅程だ。

往復の旅費を計算すると胃がキュッとなるような額だったが、さいわいアルファルドの気前のいい給料のおかげで何とか貯金を崩さずに捻出《ねんしゅつ》できそうだったし、島に二泊する間は和希さんの知り合いが家に泊めてくれるらしい。しかも宿だけではなく食事まですべてタダで提供してくれるというからありがたすぎる。相手はかなり親しい人なんだろう。ただ「そうだ、ヴァイオリンを忘れずにね」という和希さんの指示が謎だった。

「え、あんた帰省しないの？」

和希さんと二泊三日で遠出してくることを伝えると、美白パック中で仮面の怪人っぽくなっているまどかは目をまるくした。

采岐島への小旅行から帰ってからもアルファルドのバイトがあるからなかなか倉津町に帰るのは難しい。……というのは言い訳で、大学の夏休みなんて九月末までほぼ二カ月間もあるから、帰ろうと思えば時間はどうにでもやり繰《く》りできる。

でも、俺はそうするつもりはなかった。今年も、来年も、その次の年も、ずっと。

「……おじさんとおばさんには、ちゃんと連絡するから。だから悪いけど、夏休みの間もこっちにいさせてください」

「別にそんなかしこまんなくていいよ。ここはもうあんたの家なんだし」

苦笑したまどかは、顔を覆《おお》っていたパックをゆっくり剝《は》がしてゴミ箱に捨てた。部屋を無音にしないために点《つ》けていたテレビで、前後のストーリーがわからないドラマが流れていた。しばらくテレビをながめていたまどかが、ぽつりと言った。

「今年は、私が帰省しようかな」

「……えっ」

「ずっと帰ってなかったし、盆の墓参りもだいぶサボってるし」

確かにまどかは、もう長いこと倉津町の実家に帰っていなかった。仙台の大学に進学して家を出てからの八年間、親戚の法事や結婚式などで二、三度帰省しただけだ。

それは俺がユウタの代わりに西城《さいじょう》の家に居座っていたせいなのか、それともつらい記憶のしみついた土地に足を踏み入れたくないのか、まどかの気持ちを俺は聞いたことがない。俺たちはそういうことを、一度もちゃんと話したことがなかった。

とにかく今まで実家に寄りつかなかったまどかが自分から倉津町に帰ると言い出したことに驚きすぎて俺が口をきけずにいた間に、まどかはスマホをとり出して「采岐島、采岐島……へー、サザエカレーなんてあるんだ。超うまそう。爽太《そうた》、これ買ってきてよ。レトルトで十個くらい」なんてことをいつもの明るい調子で言った。

西城のおじさんに電話して、夏休みは帰省しないことを伝えると、おじさんはひどく残念がったが、ごめんと言ってゆるしてもらった。

圭《けい》と千晴《ちはる》には、迷ったけど、ちょっと旅行してくるとだけ伝えた。もともと仙台育ちの圭は夏休みには家族で台湾《タイワン》旅行に出かける予定、秋田出身の千晴はお盆の終わりまで実家に帰るらしかった。

そして、出来はともかくとして試験も無事に終わり、出発の当日。

背中にリュック、肩にヴァイオリンケースを担いだ俺は、約束していた朝五時半の十分前に仙台駅に到着した。透きとおった朝陽《あさひ》が仙台の街を金色に染めていて、すでに微熱をおびた風が今日も暑くなることを予感させた。そういえば地図で調べた采岐島は仙台よりかなり南にあるけど、やっぱり暑いんだろうか。やべ、帽子かぶってきたほうがよかったか？　生まれも育ちも東北の俺は生き残れるのか？　とそわそわしているうちに時間はすぎたが、和希さんはなかなか現れなかった。

約束の時間まであと三十秒、という頃になって駅前のペデストリアンデッキをふらふら進んでくる人影が見えた。Ｖネックのシャツにリュック、スニーカーと、俺と同じく動きやすそうな軽装だ。本人としても遅刻しかけている自覚はあるらしく走っているのだが、右に左によろめくのが危なっかしくて、俺は思わず和希さんに駆けよった。

「まに……あった……？」

「大丈夫っす、まだ十秒前でした」

「……四時半に、起きたんだけど、どうしてか気がついたら、もう五時すぎてて……」

肩で息をしながら切れぎれに話す和希さんは、朝早く起きるのが得意ではないらしい。がんばったんすね、お疲れさまです、とねぎらいながら俺は和希さんの背中を押して走った。休ませてあげたいのは山々だが、仙台空港行きのアクセス線があと数分で発車する。これに乗り遅れると予定の飛行機に乗れなくなるから逃すわけにはいかない。

切符《きっぷ》を買ってホームに到着すると、間を置かずに涼しげな青と銀色の車両がすべりこんできた。ほっとしながら乗りこんで、俺と和希さんは対面式の座席に腰を下ろした。

発車した電車は軽やかにスピードを上げて、車窓の景色がどんどん後ろに流れていく。

喉《のど》が渇いたので、買っておいたミネラルウォーターのペットボトルをリュックから引き抜いてひと口飲むと、冷たい水流が胃に到達したとたんギュウと腹が鳴った。窓の外をながめていた和希さんが目をまるくして、俺は顔が赤くなった。

「幹也《みきや》が作ったおにぎり二個あるけど、一個食べる？」

「……すんません、ツッコミどころ多すぎて何て言うべきかわかんないです」

「ほんとは朝ごはん軽く食べてこうと思ってたんだけど、寝坊したから時間なくてバタバタしてたら、幹也がその間に作ったみたいで『移動中に食べな』って渡された。こっちのまるいのが梅干しで、三角のが味噌《みそ》大根だって」

「尾崎さんのかいがいしさ、もはや友人を超えて母の域ですよね」

「あ、鋭い。あいつの高校の時のあだ名、『乳母《うば》』だったよ」

あだ名が『乳母』の男子高校生っていったい。

ますます謎の深まる俺の師匠《ししょう》に畏怖《いふ》の念を覚えながら、ありがたくラップに包まれた味噌大根のおにぎりをいただいた。頬張《ほおば》ると塩加減も飯の固さもちょうどよくておいしい。俺がパクパク食べる間に、和希さんはひと口ずつ米をよく嚙《か》んで食べていた。

仙台空港には三十分しない程度で到着した。俺はじつは飛行機に乗るのはこれが初めてで、右も左もわからない空港内を、ひよこみたいに和希さんを追いかけて歩いた。夏休みシーズンの空港は、まだ早朝なのに旅装の人であふれている。

たいした荷物はなかったから、自動チェックイン機で搭乗《とうじょう》手続きをすませたあと、手荷物検査だけを受けた。金属探知機のところを通る時、緊張しすぎて変な顔になっていたらしく、和希さんに失礼なくらい笑われた。

「俺、じつはちょっと高所恐怖症ぎみなんです……」

「そうなんだ？　飛行機って、上空約一万メートルを飛ぶんだって」

「何の目的で今の告白のあとにそういう具体的な数値を聞かせるんすか!?」

機内でこんな会話をすることしばらく、まもなく離陸するというアナウンスが入って飛行機が動き出した。俺はヒッと固まって、座席の肘《ひじ》置《お》きを握りしめた。和希さんはそういう俺の様子をおかしそうに笑っていて憎らしかった。機体が猛烈な加速を始めて、全身をシートに押しつけられながら硬直していると、ひときわ大きなエンジンの唸《うね》りと一緒に機体が浮いたのがわかった。和希さんの頭ごしに窓をのぞくと、みるみる小さくなる地上の景色が見えて、怖いけどテンションが上がった。

和希さんが、リュックから小さなケースをとり出した。

「悪いけど、耳栓《みみせん》するから。飛行機のエンジンの音って苦手で」

「あ、はい」

「声は聞こえるから何かあったら言って」

和希さんは耳栓をクニクニと細くし、慣れた手つきで耳に装着すると、小さな窓に頭をあずけて目をつむった。やさしげな容姿の和希さんだが、中身は意外と個人主義だ。でも不快ではなく、一緒に行動していて気楽だった。それに飛行機に乗ってすぐに耳栓をしなかったのは、生まれて初めてのフライトにおびえる俺のためでもあったんだろう。

俺はときどき機体がゆれるたびにヒッとなったが、和希さんはすやすやと眠っていた。駅コンの時から感じてはいたがこの人はどうも大物と呼ぶべき人種だ。飛行機は一時間半弱で伊丹空港に到着して、俺はちっとも目を覚まさないきれいな顔の大物をゆり起こして懐かしい地上に降りた。地面に足をつけたら心底ほっとした。

ここからはバスで新大阪《しんおおさか》駅に移動。さあ行くぞ、とバスターミナルめざして歩いていたら、なんとも魅惑的なソースの香りが漂ってきて俺も和希さんもつい立ち止まった。誘惑の香りを発しているのは、通路の対岸にあるタコ焼き屋だ。

「支倉、タコ焼き好き?」

「一週間タコ焼きばっかでもいいくらい好きですけど、バスの時間けっこうギリ……」

「すいません、『スペシャルマヨ味』ひと箱ください」

「ダッシュ速っ!」

笑顔が素敵なあんちゃんが「まいどぉ!」と華麗なる手さばきで焼いてくれたタコ焼きはバスの時間も頭から吹き飛ぶほど美味で、俺と和希さんはしばし無言で熱々のタコ焼きをふほふほと食べた。ひと箱八個入りで、半分をもらってしまったから金を返そうとしたら「いい、帰りは支倉に買ってもらうから」と和希さんは大まじめに断った。

　ぎりぎりで乗りこんだバスは、三十分くらいで新大阪駅に到着した。旅の山場はここからだ。次は高速バスで松江駅をめざすのだが、この移動時間が約四時間。その次は、またバスを乗り換えて約一時間。さらにフェリーに乗って約二時間。かなりの長期戦になる。

「バスに乗る前にトイレ行っといたほうがいいよ」とか「昼ごはんはパンとかおにぎりがいい。匂いが強いものをバスで食べるとほかの人の迷惑になるから」と和希さんは高速バスの待ち時間にいろいろと長旅の心得を伝授してくれた。俺は先輩の助言に従ってトイレをすませ、昼飯を売店で買った。

「和希さん、島には毎年ひとりで行ってるんですか？　尾崎さんは一緒じゃなく？」

「毎年って言っても、まだ今年で二回目だけどね。なんか同じところに住んでると、外でまであえて一緒に行動しなくなるんだよ。それに幹也、お父さんが入院したから今年は実家に帰省するんだ。あいつも今日出発だけど、大変だった、ずっと嫌だ嫌だ言ってて」

「和希さんは、いいんですか。実家のほうには」

「うん。五月の連休に帰省して、その時にだいぶ話はしたから。みんなで牛タン食べた」

　じゅうじゅう牛タンを焼いている一家の様子を思い浮かべたら俺は頬がゆるんで、和希さんも小さく笑っていた。そこでウィンカーを点滅させたバスがターミナルに入ってきた。俺と和希さんは、リュックをよっこらしょと背負いなおしてバスに乗りこんだ。

高速バスは三列の座席が独立していてゆったりと座れるうえ、車内にトイレまでついている。九十分から二時間くらいの間隔で二回、パーキングエリアに入って十分程度の休憩がとられた。二回目の休憩場所では、中国地方の最高峰《ほう》、大山《だいせん》が駐車場からくっきりと見えた。青空に映《は》える雄大な山はかっこよくて、俺がスマホで写真を撮っていると、和希さんがフレームの端から顔をのぞかせて撮影妨害した。

午後二時すぎ、そろそろ座り続けで肩や腰が凝《こ》ってきた頃、松江駅に到着した。乗客のほとんどはここでバスを降りた。俺と和希さんも、今度は港へ向かうバスに乗るために、ターミナルに移動した。バスにはあまり待たずに乗ることができて、俺と和希さんが港に到着したのは、午後三時半ごろだった。

フェリーターミナルで切符を買って待つことしばし。乗船開始のアナウンスがあって、蛇腹《じゃばら》のボーディングブリッジを渡って船内に入った。入ってすぐのところはエントランスになっていて、売店や自販機やトイレ、テレビも設置されている。

一等室というリッチな人たちが使う豪華な船室もあるそうだが、金がない大学生の俺と和希さんは庶民《しょみん》価格の二等室だ。二等室はカーペット敷きのホールのような空間で、家族連れでけっこう混み合っていたので、俺と和希さんは甲板《かんぱん》席に座った。船の甲板に簡単な屋根がとりつけられ、ベンチが並んだ甲板席には、海の風が直接吹きつけてくる。船と競走するように海上を飛ぶウミネコが、高く鋭い声を響かせる。

ひさしぶりに海を見て潮《しお》の匂いをかぐと、胸がざわついた。倉津町にいた頃は、どこにいても風は塩っ辛い匂いがした。なんとなく息苦しくて、海から目をそらしていると、

「大丈夫？　船酔いした？」

ひょいと視界に和希さんの顔が入ってきて、俺はびっくりした。

「や……大丈夫です。何でもないです」

「ならいいけど。酔ったらコーラ飲むといいよ、すっきりするから」

俺は曖昧《あいまい》に笑い返して、ベンチに置いていたヴァイオリンケースを肩にもたれさせて抱えた。そうやってると少し落ち着いて、海をぐんぐん進んでいく船の舳先《へさき》をながめた。

「采岐島って、どんなところですか？」

「いいところだよ。コンビニもファミレスもないけど、時間がゆっくりしてて落ち着く」

島の話をする和希さんの声は、すごくやわらかだ。

「あと、おれが高二になった時に公立の塾ができて。町営だから普通の学習塾より月謝も安いし、教室のとなりに図書館もあるんだ。それまで島には図書館がなかったから島の人も喜んでた。それも例の高校の校長が進めてた計画で、数年がかりでやっと実現したらしくて。講師もIターンしてきた霞《かすみ》が関《せき》の元官僚とか、あちこち外国を放浪してスラングをいっぱい知ってる人とか、ヘンな人たちばっかりでおもしろかったな」

「はー……その校長さん、ほんとすごいですよね。島のためにいろんな改革成功させて」

「うん。──ただ、それで何も問題がなくなったわけじゃなくて」

和希さんの横顔が、少しだけ沈んだ気がした。

「何でもそうだと思うけど、いい取り組みをして成果が出たとしても、その状態を維持するのってすごく難しいんだ。確かに島には人が増えたし、それで税収も多くなって、島の知名度も上がった。でもおれが高校を卒業する頃にはそこに翳《かげ》りも見え出していて、まだじょじょにではあるけど、島の人口は減りはじめてる。とくに、若い人が。

校長がやった改革は起爆剤っていうか、もうだめになりそうだったものを思い切って取り除いてガンガン治療した大手術みたいなものだったんだよね。今度は、島の体力をなるべく維持していく取り組みをしなくちゃいけない。何年、何十年たって、いろんなことが変わってしまっても、島にいる人たちがしあわせに暮らしていけるように」

静かで強い意志のこもった横顔に、俺は直感した。

「和希さん……だから過疎《かそ》の勉強してるんですか？　もしかして、大学卒業したら、島に戻るつもりなんですか？」

和希さんは色素の薄い髪を風に乱されながら、船の行く手を遠い目で見つめる。

「まだわからない。高三の時は、もう卒業したら島の役場に就職しようって思ってたんだ。それぐらいしかおれにできることなんてないと思ったから。でも担任の先生とか、世話になった人に寄ってたかって止められて。『今いる狭い世界だけ見て道を決めるな。もっとたくさん広い場所を見て考えて、それでもまだそうすべきだと思ったら戻ってこい』って言われた。だからほんとに手探りで今の大学に入って、今の勉強してるんだけど……まだ全然わからない。どうすることが一番いいのか、おれに何ができるのか」

それから和希さんは「……なんかすごい語った」と恥ずかしそうに笑って、俺を見た。

「支倉は？」

「はい？」

「先生になりたいんでしょ。やっぱり地元で？」

や……、と声がこぼれたきり、うまく言葉が続かなくて、俺はまだわからないと笑ってごまかしながら海のほうに視線をそらした。

教員免許をとれたら、俺は県外に出る。目的地はまだわからない。だけど、ひとつだけはっきりと決めていることはある。

俺は、二度と倉津町には戻らない。

## 2

約二時間後、海を走る船の先に、島影が見えた。

采岐島は、優美な曲線でつながる峰も、切り立った赤岩の崖も、家々が点在する平地も、あらゆるところが生命力あふれる緑に覆われていた。夕暮れの黄金の光に照らされた島は、海に突き出た巨大なエメラルドの原石みたいだった。

港に停《と》まったフェリーから二時間半ぶりで陸地に足を下ろして、ほっと安心、と思いきや、まだ海の上にいるみたいに足もとがゆらゆらする。陸酔《おか》いだ。

港はベンチや東屋《あずまや》が置かれて、ちょっとした公園みたいに整備されていた。売店や観光客向けの案内所もある。海に沿って作られたコンクリートの遊歩道には、船から降りてくる乗客を待つ島の人たちが十人くらい集まっていた。

ところで、俺と和希さんを家に泊めてくれる親切な人は『高津椿《たかつつばき》』さんというらしい。

「ちょっと恥ずかしがりだけど、やさしくておもしろい人だよ。あと笑うとかわいい」

和希さんはこう言っていた。なので俺の頭の中の『高津椿』さんは、パンケーキみたいにふんわりした笑顔の愛らしい女性になっている。

港で待っていた年配女性は「おかえりー」と若い女性を笑顔で迎え、とある男性同士は「ひさしぶりだなー」と肩を叩き合い、港で待っていた島の人たちと船から降りた乗客たちは次々と誰かと連れ立って去っていく。そのうちエプロンを着けた二十代くらいの女性と、東屋のそばに不良のようにしゃがみこんで煙草《たばこ》を吸っている黒い服の男だけが残った。

俺はエプロン姿の女性を見て、きっとあの人だなと思っていたのだが、

「高津さん」

と和希さんが例の煙草をふかしている男に近づいていったので、心底ぎょっとした。

その男は前髪もろともひっつめて髪を縛り、真夏だというのにまっ黒なシャツを着ていた。素足にはつっかけサンダル、そしてくわえ煙草。正直、すこぶるガラが悪い。

この御仁《ごじん》が「ちょっと恥ずかしがりだけど、やさしくておもしろい人」なのか？　てか『椿』って男だったのか!?　なんかもういろいろ衝撃すぎて声が出ない。

立ち上がった高津氏は、ジーンズのポケットから出した携帯灰皿で煙草をもみ消した。痩《や》せ型《がた》だが相当の長身で、ぎらっと光る日本刀みたいな鋭い雰囲気の持ち主だ。高津氏は和希さんを見下ろすと、目を細めた。

「おまえはいつまでも高校生みたいな顔してんな。今年で二十歳《はたち》ってほんとか」

「高津さんも相変わらず不良オーラ出てますね」

「うるせぇ」

「今年もお世話になります。あとこれ、幹也とおれから。時任賞《ときとうしょう》受賞のお祝いです」

和希さんはリュックから保冷パックの袋をとり出した。時任賞とやらがどういう部類の賞なのか俺は全然わからないが、とにかく高津氏はそういうものを受賞するような何らかのプロフェッショナルらしい。高津氏は、居心地悪そうに顔をしかめた。

「……なんで知ってんだ」

「普通にネットニュースに出てましたよ」

「余計な気まわすな。嫌いなんだよそういうの」

「別に純金製の祝いの杯とかじゃなくて、ただのちょっといい牛タンなので心配しないでください。つまみにどうぞ」

マイペースに保冷パックの袋をさし出す和希さんに、高津氏は苦笑をもらして袋を受けとった。ぱっと見怖いけど笑うと案外やさしげだ、と思った次の瞬間、高津氏がこっちを見たので俺は息を止めて硬直した。高津氏の鋭い目は、三白眼《さんぱくがん》というんだろうか、独特のオーラがあって迫力がものすごい。

「これがメールに書いてたおまえの舎弟《しゃてい》か」

「舎弟なんて書いてないです。年下の友達です」

「支倉爽太です。お世話になります。よろしくお願いします」

緊張しながら頭を下げると、高津氏は素っ気なく顎を引いて応《こた》え、サンダルですたすたと歩き出した。和希さんも当たり前のように続くので、俺も二人のあとを追いかけた。

「ちょうどよかった。野木《のぎ》じい、乗せてくれ」

「んん？　なんだ高津のボン、そんな若いの二人もつれて……おや？　あんたさんは見たことある顔だな」

「シマ高卒業生です。一昨年に卒業して、今は仙台の大学に通ってます」

「おお、島帰りか、よく来たよく来た。そっちの子は友達かい？　よく来たよく来た」

港近くに建つ農協の前で軽トラックに荷物を積んでいるおじいさんがいて、和希さんだけでなく俺にまで親戚の子供にするみたいにニコニコ笑いかけてくれた。高津氏はさっさとおじいさんの白い軽トラの助手席のドアを開けると「おまえらはそっち乗れ」と肥料の袋が積まれた荷台に顎をしゃくる。「え、荷台って人乗っていいんすか？」「たしか荷物番って名目ならよかった気がする」と言い合いながら、俺と和希さんは軽トラの荷台によじのぼり、肥料の袋と一緒に並んで膝《ひざ》を抱えた。

ガタガタゆれる軽トラの荷台から、道を進むごとにうつり変わる島の風景をながめた。北国の藍色の海とは違う、水色のクレヨンの色に透きとおった南の海。水平線に沈みかける夕陽から海上に渡される金色の光の橋。海を囲む岩の荒々しさと、赤土の崖の雄大さ。草原では、影絵みたいになった牛たちが草を食《は》んでいる。道ばたで遊んでいた子供たちが、トラックの荷台で膝を抱える俺や和希さんに笑って手をふってくれた。和希さんと一緒に手をふり返しながら、俺は胸のざわつきに息を細くした。

この島は、似ている。

離れたい、離れたいと思い続けて、やっと離れることができたのに、いつも心のどこかに沈んで消すことのできない、俺の生まれ故郷に。

親切な野木じいさんの軽トラをありがとうございましたと見送って、あらためて高津氏の家の門前に立った俺は、しばらくぽかんと口を開けてしまった。

「これは、ほんとに一般人の家なんすか……？」

「大名屋敷みたいだよね。おれも初めて来た時びっくりした」

「高津さんは、もしかして石油王とかですか」

「おまえわりとアホか？　いいからさっさと入れ」

大河ドラマのセットみたいなとにかく大きくて豪奢《ごうしゃ》な邸宅の門を、俺は緊張しながらくぐった。門の内側はこれまた老舗《しにせ》料亭の庭園みたいなすばらしいながめが広がっていた。が、そのすばらしい庭園の一角に、なぜか添え木されたトマトやナスやキュウリが生えていた。家庭菜園？　この立派すぎる庭園に？　国宝の茶碗《ちゃわん》に取っ手をつけてカップにしてしまうような天をも畏《おそ》れぬ所業だ。

高津邸は屋内も予想を裏切らない広さで、俺と和希さんは和室をひと部屋ずつ割り当てられた。これも旅館なら一泊ウン万円を払うような部屋で、生粋《きっすい》の庶民である俺は気後《きおく》れして、広い部屋のすみっこにリュックとヴァイオリンケースをちょこっと置いた。

「手洗いうがいしたら居間に行け。飯ができてるはずだ。終わったら風呂入って寝ろ」

高津氏は、荷物を下ろした和希さんと俺にそれだけ言うとどこかに消えてしまった。言われたとおりに手洗いうがいをすませて、泊めてもらう部屋のとなりにある居間に行くと、もはや高級温泉宿レベルのお膳《ぜん》料理が二人分用意されていた。まぶしすぎて庶民の俺には直視するのが難しかった。

「……俺、風呂掃除とか庭掃除とかさせてもらえないっすかね。わりと得意なんすけど。あと洗面台の水垢《みずあか》とるのとかも得意なんすけど」

「おれも言ったことあるんだけど、高津さんそういうの絶対やらせてくれないんだよ。お金も絶対受けとらないし。だから、宿代の代わりにいつもピアノ弾いてる。今年は支倉も一緒にやろうよ、ヴァイオリン」

「あ、楽器持って来いって言ったのそういうことだったんすか？」

「うん。言っとくけど高津さん、かなり耳が肥《こ》えてるから厳しいよ」

あの三白眼で「下手《へた》くそが」なんてにらまれたら、俺は砂になって崩れる自信がある。

アジとタイとイカの刺身は、すごく新鮮で身がぷりぷりだ。茶碗蒸しはとろとろで、牛肉の冷しゃぶは心臓に悪いくらいうまい。でも、そんな豪華すぎる食事を俺と和希さんの二人だけが食ってるのはもったいない気がして、俺は廊下《ろうか》に面した障子戸に目をやった。

「高津さんは、食べないんですかね」

「夏は食が細くなるみたいなんだよね。高津さん、ああ見えてデリケートだから」

「はあ……あの、高津さんって、何をしてる人なんですか？」

「え？　彫刻家だよ、言ってなかった？」

きょとんとする和希さん。絶対、断じて、命をかけてもいいが、おっしゃってない。

「彫刻家って、プロの彫刻家ってことですか？　そういう人初めて見た――あ、さっき言ってた、賞をとったっていうのも？」

「うん、伝統のある有名な賞みたい。作品の写真、ネットに出てたけど見る？」

和希さんがスマホで見せてくれた高津氏の作品は、本当に、生きているみたいだった。

それは少女の全身像だった。透けるような長いヴェールを頭からまとった女の子が、こちらに横顔を向けて立っている。彼女が見つめる方角からは風が吹いている。やわらかになびく彼女の髪や、羽衣のようなヴェールが宙にひるがえる様子から、それがはっきりとわかる。彼女は何かを示すように指をのばしている。すらりと伸びた手足のなめらかさ、ゆるく曲げられた関節の克明《こくめい》さ、きゅっと目じりが上がった猫みたいな瞳の透明度。そういうもの全部が、これを人の手が作ったなんて信じられないほど美しかった。

その彫像には、希望、みたいなものがあった。はるかな彼方《かなた》でささやかに光るものを、ほら、と彼女が俺たちに教えているような。

「――俺、こういうのうまく言えないんですけど……すごいですね」

「ほんとにね。高津さんの見てる世界って、おれが見てる世界と画素数が違うんだろうなっていつも思う」

俺と一緒に液晶画面をのぞく和希さんは、すごくやさしくて、どこかかなしい目をしていた。もしかして、と思った。凛《りん》と未来を見つめるような横顔の、高校生くらいの少女。

もしかして、とまた思って、でも、俺は訊けなかった。

それからまた食事を再開したが、冷しゃぶをつつく和希さんが、しきりにまばたきをしているることに俺は気づいた。目をごしごしこすったりもする。これは、あれだ。

「眠いっすか」

「……うん。ごめん、おれ、寝ていいかな。お風呂、ちょっと、無理っぽい」

「はい、もちろん」

和希さんはふらふら立ち上がると、隣室のふすまを開けた。布団を敷こうとするのだが、足取りがどうにも危なっかしくて、俺もあわてて布団を敷くのを手伝った。

「お風呂、そこの廊下、突き当たりで左に行ったとこだから……」

「はい、わかりました」

「ごめん、あの場所、あれも、明日……」

「大丈夫です。俺も今日は疲れたんで、気にしないで寝てください」

うん、と子供みたいに頷いた和希さんは、ぽすんと布団に倒れこむと、一瞬で意識を失ったようだった。そういえば今日は早朝から活動していたし、何でもない顔をしているようでいても、たぶんずっと同行者の俺に気を配ってくれていたはずだ。俺は、ささやかな寝息をたてる和希さんにそろそろとタオルケットをかけて部屋を出た。

忍び足で歩きまわって探し当てた台所で二人分の食器を洗ったあと、和希さんに説明してもらった通りに長い廊下を進み、風呂に入らせてもらった。石造りの広々とした半露天風呂を目撃しても、もはや俺は粛々《しゅくしゅく》と高津邸クオリティを受け止めた。髪と顔と体を洗ったあと、温泉につかりに来たおサルのように、控えめに湯船のすみっこで温まった。

仙台よりも南にある島なので、フェリーから降りた時はやっぱり暑いと感じたが、風呂から上がると廊下に流れる夜気は涼しく透きとおっていた。外で風に当たったら気持ちよさそうだ。裸足《はだし》でぺたぺた板敷きの廊下を歩いて玄関に向かおうとすると、途中で庭園に面した古いガラス戸が開け放されていた。俺は足を止めて、外をのぞきこんだ。

闇《やみ》に沈んだ庭で、小さなオレンジ色の光が明滅した。

蛍《ほたる》？　――いや違う。目を凝らしていると、じょじょに人の輪郭《りんかく》が夜闇に浮かび上がった。高津氏が、池のほとりの岩に腰かけて煙草を吸っていた。

「……あの」

縁側の下にあったサンダルを借りて、ちょっと緊張しながら近づいた。煙草をくわえたまま空とも地面ともつかないどこかをながめていた高津氏は、こっちをふり向くと、まだ長かった煙草を携帯灰皿でもみ消した。

「飯食ったのか」

「はい、ごちそうさまでした。ものすごくうまかったです。あの、和希さん、疲れたみたいで、先に寝ました」

「ああ……あいつ、くたびれるとすぐ寝るからな」

　ここで頼りにできる明かりといえば月の光くらいで、お互いの顔もうすぼんやりとしか見えないが、それでも高津氏が思いがけないほどやわらかい表情をしているのは感じた。笑っている、かもしれない。俺は体の緊張がとけるのを感じた。

「勝手してすみませんが、和希さん、ごはん全部食べ切れなかったんで、冷蔵庫に余ったおかず入れて食器も洗わせてもらいました」

「……しっかりしてんな。おまえのほうが後輩なんだろ」

「後輩っていうか、大学は違うんですけど」

「そうなのか？　なんであいつはそういう基本情報をちっとも知らせねぇんだ。大学が違うなら、インカレか何かで知り合ったのか」

「いえ、何ていうか、話すと長くなるんですけど……あ、尾崎さんのことはご存じなんですよね？　俺、尾崎さんと同じバイト先で働いてて」

「尾崎のバイトってあれか、国分町《こくぶんちょう》のクラブか。おまえが？」

　高津氏は、まじまじと俺を見た。まあ、俺の見た目が高級クラブにぴったりというわけじゃないのは俺自身もわかってる。

「それで尾崎さん経由で和希さんと知り合って……俺、大学の友人と弦楽四重奏を組んでイベントで演奏することになったんですけど、事情があってメンバーのひとりが当日演奏できなくなったんです。それで和希さんが、代わりにピアノ弾いてくれて」

「あいつ、人前で弾いたのか」

高津氏が急に真顔になったので、俺は少したじろいだ。

「はい……すごかったです、ほんと。俺、演奏聴いて鳥肌立ったの初めてでした」

「あいつは、これからもおまえたちと弾くのか」

「いえ――友人が誘ったんですけど、和希さんに断られたらしくて」

「――そうか」

夜の底にぽつりと落ちるような声だった。それで、直感した。

この人は、和希さんの背負うものを知っている。俺が知っているよりも、たぶんずっと深く、ずっと多くのことを。

だったら、あの彫像の少女も、やっぱりそうなのか。

「あの、時任賞とった彫刻、見ました。ネットの写真ですけど、すごかったです」

「……見んなよ。別にすごかねぇ」

「あの彫刻の女の子って、もしかして――七緒さんですか？」

居心地悪そうにそっぽを向いていた高津氏は、岩に腰かけたまま俺を見上げた。表情にそこまで変化はなかった。でも、驚いた気配は伝わってきた。

「……その話、あいつが自分からおまえにしたのか？」

「自分からっていうか……なりゆきっていうか、何か、うまく言えないんですけど──」

　答えながら、もしかして、と思った。高津氏は、彼女が過去から来た人であることや、そしてまた戻っていったことまで知っているんだろうか。だから、かなり歳《とし》も離れた和希さんとこの人は、うわべの親しさとは違う、強いつながりを感じるんだろうか。

「──賞とった途端、画廊《がろう》だのブローカーだのがうるさくてしょうがねぇが、全部断ってる。あれは、これから二十年以内に、あいつが買い取ることになってる」

　それから高津氏は、ジーンズのポケットから煙草の箱を出して新しい一本をくわえると、立ち上がった。

「おまえも疲れてんだろ、寝ろ。明日の朝飯は冷蔵庫に入れてあるから、起きたら勝手に食え。和希が要領わかってる」

　そして高津氏は、とりつくしまもないような足どりですたすたと母屋《おもや》に戻っていった。あとに残った俺は、何となく空を見上げて、思わず声をこぼした。

　夜空を、無数の光の粒が埋めつくしていた。まるで光の洪水で、あの空の向こうは宇宙なんだと、当たり前のことを身動きもできずに思い出した。

　俺は、天の川を生まれて初めて見た。

　高津邸は、危険な場所だ。美味すぎる食事と旅館のような半露天風呂で人を骨抜きにするし、ふわっふわの布団とやたらと肌ざわりのいいタオルケットが、無意識にセットしておいたアラームを止めさせて二度寝にいざなう。翌朝、スマホを握った行き倒れみたいな恰好《かっこう》で目が覚めた俺は、朝九時をすぎているのを見て「うぉ!?」と跳ね起きた。

大あわてで着がえて、声をかけながらとなりの部屋のふすまを開けると、和希さんの姿はなかった。布団もきちんと畳《たた》まれている。次に居間に行ったが、やっぱり和希さんの姿はなく、ちゃぶ台にネイビーのスマホが置きっぱなしにされていた。

居間の障子戸を開けると、庭園をのぞむ廊下に出る。どこ行ったんだろうと廊下を歩いていると、ガラス戸の向こうの立派すぎる庭園に高津氏の姿があった。例の庭園の一角を改造した大胆不敵な家庭菜園で、野菜にホースで水をやっている。今日もやっぱり夏には暑苦しいくらいの黒いニットにつっかけサンダルで、くわえ煙草だった。

「……あの、寝坊しましてすみません。おはようございます」

「あ?　別に学校行くわけじゃねぇんだ、眠けりりゃもっと寝てりゃいいだろ」

高津氏は何か怒ってるんだろうかと思うような不機嫌づらと素っ気なさすぎる口調だが、これが単にこの人の素なんだとわかってきた。それに俺が近づいたとたん、まだ長い煙草をホースの水で消火してしまったあたり、和希さんの言うとおりやさしい人なんだと思う。

「あの、和希さんってどこに行ったかご存じですか？」

「部屋にいねぇのか」

「はい、布団も畳んであるし、居間にもいなくて。しかもスマホ、置きっぱなしで」

高津氏は、今度はトマトのとなりに植えてあるキュウリの区画にホースを向けた。今日もよく晴れて、白い陽射《ひざ》しが地上を焼いていた。ホースの口には水をシャワーに変換する装置がついていて、野菜に降り注ぐ細かな水流に小さな虹《にじ》がかかっていた。

「たぶん、墓だ」

「墓……っていうのは」

誰の、と訊ねかけて言葉をのみこんだ。——それは、決まっている。

高津氏はジーンズの尻ポケットにさしていた剪定鋏《せんていばさみ》をとり出して、キラキラ光る水滴がついた赤いトマトを一個、パチンと切りとった。

「待ってりゃそのうち戻るだろうが、気になるならおまえも行ってこい」

「……俺が行ってもいいんでしょうか」

「あいつのこと、おまえには聞かせたんだろ」

高津氏は、メモ帳に地図を描いてくれた。その美しすぎる地図に俺は目を疑い、この人が有名な彫刻家というのは本当なんだと思った。また出発する俺に「これ持ってけ。昼飯は十二時だからそれまでに帰れ」と朝ごはんの玉子サンドを二人分ラップに包んで持たせてくれる親切さで、俺は常にしかめ面《つら》の高津氏がすっかり好きになってしまった。

地図と、玉子サンドを入れた袋を持って、若い稲が風にそよぐ田んぼの中の道を歩いた。

しばらく歩いて気づいたが、この島にはどうやら信号がない。本当に俺の目にとまる範囲には一個もなくて、時間がゆっくり流れると和希さんが言っていた意味がわかった。

目的地の寺には、高津邸から歩いて二十分くらいで着いた。

その小さな寺は海岸ぞいの高台に慎《つつ》ましく建っていた。山門までの坂道を上る間、ずっと左手には夏の陽射しにきらめく海が見えた。境内《けいだい》に入ると、本堂の横手に墓地がある。だが高津氏の地図は、さらに墓地の奥に向かえと指示していた。

地図どおりに進むと、やがて墓地のずっと奥に、ぽっかりと開けた緑の草原が見えてきた。そこにぽつりとたたずむ、男にしてはやや華奢《きゃしゃ》な人影も。

「和希さん」

なるべくそっと声はかけたのだが、和希さんはいきなり背中を叩かれたみたいに肩をゆらして、夢から覚めたばかりのような顔で俺を見た。

そこは普通の墓地とは少し趣《おもむき》の違う場所だった。遠目には草原のように見えた広場は、じつはきれいに芝生が敷きつめられた人工の空間だったらしい。広大な芝生の絨毯《じゅうたん》には、御影石《みかげいし》でできた五十センチ四方くらいのプレートが、ゆとりを持って整然と並んでいる。墓、に見える。でも、俺が知っている墓とはだいぶ雰囲気が違う。

「樹木葬の墓地なんだ、ここ。遺骨が土に還る仕組みになってて、墓を守る家族や親戚がいなくても、お寺が永代供養してくれるから心配ない。島の大改革の一環で始まった取り組みで、今じゃ県外からもここに埋葬してほしいって依頼してくる人がいるんだって。ひとり暮らしで死後のことを不安に思ってる高齢者も多いし、ここは景色もきれいだから、ここで眠りたいって思う人がたくさんいるみたい」

いつもどおりの口調の和希さんは、けど、声をかけるのをためらうほどしんとした横顔をしていた。墓前に供えられた花は、和希さんが手向《たむ》けたものなんだろう。ふいに海から風が吹きよせて、白い菊の花びらがひとつ、季節はずれの雪みたいに舞った。

「……この、お墓って」

「うん。本土に家族のお墓もあるらしいんだけど、島に埋葬されたいって本人が希望したみたい。本当にこの島が好きで、大切だったんだと思う」

和希さんは両手を合わせてまぶたを下ろした。海風が、いたずらするように和希さんの色素の薄い髪を乱す。それでも、和希さんは身じろぎもしない。

永遠に眠る人のために祈る姿は、胸をつかれた。

和希さんは、その人のことを、本当に大切に想っていたんだろう。四年の時間がたった今でも。和希さんも、その人の夢を見ることはあるだろうか。夢から覚めたあと、心臓をずたずたにするさびしさに、息を殺して耐えることがあるんだろうか。

あまりに突然別れなければならなかった人の消息を追って、初めてこの墓の前に立った時、和希さんは、いったいどんな気持ちだったんだろう。

和希さんはゆっくりと目を開けて、合わせていた手をほどいた。そして突っ立っていた俺をふり向くと、きょとんと目をまるくした。

「え、支倉なんで泣いてるの？」

「……泣いてねっす。ちょっと目から汗が分泌《ぶんぴつ》されてるだけっす」

「それ絶対痛いよ、超しみるよ」

和希さんは、困ったような顔のまま淡く笑った。おまえが気にすることないよ、というように。俺はTシャツの袖でぐいぐい目もとを拭きながら、高津氏に持たされた袋をつき出した。

「……高津さんが、朝ごはん持ってけって。玉子サンドっす」

「あ、そういえばすごくお腹《なか》すいた。そのへんで食べようか。それで」

和希さんは風に乱されて目もとにかかった髪を払いながら、言った。

「食べ終わったら、例のとこ、案内する」


何十年も生きているに違いない太い木々が鬱蒼《うっそう》と茂った林の前に立った時、俺は思わず息をのんだ。自然の魔力というのか、気圧《けお》されるオーラがその場所にはあった。林の入り口に渡された紙垂《しで》をつけた古い注連縄《しめなわ》も、独特の雰囲気をきわ立たせていた。

和希さんは注連縄を慣れた様子で乗りこえると「こっちだよ」と木々に囲まれた細い道

を歩き出した。道といっても、草が大繁栄している地面の中でそこだけちょっと草が少ないという程度のものだ。林の中は薄暗く、あちこちの木々の枝や葉っぱの隙間《すきま》から細い光の糸がたれていた。しょっちゅう虫の羽音が耳もとをかすめて俺はヒッとなったが、和希さんは「虫よけスプレーしてきたから平気」と涼しい顔をしていた。ずるい男だ。

暑さと虫の攻撃に耐えながら足を進めると、木立がとぎれ、まぶしい空間に出た。

うわ、と思わず声が出た。

その場所は、幅三十メートルくらいの小さな砂浜を、険しい崖が両側から押し包もうとするようにとり囲んでいた。外海から入り江を切りとる岩の壁は、はるか向こうの沖で狭い隙間を残してとぎれ、その岩間からおもちゃみたいな水平線が見える。海の色はソーダ味の飴《あめ》そっくりで、海底の砂がくっきりと見えるくらい透きとおっている。いつまでも見ていたいほどきれいな場所で、そしてどことなく、倉津町の神鳴崎に似た空気があった。うまく言えないけど、外界とへだてられた神秘的な気配みたいなものが。

「あそこ、上るんだ」

「え、ま、まじっすか……！」

「大丈夫、足場はあるから。でも、うっかり落ちるとけがするから気をつけて」

和希さんが指した「あそこ」は、左手側の崖の根元から頂上に向かって設置された階段だった。ただ階段といっても、岩と岩の隙間に無理やり木片をつっこんで足場を作ったもので、手すりさえない。高所恐怖症ぎみの俺には見ているだけで鳥肌が立つしろものだ。だけど和希さんはかまわず軽やかな足どりで階段を上っていく。俺も奥歯に力を入れて、荒々しい岩肌につかまりながら、苔《こけ》の生えた木片に足をかけた。――こんなのは何でもない。五鈴にもう一度会えるなら、何もできないことなんてない。

入り江を囲む崖の高さは軽く二十メートルは超えていたと思う。途中で足もとを見ると、地上の景色がはるか下にあって、今にも落下しそうな気がして腹がぞわぞわした。冷や汗をかきながら頂上にたどり着いた時には、俺はぐったりとしゃがみこんでしまった。

「支倉、大丈夫？」

「……全然よゆうっす。ちょっと草の観察したいんで、十秒待ってもらえますか」

崖の頂上は豊かに草が生いしげり、黄色や白やピンクの小花も咲いて、小鳥の声なんかも聞こえるのどかな場所だった。白い蝶《ちょう》がひらひらと、元気出せよと声をかけるように俺のそばを飛びまわってどこかに行った。

額に浮いていた汗をぬぐって立ち上がると、和希さんは最終確認をするように俺を見つめて、ついて来いと目で合図しながら歩き出した。

和希さんは、海にせり出した崖のふちに向かって歩いた。海に近づくたびに打ち寄せる波の音や吹きつける潮風が強くなる。転落防止のためだろう、崖のきわは頑丈そうなフェンスでぐるりと囲まれている。高さは俺の腰くらいだ。和希さんは、そのフェンスの前で立ちどまって、ふり返った。

「彼女は、ここから飛び降りて二〇一七年に来て、同じ方法で一九七四年に戻った」

俺は凍りついて動けなかった。ここと示した和希さんの人さし指は、完全にフェンスを越えた中空を指していた。落下したらけがどころか命にも関わるに違いない二十メートルものはるか下方、荒々しい波が崖に躍《おど》りかかっては砕け散る海を。

「この島には『神隠し』の伝説があるんだ。それでこの入り江は『神隠しの入り江』って呼ばれてる。昔からたまにここで行方不明になる人が出たから、そういう名前がついたみたい。たぶんこの一帯に、時間のゆがみみたいなものがあるんじゃないかと思う」

唾《つば》をのみこんだ音が、妙に耳に響いた。ざあざあと、波が吼《ほ》えている。

「彼女が一九七四年から来た人だってわかった時、この入り江で行方不明になった島の人たちのことを調べたことがある。入り江で消えた人たちの消息はほとんどわからなかった。でも、迷いこんだ先の時代から、また元いた時代に戻ってきた人もいた。その人も、彼女と同じ方法をとっていた」

ただ、と続ける和希さんの声は、こわいほど静かだった。

「ここから飛び降りたからって、確実に時間を移動できる保証はない。むしろ大けがするか、死ぬ確率のほうが高いと思う。たとえうまく時間を移動できたとしても、そこが文倉の行きたい二〇七〇年だとは限らない。まったく別の時代かもしれない。それでも」

それでもおまえはここから飛び降りることができるか？

ひたりと俺を見据《みす》えた和希さんの目に、そう問われた気がした。

俺は、もう一度、五鈴に会いたい。

もしそれが叶うなら、俺は何だってできる。何だってさし出せる。和希さんの話を聞いてからそう思っていた。ついさっきまで思っていた。いや、今だって思ってる。

でも、実際の俺は、五鈴につながる可能性の前で身動きもできずに立ちつくしている。

ここから飛び降りて、万が一うまくここではない時間に行けたとして、でもそこが五鈴とすごした二〇七〇年じゃなかったらどうするんだ。俺は、また今いるこの時間に戻ってこられるのか。そんなに都合のいいことが何度も起きてくれるのか。俺は、見知らぬ場所で、今度は五鈴のように助けてくれる人がいるとも限らないところで、たったひとりになるんじゃないか。

そもそも、ここから落ちて死んだらどうするんだ。死なずにすんだとしても、自分ひとりじゃ生きていけない体になったら、そのあと俺はどうするんだ。

そんな足を踏み出さない理由ばかりを探して、みっともなく足をすくませている自分が、今すぐ消えたいくらい情けなかった。俺の気持ちって、この程度だったのか？　五鈴に会いたいという思いの強さはこんな崖と海に負ける程度のものだったのか？　そんなはずはない。そんなはずはないから俺は踏み出さなければいけない。なのに、俺は、動けない。

「支倉」

和希さんの声は、耳にしみこむように静かだった。

「それでも支倉がここから飛び降りたいって言うなら、おれは殴ってでも止めて引きずって帰るから、諦めてほしい」

ぎちぎちに硬くなった首を動かすと、和希さんの目には、大きな口を叩いていたくせにと嘲《あざけ》るような色はみじんもなかった。いたわるように、なぐさめるように、ただ深い目で俺を見ていた。

じわりと和希さんの顔がにじんで、俺はうつむいた。目の奥と、喉の奥が、腫《は》れたように熱くて痛かった。

「……俺、九歳の時に二〇七〇年に行ったんです。嘘じゃない」

「うん」

「……そこで五鈴に会ったんです。本当なんです。すごく大事にしてもらった。俺は五鈴にもう一回会いたい。嘘じゃない」

「うん。わかってる」

嘘じゃないとガキみたいに俺がくり返すたび、わかってる、と和希さんは言った。

もう会えないことを認め、会うことを諦めてしまった俺が泣きやむまで、わかってるとくり返しながら、和希さんはとなりに立っていてくれた。

＊

ただでさえ暑いのに泣きべそまでかいたから、水分が足りなくなった俺はぐったりして、あのクレイジーな崖の階段を下りたところで完全に力を使い果たした。入り江に降り立つと、もう限界になって砂浜に座りこんだ。和希さんも、俺のとなりに腰を下ろして体育の授業中みたいに膝を抱えた。

「――和希さんも、あそこから飛び降りて会いにいきたいって思ったこと、ありますか？」

訊ねはしたが、その答えはもうわかっていた。

ここから飛び降りても時間を超えられるとは限らない。超えたとしてもその先が望んだ場所だとは限らない。命を落とすことさえあるかもしれない。

次々と可能性を口にできたのは、この人自身が、それを何度も考えたからだ。

和希さんは、海風に髪をあおられながら長いこと黙っていたが、

「手紙を、もらったんだ」

ふいに、波の音にまぎれてしまいそうな声で言った。

「……手紙って、七緒さんから？」

「うん。亡くなる前に、おれが受けとれるように手配してくれてたみたい。それを読んで、

その時には救われたような気持ちにもなったんだ。もう会えないけど、彼女に恥ずかしくないように生きなきゃって思ったりもした。――でも、時間がたつうちに、だんだんわからなくなってきた。おれは彼女にいろんなものをもらった、けどおれは彼女に何ができたんだろうって。彼女はおれと会えてよかったって言うけど、でもおれと会わなかったら、体のことも忘れるくらい働きすぎてあんなに早く死ぬこともなかったかもしれない。ほかの誰かとしあわせになって、その人とゆっくり長生きするような、そういう生き方だってできたかもしれない。もしおれがこの島に来なかったら。それともあの時、この入り江で彼女を見つけたのが、おれじゃなかったら」

和希さんの目に暗い翳が落ちるのを見て、俺は苦しくなった。

「和希さん、七緒さんは絶対そんなこと思ってないです。だったら手紙なんて残さない」

「彼女もそう言いそうな気がする。でもおれはそう思ったし、それがずっと頭から離れなかった。だから放課後になると、よくあの崖を上って海を見てた。ここから飛び降りて、過去に行けたら、今の結果を変えられるかもしれない。彼女がもっとしあわせな生き方をできるように、何かできるかもしれないって。……それか、本当はただ、もう一度会いたかっただけなのかもしれないけど」

俺は高校生の和希さんの姿を思い浮かべた。崖のふちに立つ制服姿の少年の、破けそうな胸のなかを思うと、ひどくかなしくなった。

　でも、こっちを見た和希さんは、もういつものマイペースな表情に戻っていた。

「で、そういうこと考えてあそこの崖から海をながめてたら、鎖《くさり》の点検に来た役場の人に目撃されちゃって。しかもその人の家につれていかれて『生きてりゃ大変なこともある、だけんど死んじゃいかん！』って涙目で説教されて、学校にまで連絡されちゃって、担任の先生にもすごく怒られた。話聞いた高津さんにまでゲンコツされるし。ゲンコツなんて、おれ、父親にもされたことないのに」

「……高津さんのゲンコツめっちゃ痛そうっすね」

「頭蓋骨《ずがいこつ》割れるかと思った。しかもあの場所、当時は簡単に鎖が渡してあるくらいだったんだけど、その騒ぎのあと、今みたいな立派なフェンスがつけられちゃって」

「あれ、対和希さん用フェンスだったんすか！」

　思いつめた話をしていたはずなのについ半笑いになってしまった俺に、和希さんも小さく笑い、また海に目を向けた。

「それで懲《こ》りて、あそこにはもうあまり行かなくなった。下手しておれが死んだら大問題になって迷惑かかったり責任をとらされたりする人たちがたくさんいるし、そんなことになったら本人にも『まったく何やってるの!?』って怒られそうだし」

「……そういう感じの人だったんすか」

「うん。見た目はそんなでもないのに、怒ると迫力あるし、いざとなるとすごく強い」

彼女を語る和希さんの声と表情は、胸がいたむくらい、やさしかった。

高い声を響かせて、名前を知らない白い鳥が、風をとらえて海の上を飛翔していった。

遠ざかる鳥の姿をながめていた和希さんは、また俺のほうに顔を戻した。

「けどさ、考えてみると当たり前のことだよね。起きてしまったことの結果が残念だから過去に行ってやり直そうなんて、そんなことは世の中の大抵の人ができないし、それでもみんなどうにかして毎日をやってる。おれもそういう当たり前の生き方をしなくちゃいけないんだってやっとわかって、それで考えるようになった。会ったのがおれじゃなかったらもっと違う結果があったかもしれないってこととか、それでも彼女は一生懸命に生きておれたちにたくさんのものを残してくれたんだってことを受け止めながら、おれは何をすればいいのか、何ができるのか」

それで和希さんは、彼女が残したものを、今度は自分が生かしていく道を選んだ。

俺は、どうだったんだろう。そんなことは考えたこともなかった気がする。和希さんの出会った人が過去からの来訪者で、俺の会った五鈴は未来の人間だというのとはまったく関係ないところで、俺は和希さんのようには考えたことがなかった。未来を見た自分だからこそ、何ができるのかなんて。

和希さんが、足もとの砂に埋まっていた白い貝がらを拾った。それを手のひらに置いてながめたあと、和希さんはまっすぐに俺を見つめた。

「支倉も、未来だけじゃなく、今自分のいる場所を見たほうがいい。未来で体験したことも大事だと思うけど、たとえば友達とか、家族とか、夢とか、いま支倉の手にある大切なものが、未来の出来事のかげに隠れて後回しにはならないようにしたほうがいい」

「……けど、忘れられないんです」

「忘れる必要なんてないよ。おれだって忘れるなんて無理だ。たぶん一生忘れられないし、もう誰かを好きになることはないかもしれないって、たまに思ったりもする」

けど、と。和希さんは海の彼方を、誰かをさがすような遠い目で見つめた。

「けど、もう会うことはできないなら、おれたちができるのは、今ここで生きることだと思う。今ここに自分がいることで何ができるのかって、一生懸命考えることだと思うよ。うまく言えないけど、そうやって今立ってる場所で精いっぱい生きることが、おれや支倉が関わった過去や未来を尊重することなんじゃないかって思う」

唐突にわかった。

和希さんが俺をこの島につれて来たのは、時間を超える可能性のある場所を見せるためだけじゃなかったのだ。

未来だけではなく、自分が生きる今を見ろと、俺に伝えるためだったのだ。

今はまだ和希さんの言葉に何のわだかまりもなく頷くことはできなかった。俺はきっとこれからも、五鈴に会える可能性があればゆれてしまう。ここにある今を投げ出して、そちらへ行きたいと思ってしまう。けど、それでも、和希さんの言葉は胸のずっと深いところにしみこんだ。俺も和希さんみたいな人間になりたいと、本当に思った。

「支倉、けっこう涙もろいね」

「……涙もろくなんかねっす。目からちょっと鼻水たれただけっす」

「だいたいさ、五鈴さんって二〇四五年には生まれてくるわけでしょ。たった二十四年後だよ。健康と安全に気をつけて生きてれば、捜して会いにいけるじゃん」

「……その時、相手は赤ちゃんで、俺は四十すぎのおっさんなんすけど。会うって言ってもドン引きされちゃいそうなんすけど」

「おれなんて会うチャンスすら絶望的なんすけど」

「はっ！　すいませんすいませんすいません……！」

青ざめてひれ伏す俺に、和希さんは小さくふき出すと「帰ろっか」と軽やかに立ち上がった。俺も頷いて、立ち上がった。

濡れた目に風がしみた。けど、気分は台風がすぎた朝の空気みたいに澄んでいた。


「遅《おせ》ぇ、そうめんが伸びんだろうが」

現代に出現した大名屋敷のごとき高津邸に帰ると、しかめ面の高津氏の第一声はそれだった。居間に行くと、確かに山盛りのそうめんと、ナスやカボチャやピーマンなんかの夏野菜と鶏《とり》の天ぷらが用意されていた。ここでも高津邸クオリティは裏切られることなく、そうめんも天ぷらも美味だった。そして高津氏はやっぱり一緒に食事をしなかった。

「これ食べたら、宿代稼ぎに行こう」

「あれっすか、高津さんの御前《ごぜん》で演奏を」

「そうそう。支倉も弾いてね、駅コンでやったビートルズとか」

「……う、ちょっと本番の前に練習していいすか」

そうめんと夏野菜の天ぷらを食べながら、和希さんは去年に島帰りした時のことを話してくれた。大学に入って初めての夏休み、島に滞在する間は高津氏が泊めてくれることになったものの、やっぱり和希さんも俺と同じようにタダで食事と宿を提供してもらうのが申し訳なくなり、何かすると申し出たのだそうだ。すると高津氏は「じゃあピアノ弾け」と返答したらしい。

「でも高津さん、やたらと耳鋭いから『てめえ全然ピアノさわってねぇだろ』って怒られた。しかもいろんなお題で即興演奏もさせられて、なんかおれ、意地悪な貴族のサロンに呼ばれた下《した》っ端《ぱ》ピアノ弾きみたいな気分だった。でも今年は一緒に怒られる仲間がいるからうれしい」

「待ってください、なんで俺まで怒られること前提なんすか」

そうめんと天ぷらを平らげたあと、俺は和希さんのあとにくっついて広大な屋敷の西側に向かった。純和風邸宅とばかり思っていたけど、ときどき立派な木材で作られた洋室のドアも見かけることがあって、和希さんが足を止めたのもそんな一室の前だった。

「ピアノ弾きに来ました」

ドアの向こうは広い空間で、ソファセットと、華麗《かれい》なグランドピアノがあった。ここが意地悪な離島の貴族のサロン……、と俺は戦慄《せんりつ》しながら部屋に入った。いつも黒服の離島の貴族は、長い脚《あし》を組んでソファにもたれながら本を読んでおり、俺と和希さんを見ると「始めろ」とでもいうようにクイと顎をピアノのほうにしゃくった。

「じゃ、文倉くんがビートルズを弾きます。『イエスタデイ』と『レット・イット・ビー』」

「いきなり俺すか⁉　和希さん、俺に先に弾かせてハードル下げようとしてんじゃ」

「いいからさっさとやれ」

俺は和希さんの伴奏でビートルズの二曲を弾いた。今回は圭も千晴もいないから、シンプルにメロディを奏でる。――しかしながら、ソファの背もたれに腕をまわしてこっちを見ている高津氏の迫力に俺はビビりっぱなしで、凡《ぼん》ミスを連発してしまった。二曲弾き終わって縮こまりながらぺこりと頭を下げると、島の貴族様はひと言。

「おまえ、ツラのわりに気ぃ小せぇな」

心に重傷を負って床に両手をつく俺に「あれは別にけなしてないよ、もっと思い切り弾けって意味だよ」と和希さんが背中をさすりながらフォローしてくれた。

しかし、ノルマを終えればあとは気が楽だ。俺はひとり掛けのソファにゆっくり座って次の和希さんのリサイタルを楽しんだ。高津氏は数人用のソファに長い体をのばして横たわり、腹の上で手を組んで目を閉じていた。でも眠っているわけではない証拠に、

「子馬」

「流木」

「神社の祭り」

「野木じいの軽トラ」

などとお題を出して、和希さんは「うーん」と考えてから、そのお題をもとに即興演奏する。曲を楽譜どおりに弾くだけで手いっぱいの俺は、和希さんが楽譜のない音楽を次々に弾いてみせるのがふしぎでならなかった。元気な子馬のダンス。遠い海から来た流木の旅の終わり。祭りの神社に響くお囃子《はやし》。ちょっとガタガタいう頑張り屋の軽トラ。万華《まんげ》鏡《きょう》みたいに色調と模様を変える美しいピアノを聴きながら、俺は思った。

尾崎さんは、和希さんはピアノを弾くことを「趣味」と言っていると話していた。でも和希さんは「趣味」なんて言葉には到底おさまらない練習を、おそらく毎日のように行っているんじゃないか。そうでなければ、こんな呼吸と同じ反応速度で音楽をつくることは、磨きぬかれた音色を出すことはできない。アスリートが毎日欠かさず地道な訓練を積むように、この人も、毎日人知れずピアノと向き合っているんじゃないか。

「入り江」というお題で和希さんが弾いた即興曲は、慈愛《じあい》っていうのはこういうものだろうかと思うような、どこまでもあたたかい調べだった。俺は、今日行った秘密の隠れ家のような入り江を思った。あの場所で出会った、ある少年と少女を思った。

最後の和音の余韻《よいん》が消えたあと、ずっと目を閉じていた高津氏が、まぶたを上げた。

「『ラ・カンパネッラ』」

和希さんは驚いたように高津氏をふり向いた。自分の両手を見下ろして、弾けるかな、と呟いてから、鍵盤《けんばん》に指を置いた。

そこまで音楽に詳しくない俺でも、リストの『ラ・カンパネッラ』は知っている。「鐘」を意味する題のとおり、教会の鐘がいくつも鳴り響いているような本当に美しい曲だが、悪魔みたいな超絶技巧がこれでもかと詰めこまれた難曲でもある。俺はピアノ弾きじゃないけど、それでも平気で三オクターブ近く音を跳躍《ちょうやく》させる指がちぎれそうな曲を聴いていると、リストって絶対Sだったんだろうと思う。

でも、和希さんの演奏は、そんなテクニックのことなんて一瞬で忘れさせた。

水晶みたいに透明な音が、一音一音、宙で青くきらめいて、俺の耳にありもしない鐘の音を響かせる。あんまり美しくて泣けてくるような調べに聴き入りながら、俺は、映画を見ているような気がした。喜びも、悲哀も、苦痛も、誰かを深く愛することも、すべてが詰まったこれまでの和希さんの人生を。

空を切り裂く嵐みたいなクレッシェンドが始まった時、全身に鳥肌が立った。指が折れることも厭《いと》わないような激しいコーダを弾き抜いた和希さんは、大聖堂の鐘が鳴り響くような最後の和音を渾身《こんしん》の力で響かせ、しばらくしてから、静かに鍵盤から指を離した。

「……途中、けっこうまちがえた」

恥ずかしそうに笑いながらふり向いた和希さんは、目をまんまるくした。

「支倉、また？　今度なに泣いてるの？」

「……や、すごかったんで……」

「すごくないよ、こんなの全然」

和希さんはそう言うが、でも俺は胸を打たれたのだ。涙が出るくらい。

音楽には魔法がある。

ある日突然親も家もなくなって、ぐちゃぐちゃになっていた俺を、五鈴はヴァイオリンひとつで回復させた。言葉でも理屈でもない、ただきれいな音楽そのものが薬のように心にしみこんで、傷を洗い、癒《いや》してくれた。

けど、すべてのプレイヤーがその魔法を使えるわけじゃない。そしてどんな天才だって才能だけでは魔法は使えない。

この人は少年時代に、余人の想像がおよばないほどの時間をピアノに捧げてきたはずだ。そのひたむきな努力によってこの人が手に入れたものは、これまでこの人がたどってきた人生を音楽にかえて、聴く者の心をふるわせる。

「おまえ、ちゃんとした場で弾く気はないのか」

高津氏が静かに言った。

和希さんは、いつものやわらかい笑みで答えた。

「弾いてますよ、合唱部のピアノ借りて。練習しないと高津さんに怒られるし」

高津氏がそういう意味で言ったのではないことは、和希さんもわかったはずだ。わかっていながら和希さんがはぐらかしたことを、高津氏もわかっていたんだろう。あとはもう何も言わずに「夕飯、六時からだ」と宣言して部屋を出ていった。

その夜の食事はこれまでに輪をかけて豪華で、サザエやアワビなんかの高級貝が惜しげもなく刺身にされてちゃぶ台に並んだ。分厚い牛肉のステーキもあり、高津氏の家庭菜園でとれたらしい夏野菜も食卓を彩った。その夜はめずらしく高津氏も一緒に食事をした。高津氏が美大時代に出会った変人たちのエピソードに、和希さんと一緒に爆笑しながら、俺は鼻の奥がツンとするようにさびしかった。

明日は、仙台に戻る。

＊

翌朝は和希さんも俺も早起きして荷物をまとめ、お世話になった感謝の気持ちをこめて部屋の掃除をした。朝食をすませたあと、九時ごろに港に向かった。島から本土に向かうフェリーは十時発の一本だけなので、絶対乗りすごさないための早めの出立だった。

「船ではしゃいで海に落ちんなよ」

くわえ煙草の高津氏は、朝陽をあびる家庭菜園で野菜にホースで水をやりながら、普段に輪をかけて素っ気ない口調で言った。これでお別れだというのに俺たちを一瞥《いちべつ》すらしてくれない。「高津さん、見送ってさびしくなるのが嫌なんだよ」と和希さんが解説すると、高津氏は無言で俺たちにホースを向けた。和希さんと俺は悲鳴をあげて執拗な水攻めから逃げまわり、最後はびしょ濡れになって、どうもお世話になりましたと頭を下げた。

「来年また来い」

また野菜に水をやりながらこっちに顔も向けず高津氏が発した言葉は、どうも和希さんだけではなく、俺にもかけてくれたように思えた。

港の売店でまどかにリクエストされた「サザエカレー」のレトルトパックを買いこんでフェリーに乗った。和希さんも口にはしないけれど名残《なごり》惜しかったんだろう、甲板に出て、遠くなっていく島をずっとながめていた。

これからまた半日がかりの移動が始まり、仙台に到着するのは真夜中になる。ゆとりのないスケジュールなので、ちょっと早いが俺と和希さんはフェリーに乗っているうちに昼食をすませることにした。高津氏が持たせてくれた、おにぎりと簡単なおかずが入った、使い捨て容器の弁当だ。

「俺、仙台に戻ったら、圭と千晴と一緒にちゃんと演奏やってみようと思います」

出入り自由のラウンジスペースに移動してから、なるべく何気ない世間話に聞こえるように俺は切り出した。海苔《のり》でくるんだまっ黒なおにぎりを頬張っていた和希さんは、目をまるくしてから、口もとをほころばせた。

「うん、いいと思う。支倉、せっかくいい音なんだから人前で弾いたほうがいいよ」

「和希さんも、一緒にやってくれませんか？」

甘い玉子焼きを食べようとしていた和希さんが、箸《はし》を止めた。

間を空けたらだめな気がして俺は早口で続けた。

「俺と圭と千晴だけだと三重奏しかできないし、三重奏って曲自体少ないし、でもピアノ四重奏ならいろんなことやれるし、それに和希さんのピアノ、俺ほんとにすごいって」

「法学部の一年生に、小学校からずっとピアノ続けてる女子がいるんだよね。じつは支倉たちにその子のこと紹介できないかなってずっと思ってて。今度ちょっと話してみるよ」

和希さんの口調はやんわりしているのに底にゆるぎない強さがあって、競《せ》り負けた俺は口を閉じた。でもこの人が優男に見えてじつは鋼《はがね》の意志を持った猛者《もさ》だということはもう承知していたから、俺は下腹に力をこめて和希さんを見つめた。

「俺は、和希さんとやりたいです。圭と千晴もそう言うと思います」

「でもその子、支倉たちと同い年だし、合うと思うよ。性格よくて、タイプが似てる」

「そうやってはぐらかすの、俺たちじゃレベルが低すぎて一緒に弾けないからですか？」

不安になって問いかけると、和希さんは完全に想定外のことを言われたという顔をした。

「そうじゃない」

「じゃあ俺たちと一緒にやってもらえませんか。駅コンの時、俺すごく楽しかったです。音楽ってこんなに楽しいんだってびっくりした。和希さんも楽しくなかったですか？」

和希さんは沈黙している。その沈黙の意味をはかりながら、俺は続けた。

「もし、俺たちと組むのはどうしても無理だったら、和希さん、アルファルドのピアノのバイトしませんか？　今は派遣演奏頼んでるんですけど、オーナーはやっぱりきちんと腰を据えて弾いてくれる人を雇いたいみたいなんです。俺、和希さんにピアノ弾いてほしいです。昨日の演奏聴いて、心の底からすごいって思った。合唱部の伴奏とか、趣味とか、そういうのだけじゃなくて、ちゃんと、誰かに聴かせるピアノ弾いてほしいです」

「それは、できない。悪いけど、そういうつもりはない」

静かだけど躊躇《ちゅうちょ》のない、剃刀《かみそり》でスパッと切るみたいな言い方だった。

「――違ってたらすいません。それってもしかして、お父さんのことがあるからですか？　けどもう時間もたってるし、和希さんがそんなふうに感じる必要はないですよ。高津さんだって和希さんにピアノをやめないでほしいって思ってるから、ああやって……」

「そういうことじゃないんだ」

静かすぎる声に、俺は口をつぐんだ。

十歳くらいのお兄ちゃんと、まだよちよち歩きの妹が、手をつないでラウンジに入ってきた。アイスの自販機の前で、お兄ちゃんが妹を抱きあげてボタンを押させてやる。そんなほほえましい光景をながめていた和希さんが、ゆっくりと、唇を開いた。

「おれの父に階段から突き落とされて死んだ男性には、父親がいる。母親やきょうだいのことはわからないけど、その人は六年前の時点で五十代前半だったから、今もまだ六十歳くらいで、きっと生きてると思う」

何の話が始まったのかわからず、俺は息をつめて和希さんの声を聞いた。

「その人は六年前の時点では関東に住んでいたけど、今はどうかわからない。今も同じ家で暮らしてるかも。それである日、仙台に行ってみたいって思うかもしれない。仙台って歴史のある土地だし、緑も多くてきれいだし、食べ物もおいしいし。それで酒が飲みたいと思って夜に国分町に行って、しゃれたクラブを見つけて、店に入ったとする」

「……和希さん」

「店のステージにはピアノがあって、そこで曲を弾いてるやつを、どこかで見たことがあるって思う。それが誰なのか気づいたら、自分の息子を死なせた男の息子だって気づいたら――その人は、どんな気持ちになるんだろう」

さっきの兄妹《きょうだい》が手をつなぎながら、ひとつ向こうのテーブルに座った。紫色のグレープ味のアイスをなめる妹に、利発そうなお兄ちゃんが、こぼすなよと注意する。

「……和希さん、いや、そんな偶然あるわけ……」

「絶対にないとは言えない。世の中にはいろんなことがあるし、たまに過去から人が来たり、未来に行ったりすることだってある。それに比べたら、十分あり得ると思うよ。おれは昔ネットで顔が流れたから、その人がおれの顔を認識しててもおかしくないし。現に、高泉《たかいずみ》さんだっけ、あの人だっておれのことがわかったでしょ」

「けど、だからって――事件のことは、お父さんだって故意にやったんじゃないし、お父さんだけが悪かったことでもないし、そういうことちゃんと裁判で決着ついたんですよね。そもそも、和希さんは何も悪くないじゃないですか。全然、一ミリも、悪くなんかない。なのに、なんで和希さんがそんな――息ひそめるみたいにする必要あるんですか」

「おれは恵まれてて、まわりにいる事情を知ってる人はほとんど支倉みたいに言ってくれる。確かに昔は不愉快なこと言われたりされたこともあったし、これからもあるのかもしれないけど、それはもういい。もうそういう人を殴って遊びたいようなやつらはどうでもいいし、そんなやつらにはもう傷つけられないから、いいんだ。だけど、その人は違う。おれは、その人のことを忘れてはだめなんだと思う」

何十年も生きた人間みたいに静まった和希さんの目を、俺は声も出せずに見つめた。俺は、和希さんが抱えるものをわかっているつもりでいた。けど、それは思い上がりだった。ただ知っていただけで、わかってはいなかったのだ。この人が自分の背負うものについてどれだけ考え、どんな思いで毎日を生きていたのか、何もわかってなかった。

「……けど、俺……ほんとに和希さんのピアノ、感動したんです。なのに、和希さんのせいで起きたんじゃないことのために諦めるなんて、そんなの――」

「別にそんな、泣く泣く諦めたわけじゃないよ。そもそもおれは十代の一番大事な時期にほとんど専門の訓練を受けずに終わったから、プロとかそういうことはもうまったく考えてない。でも自分が楽しむために弾いたり、曲をつくったりはできる。別にステージに立って演奏するだけが音楽じゃないでしょう。誰かの練習のために弾いて、ときどきは自分のために弾いて、一年に一回は高津さんのために弾いて――おれはそれで十分だよ」

そういうことじゃなく、と言いたかった。だけど和希さんの、もうこの話は終わりだと告げるようなほほえみにさえぎられて、俺は何も言えなくなる。

消えた命の代償に、この人は自分の持つかがやく宝石のようなものを、自分でもとても大切にしていたに違いないものをさし出すと決めた。決して忘れてはならない人を、どんな場所、どんな瞬間にも傷つけることがないように。たとえその人が何も知らなくても、この人はさし出し続けるんだろう。その人が失ったものを贖《あがな》うように。

仙台に着いたのは予定どおりにその日の真夜中で、俺と和希さんは仙台駅のペデストリアンデッキで別れた。

「楽しかった、ありがとう。じゃあまた」

気に病むことなんて何もない、ただ楽しいばかりの旅だったみたいに、和希さんは笑って手をふった。

俺は小さい声で、はい、と答えて、遠ざかる和希さんのうしろ姿をずっと見ていた。

第四章

# 虚偽と祈り

# 1

采岐島《ときしま》から仙台《せんだい》に戻ったあと、俺はひたすらバイトに打ちこんだ。

まどかは会社のお盆休みに有休もくっつけて倉津町《くらつちょう》に里帰り、圭《けい》も家族と海外旅行、千晴《ちはる》も秋田の実家に帰省中。黙っていてもひまだから、俺はお盆期間中でアルファルドの人手が足りないと聞いて、毎日シフトを入れてもらった。昼の空き時間も、ネットで見つけた短期アルバイトにちょこちょこ顔を出した。ぼーっとしているよりは動いてるほうがいいし、金はいくら貯めておいても困らない。

お盆が終わる少し前、横浜《よこはま》の実家に帰省していた尾崎《おざき》さんがアルファルドに戻ってきた。和希《かずき》さんのことでちょっと気まずくなったこともある尾崎さんだが、その日は顔を合わせるなり俺の両肩に手をおいて、しみじみとした表情でぽんぽん叩いた。

「えっ、なんすか、なんすか」

「なんか懐かしすぎて思わず。いいな、仙台は。もうずっとここにいたいよ」

若干《じゃっかん》やさぐれた顔で深々とため息をつく尾崎さんの様子から、横浜への帰省はいろいろ大変だったらしいことがうかがえた。そんな中でも気配り上手な俺の師匠《ししょう》はアルファルドのスタッフのためにお土産《みやげ》をたくさん買ってきてくれて、俺にもお裾分《すそわ》けしてくれた。

「定番すぎかもだけど、シュウマイ。おかずにもなるからいいかと思って」

「ありがとうございます、大好きです」

「あとこれ、まどかさんに。横浜で作ってる芋焼酎《いもじょうちゅう》。焼酎好きだって言ってたからさ」

「……尾崎さん、正直に教えてほしいんすけど、うちの姉貴をどう思ってるんですか？」

「別に俺がおまえの義兄になるような展開は今のところないから安心しなさいよ」

「今のところ……!?」

　その日はひさしぶりに尾崎さんに会えてうれしかったので、仕事が終わったあと二十四時間営業のファミレスに行って話をした。尾崎さんは采岐島のことを聞きたがった。

「高津《たかつ》さんは？　元気だった？」

「元気っていうか、めちゃくちゃ素っ気ないんですけど、じつはすごくいい人でした」

「はは、いつもの高津さんだ」

　他愛もないことをしゃべりながら、俺はタイミングをうかがっていた。采岐島の話題で盛り上がっていた会話がふと途切れた時、何気ない調子で訊《き》いてみた。

「あの、和希さんって、元気にしてますか？」

　尾崎さんは眉を上げてから、うん、と言った。

「元気っていうか、まあ普通にね。家庭教師のバイトにいそしんでる。あと講義受けてる教授のフィールドワークに同行させてもらうとかで、明日からしばらく出かけるって」

そっすか、と呟《つぶや》いたあと、もう少し何か言いたい気もしたけど、それが何かわからなくて、俺は氷がとけてすっかり薄くなったドリンクバーのジュースを飲んだ。

それから二日後に、まどかが仙台に戻ってきた。まどかを追いかけるように地元の米や野菜や干物なんかをぎっしり詰めた段ボール箱も届いた。

「なんで親ってのは家を出て行く子供にあれこれ持たせたがるのかねぇ」

「そりゃあんたを愛してるからでしょ、大事な娘だもん」

何の含みもなく言ったことだったのだが、尾崎さんにもらった焼酎をさっそく晩酌《ばんしゃく》で楽しんでいたまどかは、ふっと真顔になった。そうた、と呼ぶ声がやけに静かだった。

「休み明けはしばらくバタバタするからだめだけど、仕事が落ち着いたら、ごはんでも行って、ちょっと話そう」

「……話すって何を?」

「いろいろ」

まどかがいつになく真剣な顔をしていたから、俺は引きずられるように頷《うなず》いた。

宣言どおり、休みが明けてからのまどかはずいぶん忙しそうで、夜遅くに帰ってくると倒れるように眠っていた。通称アホ課長を罵《のの》し る気力もないようなのが心配で、俺はなるべく朝と晩の食事にネットで調べた元気の出そうなものを作った。

「爽太《そうた》、これ、台湾《タイワン》のお土産のパイナップルケーキ……」

「私は、なまはげせんべい。あとバター餅《もち》。これ秋田の名物で、すごくおいしいんだよ」

　圭と千晴も仙台に戻ってきたので、各自楽器持参で、北仙台にある圭の家に集まった。土産の交換会で俺は采岐島で買ったレトルトのサザエカレーを二人に渡した。圭も千晴も「采岐島ってどこ……？」「爽太くん、どうしてそんな遠いとこに？」とふしぎがったが、まあいろいろあったんだと曖昧《あいまい》にごまかした。

「あとこのまえ和希さんに会ったんだけど、和希さんの知り合いのピアノ弾ける人、よかったら俺たちに紹介してくれるって言ってた。俺たちと同い年の女子らしいんだけど」

　采岐島からの帰りのフェリーの中で和希さんに提案されたことを話すと、圭も千晴も、不意を突かれたような顔をした。

「そっか……女の子だと、ちーちゃんも心強そうだよね……」

「そう、だね。それにやっぱり四重奏のほうが、弾ける曲もずっと多くなるし……うん」

　肯定的なことを口にしつつ、圭も千晴も歯切れが悪い。二人の気持ちは俺にもわかった。仲間ができるのはありがたい。けどできるなら、それは和希さんであってほしいのだ。

　あの駅コンの日、困り果てていた俺たちを助けてくれて、そして一緒に音楽をつくった和希さんが俺たちは好きで、だからこれからも音楽でつながっていきたいのだ。

　けど俺はもう、それは無理だということも知っている。ただ、無理だと二人に言ってしまうのも忍びなくて、別のことを言った。

「もう一人メンバーを入れるかどうか決める前に、俺たちがこれからどんなふうにやっていくかっていうところ、大体でもいいからまず決めないか？　せっかくメンバー紹介してもらったって、自分たちが何やっていきたいのかわかってなきゃ活動しようがないし」

「あ、そうだね。うん、そのとおりだと思う」

「爽太、いいこと言う……」

練習場所はどうするか、練習時間はどうするか、楽譜などにかかる予算はどうするか、という基本的なところを話し合ううちに「そういえば寮の先輩が施設でボランティアしてるんだけど、音楽系のボランティアも募集してるって言ってたよ」「あ、僕そういう演奏やりたい……」などと活動の方向性にも話が弾んだ。

それから指がなまるといけないので、基礎練習をした。父親が仙台フィルの団員だという圭の家には防音の練習室があって、特別にそこを使わせてもらった。音階練習を終えたあと、駅コンでやったビートルズの曲を合わせてみたけど、やっぱり三人では物足りない。しんみりしながら、明日は大学に集まって練習することを決めて、解散した。

『支倉《はせくら》も、未来だけじゃなく、今自分のいる場所を見たほうがいい』

俺は仙台駅のペデストリアンデッキを歩きながら、和希さんの言葉を思い返した。

和希さんも、今自分がいる場所を見つめて、その上で今の生き方を選んだはずだ。

だから俺も、いつまでも未来での体験に囚《とら》われずに、今自分のいる時間を生きよう。

余生なんて言わないで、真剣に、誠実に、たった一回しかない毎日を送ろう。

自分に言い聞かせるように考えながら肩のヴァイオリンケースを担ぎ直し、ペデストリアンデッキを下りて高層ビルが立ち並ぶ大通りを歩いた。ちょうど昼どきだし、せっかく外出したから、何か食って帰ることにする。今日も夕方六時からアルファルドのバイトで、早めに夕飯を食べないといけないから、軽めのものがいい。

普段は学食以外の外食はほとんどしないから、俺はどんな店があるのか、ビルに入ってるテナント名までじっくり見ながら歩いた。都市銀行の巨大なビルの前を通りかかったら『エイベル語学学校』とテナント一覧表に記載されているのが目に入った。銀行のビルに語学学校なんて入ってるのかとちょっと興味を惹《ひ》かれた、その時だった。

ビルの自動ドアが開いて、男女まじった数人のグループが談笑しながら外に出てきた。西欧的な顔だちの男性も、東洋系の顔だちの女性もいろんな人がいるが、全員が流れるような英語でしゃべっている。ここの語学学校の人たちだろうか。どうしてもああいう発音できないんだよな、とうらやましく思いながら俺はすれ違う彼らを目で追った。

心臓がドクッと跳ねた。

グループの中のひとりの、きっちりとスーツを着こみ、髪を紳士的になでつけた男性。海外の映画俳優みたいに端整な顔と、サファイアみたいにまっ青な瞳《ひとみ》。

どうして彼が。

「レイ――ミスター・ハウィントン！」

グループの黒髪の女性が、びっくりしたように俺をふり向いた。

ぴたりと足を止めて、ゆっくりと体ごと向き直った青い瞳の紳士も、やっぱり驚いた顔で俺を見つめた。だけど俺も負けないいくらい驚いていた。驚愕《きょうがく》して、混乱して、とても信じられなかった。

「申し訳ありませんが、お名前をうかがってもよろしいですか？　どちらでお会いしたのか、失念してしまったようで」

レイは、目尻にやさしいしわを寄せながら、あの渋い美声で言った。記憶の中の彼よりもいくらか若く見えるが、それを除けば何もかも記憶のとおりだった。俺は声がつまり、唾《つば》を飲んでから、落ち着け落ち着けと自分に言い聞かせて息を吸いこんだ。

「……いきなりすみません。ずっと前に、俺がまだ子供の時に、お会いしたことがあって。英語を教えてもらって――俺、支倉爽太といいます」

「そうでしたか。はせくら、そうたさん」

レイは紳士的な微笑を浮かべたままだったが、宝石みたいな目にちらっと困った色がよぎった。それはそうだ。俺が彼に会ったのは小学生の頃だったけど、あれは二〇七〇年、まだ彼が知るはずもない何十年も先の未来のことだ。――そのはずだ。

「すみません、呼び止めて。つい懐かしくて……えっと……奥さんはお元気ですか？」

レイのまっ青な瞳が、ふっと沈んだ。

「そうですか、妻のことも――じつは、亡くなったのです。一年前に」

喉《のど》に苦い胃液みたいな罪悪感がこみあげた。「I'm so sorry」と彼自身から教えられたお悔《く》やみの言葉を呟くと、レイは「Thank you」と温かみのある声で言った。

「ミサコは最後までベストを尽くして生きました、悔いはないと思います。ところで、あなたとお会いした時のことがどうしても思い出せないのです。英語を教えたということは、キッズクラスの生徒さんだったのですか？　私だけでなくミサコからも授業を？」

「……いえ、そうじゃなくて、個人的に少し話しただけなんです。すみません、気にしないでください。それより――変なことをお聞きするようなんですけど、いいですか」

「はい、何でしょう？」

「今、おいくつですか」

レイは、意表を突かれたようにブルーの瞳をまるくした。

「二カ月前に四十六歳になりましたが……なぜですか？」

このあと、何と言ってごまかしたのか、よく覚えてない。レイに頭を下げた俺は早足で雑踏を歩いた。角を曲がって、彼から自分が見えないと確信できてから、植え込みのコンクリートに座りこんだ。周囲の木々から、お経を合唱するようなセミの声が降ってくる。頭がグラグラして、息がすごく苦しい。

どうして。なんで。こんなことはあり得ない。

気づいたらスマホを耳に当てていた。コールが続く。自分の心臓の音が耳の奥まで響く。どうして。なんで。あり得ない。

『……はい、もしもし?』

少し驚いたような声が耳もとでした時、唇がぴくっと震えて、うまく声が出なかった。

『もしもし? 支倉?』

「……すいません、あの、いきなり電話して。でもなんか、わけわかんなくて、俺どうしたらいいのか、わかんなくて――」

『――どうしたの? 何かあった?』

あった。信じられないことが。到底あり得ないことが。

たすけてください、と電話の向こうの人にすがった俺の声は、情けないほどかすれた。

いつも使っている大学の最寄り駅のひとつ手前で地下鉄を降りて、駅と直結した大学のだだっ広い構内を歩いた。夏期休暇でもグラウンドで走る学生や、就活中らしきスーツ姿の集団、木陰《こかげ》でギターを弾いている女の人なんかもいる。何かの研究会でもあるのか、貫禄《かんろく》のあるおじさんたちがぞろぞろと講義棟に歩いていくのも見えた。

以前にも圭や千晴と一緒に訪れたサークル棟に着くと、ドアの前に和希さんが立ってい

た。チェックの半袖《はんそで》シャツを着た和希さんは、俺が近づくなり挨拶《あいさつ》もはぶいて、

「お昼食べた？」

　そういえば昼ごはんを食べようと思ってたのに、衝撃のあまり忘れていた。のろのろと頭をふると、和希さんは手に持っていた生協のビニール袋を「はい」と突き出した。中をのぞくと、紙パックの牛乳とレーズンをのせた蒸しパンが入っていた。

「お腹《なか》すいてると、気分沈むし、いいこと考えられないから。それ食べて」

　ぐっと胸がつまって、ありがとうございますと俺はかぼそい声で言った。そういえば、五鈴《いすず》にも同じようなことを言われた記憶がある。――疲れてる時と、かなしい時と、お腹がすいてる時は、重大なことを考えちゃだめ。

「あれ、王子。本郷《ほんごう》さんのフィールドワークって終わったの？」

「うん、午前中に帰ってきた。あのさ、合唱部の部室ちょっと借りてるから、もし何かあったら声かけてくれる？」

「いいよ、わかった。あとさ、またおまえと尾崎んちにみんなで集まって飲みやらない？　なんかもー、ひまで」

「いいよ。幹也《みきや》にも話しとく」

　廊下《ろうか》の途中で会った茶髪のあんちゃんと言葉を交わした和希さん（『王子』とあだ名がついているらしい）は階段に向かった。最上階の突き当たりにあるドア。和希さんがそこ

を開けると、ぬるい空気がこもった室内に、立派なグランドピアノがあった。

「エアコンつけるからちょっと待って。椅子《いす》持ってきて、好きなとこに座って」

和希さんが壁にあるエアコンの操作盤をいじる間、俺は背もたれのない椅子を引っぱってきて、ピアノのそばに座った。肩にかけていたヴァイオリンケースをそっと床に置くと、和希さんも戻ってきて、ピアノ椅子に腰かけた。

「それで、何があったの？」

――自分でもわからない、いったい何が起きたのか。

すごく混乱している自覚はあるから、俺はなるべく起きたことをそのまま話した。土産の交換をかねて圭と千晴と会い、練習をしたこと。それから昼ごはんを食べようと思って仙台駅前をぶらぶら歩いていたこと。そして、語学学校が入っているビルの前を通った時、彼――レイモンド・ハウィントンに会ったこと。

「レイモンド・ハウィントンって……二〇七〇年で支倉が会った男の人？」

眉をひそめる和希さんに、俺は小さく頷いた。

「でもその人、たしか二〇七〇年で五十五歳って言ってなかった？　だったら今は、六歳くらいのはずじゃないの？」

「そうです……でも、さっき会ったの、確かにレイだったんです。話もしました。本当にどこからどう見てもレイで、声もレイで、俺わけわかんなくて、いま何歳なのか訊いたら

『二カ月前に四十六歳になりました』って……」

　だがそんなことはあり得ない。

　なぜ二〇七〇年で五十五歳だったはずの彼が、二〇二一年の現在はほんの子供であるはずの彼が、四十六歳の紳士なんだ？

　混乱しすぎて途方にくれる俺の前で、和希さんは考えこむように顎《あご》を引いていた。急に顔を上げたかと思うと、まっすぐに俺を見た。

「支倉が未来に行った時の二〇二一年と二〇七〇年の日付と曜日、覚えてる？」

　いきなりそんなことを訊かれてとまどったが、はっきりと記憶していた。

「二〇二一年の六月十七日……金曜日でした。それで真夜中に神鳴崎《かんなりざき》に行って、溺《おぼ》れて、気がついたら、二〇七〇年の六月十七日にいたんです。それが月曜日」

　未来の倉津町病院で目を覚ました時、ロビーの大きな液晶パネルに【6／17（月）】と表示されているのを見た。それと五鈴の家にあった、数字を彫った色とりどりのタイルを並べるスタイルの万年カレンダー。西暦の部分が【2070】となっているのを見て、九歳の俺はとり乱したのだ。

　和希さんはネイビーのスマホをとり出して、何か操作を始めた。しばらくすると表情をゆらして、みるみる目を大きくした。

　何だろう。とまどっていると、和希さんが俺のほうを向いた。

「支倉」

「……はい」

「支倉が二〇七〇年だと思ってた未来は、本当は二〇七〇年じゃないのかもしれない」

何を言われたのか、一瞬、わからなかった。

「なん……え、どういうことですか？」

「支倉が初めて二〇七〇年って西暦を認識したのって、五鈴さんの家にあったカレンダーなんだよね。数字のタイルが並んだ万年カレンダー。月が変わったら曜日に合わせてタイルを並びかえて、西暦が変わった時も同じようにタイルを並びかえる。そういうタイプのカレンダーだったら、簡単に支倉に錯覚《さっかく》させることもできるんじゃないかな。西暦のところだけタイルを【2070】ってなるように並べかえて」

和希さんの言葉の意味はわかっても、どうしてそんなことを言い出したのかわからなかった。「錯覚させる」って何だ。それじゃまるで、五鈴が俺を――

「いや――それはないです。話したかどうか忘れましたけど、俺、五鈴に携帯端末の時計も見せられたんです。タイルのカレンダーを見た俺が、こんなのおかしいって騒いだから。そしたら、細かい時間は忘れましたけど、端末はちゃんと【2070／6／17】って」

反発をこめて声を強めた俺に、和希さんは落ち着いた表情で切り返した。

「携帯端末の時計だって、手動で調整することはできるはずだよ。やってみる？」

そして和希さんはネイビーのスマホになめらかに指を走らせた。今回は作業にけっこう時間がかかった。やがて「細かい時間まではいじってないけど」と前置きしてから、和希さんは俺に液晶画面を向けて、画面の右上に常時表示されている時計を指さした。

【2070／6／17　14：13】

車のアクセルを思いきり踏みこんだみたいに、心臓の動きが急加速した。

「ひまな時にやったことあるんだけど、スマホってかなり先のカレンダーまで見られるんだよ。機種によっては百年以上先まで設定されてることもあるみたい。だから未来の日付に合わせることはわりと簡単だと思う。——あとこれ、見て。六月十七日のところ」

和希さんは俺に液晶画面を向けたまま指をすべらせて操作し、スマホに設定されている二〇七〇年六月のカレンダーを表示させた。そして、六月十七日の部分に指先をそえる。

かなり動揺していた俺は、和希さんに指で示されてもしばらく気づくことができなかった。でもじょじょに違和感を覚えて、それは衝撃に変わった。

どうして、六月十七日が、火曜日なんだ。

「支倉が病院で目を覚ました六月十七日は、月曜日だったんだよね。五鈴さんの家のカレンダーもそうなってた。でも、二〇七〇年六月十七日は、火曜日だ」

つまり、俺が未来を訪れたあの日は、本当なら火曜日でなければいけなかった。

だが、あの日は月曜日だった。病院の液晶パネルもそうなっていたからまちがいない。

——それなら、あの日は、二〇七〇年六月十七日ではなかった？

激しい動悸《どうき》がして、息が止まりそうに苦しくて、俺は口を押さえた。そのまま小刻みに首を横にふった。嫌だと駄々《だだ》をこねる幼児みたいに。

だって、そんな馬鹿《ばか》な。

「——つまり、五鈴は、俺に嘘《うそ》ついてたっていうんですか？　五鈴は俺のこと、騙《だま》してたっていうんですか？」

和希さんの目に、痛ましいものを見るような色がよぎる。やめてくれ、そんな顔。

『言いにくいけど、きみはその女の人に、騙されていたんじゃないかな』

五鈴の嫌疑を晴らそうと必死になる九歳の俺に、なだめるように言った警察官の声がよみがえる。騙した？　五鈴が俺を？　そんなわけがない。彼女が俺にどれだけのことをしてくれたか知りもしないで、ふざけたことを言うな。

「あり得ないです。だってあれが未来の倉津町じゃないなら、俺はどこにいたんですか？あそこが倉津町なのはまちがいないです。でも震災でめちゃくちゃになった町がきれいになってたし、津波で壊れた病院だって新しくなってた。今だってないようなすごい機械もできてた。あれは絶対二〇一一年じゃないです。未来じゃないなら話が合わない」

「未来には違いないんだと思うよ。二〇七〇年じゃないっていうだけで。絶対確実とは言えないけど、支倉がいたのが本当は何年だったのか、推測もできると思う」

和希さんの口調はまったく気負いがなくて、俺は毒気を抜かれた。

曜日から考えてみよう、と和希さんはまた自分のスマホを操作した。

「支倉が五鈴さんと出会った『その日』が月曜日だったのは確かだと思う。たぶん五鈴さんは、本来の状態だった六月のカレンダーの西暦の部分だけ【2070】となるようにタイルを並びかえた。だから曜日の齟齬《そご》が起きたんだ。じゃあ未来限定で六月十七日が月曜日になるのは何年なのか。……今ざっと見てみたけど、まずは二〇二四年、次が二〇三〇年、それからとんで二〇四一年、二〇四七年、二〇五二年、二〇五八年、二〇六九年——この先は二〇七〇年を越えるから、とりあえず候補から外していいと思う」

ここまではいい？　と確認するように和希さんが俺の目を見つめる。俺は、燃料切れになりかけている頭と心に鞭《むち》打って、なんとか頷いた。

「次に、レイモンドさんの年齢。未来で支倉が聞いた彼の年齢は五十五歳。そしてさっきばったり会った時には四十六歳だった。すごく単純に考えて現在四十六歳の人が五十五歳になるのは、九年後。二〇二一年の九年後は、二〇三〇年。二〇三〇年は、六月十七日が月曜日になる年でもあるよね」

心臓の音がすごくうるさくて、和希さんの声までかき消してしまいそうだった。

でも、一拍おいて和希さんが言った言葉は、はっきりと耳に届いた。

「支倉がいた未来は、二〇七〇年じゃなくて、本当は二〇三〇年だったんじゃないかな」

——二〇三〇年。

呟いてみても、そのまったく見知らぬ数字は、頭にも心にもしみこんでいかなかった。水にこぼれた油みたいに、どうしても精神が受けつけない。

「……あり得ないです」

「そうかな」

「だって——わけわかんないですよ。もし本当に俺がいたのが二〇三〇年だったとしたら、どうしてですか？ 二〇三〇年を二〇七〇年ってごまかすって、それで何か得することあるんですか？ なんで五鈴がそんなことしなくちゃいけないんですか」

「五鈴さんがどうしてそんなことをしたのかっていうのは、支倉がわからないみたいに、おれにもわからないよ。ただ……」

何かを言いかけた和希さんは、でも言葉を切って、俺の手もとを指した。

「とりあえず、蒸しパン食べなよ。少し休んでからまた話そう。おれも整理したいから」

整理が必要なのは、和希さんじゃなくて俺だ。和希さんは、俺のちっぽけな精神容量がもう限界で、これ以上話しても冷静に聞くことはできないと見て取ったんだろう。

せっかくもらった蒸しパンをかじっても、まるで味がしなかった。紙パックの牛乳も、溶かした蠟《ろう》を飲んでるようだった。——二〇三〇年？　あり得ない。どうして。

ポーン、とピアノが鳴った。

和希さんが、力みのないタッチでスケールを弾きはじめた。スケールというのはドレミファソラシドみたいな音階のことだ。それがハ長調とかイ短調みたいに三十種類あって、ヴァイオリンでも基礎練習としてよくやる。

ただの音階を弾いているだけなのに、和希さんの音はやっぱり特別だった。透きとおった音に、俺のハリネズミみたいに尖《とが》っていた気持ちも、だんだんほどけていった。

そのうち和希さんは和音を弾きはじめた。最初は気ままに、気楽に。それからじょじょに散らばっていたいくつもの音が集まって、メロディのような形をとり始めた。

ゆるやかなテンポ。曲調は明るいわけじゃない。でも、懐かしくて、あたたかい。

ふっと、采岐島の秘密の隠れ家のようなあの入り江が頭に浮かんだ。あの場所に穏やかに響いていた波音のような、慈《いつく》しみにみちた旋律がひろがっていく。どこまでも遠くへ。時間さえ超えた場所にいる誰かに呼びかけるように、ずっと遠くへ。

俺は胸に弾丸を撃ちこまれた心地で立ち上がった。

膝《ひざ》の裏が椅子とぶつかって、無粋な音が響いた。

和希さんが驚いたように指を止めて、俺のほうをふり向いた。

「どうしたの？」

「その曲——なんで和希さんが知ってるんですか」

和希さんは、まったく意味がわからないという表情で眉をよせる。俺は早口に続けた。

「今の曲、誰の、何ていう曲ですか？　教えてください」

「タイトルは……ないよ。今、頭に浮かんだの、そのまま弾いただけだから」

数秒間、頭がまっ白になった。

支倉？　と和希さんに心配そうに呼ばれ、俺は食いかけの蒸しパンと飲みかけの牛乳を椅子に置いた。床に置いていたヴァイオリンケースを開け、そこで気づいて、蒸しパンを食べた両方の手のひらをジーンズにごしごしこすりつける。本当はちゃんと石鹸《せっけん》をつけて手を洗いたいけど今はそんな余裕はない。ヴァイオリンを鎖骨《さこつ》と顎ではさみ、もどかしい気分で調弦《ちょうげん》をすませ、弓をかまえる。

楽譜はいらない。二〇一一年に戻ってから、絶対忘れないように必死で何度も弾いた。まったく同じ曲を俺が弾きはじめると、和希さんは驚いたように目をまるくした。一回聴いただけなのにすごいな、というように。

だけど数秒後、和希さんの即興のその先を俺が弾き出すと、顔色を変えた。

遠い国に伝わる古い歌みたいな懐かしい旋律。出来は別として、ミスなく再現できた。

俺が弓を下ろすと、和希さんは、困惑と警戒がないまぜになった表情をしていた。

「――そこ、さっきはまだ弾いてなかったはずだけど」

「でも知ってるんです。五鈴が、俺にヴァイオリンで弾いて聴かせてくれた。音楽仲間が作った曲だって言ってました」

二〇七〇年で――いや、あれは二〇三〇年なのか？　とにかく確かに五鈴は言った。

『これはね、私の大切な音楽仲間が作った曲。タイトルはついてないんだけど、私は勝手に「Far away」って呼んでる』

未来で聴いたあの曲は、五鈴の音楽仲間が作った。今のこの曲は、和希さんが作った。

それなら――五鈴が言っていた『音楽仲間』は、和希さんだっていうのか？

俺もいい加減わけがわからなすぎて途方にくれたが、さすがの和希さんも険しい表情で額を押さえていた。そして急に固く目を閉じたかと思うと、深いため息をついた。それはすごく、たじろぐほど重いため息だった。

「……和希さん？」

「さっき、言いかけてやめたことがあるんだけど」

いつもニュートラルな和希さんの声に、暗い翳《かげ》がにじんでいた。

「支倉から未来にいた間のことを聞いてる時、本当はちょっと、違和感があったんだ」

「違和感って……」

「五鈴さんは、本当は、前から支倉のことを知ってたんじゃないかって気がした」

俺は、うんともすんとも反応できなかった。あんまり予想外なことを言われたから。

「……いや、和希さん。俺は神鳴崎で変なことになって、五鈴とはそれで初めて……」

「支倉にしてみたらそうなんだろうけど、じゃあ、どうして五鈴さんはそんなにタイミングよく神鳴崎にいて支倉を助けられたんだろう？　それは百歩譲って偶然だったとしても、それなら、そのあとのことは？　五鈴さんが支倉に西暦を錯覚させようとしていたことはまちがいないと思う。そのためのカレンダーやスマホの時計の細工は、その場でぱっとできることじゃない。前もって準備しておく必要がある。どうして前もって準備ができた？それは彼女が、支倉がその日に二〇一一年から二〇三〇年にやって来ることを、知ってたからじゃないのかな」

俺はたっぷり十秒くらい、声が出なかった。

「知ってたって、どうやって？　いや、ないですよ。そんなわけない」

「ふしぎなんだけど、支倉は未来にいた間、五鈴さんから教えられた『二〇七〇年』って西暦を全然疑わなかったんだよね。支倉の性格もあるだろうけど、それを差し引いても、それってすごいことだと思うよ。普通、西暦なんて何かの拍子にすぐ目や耳に入る。スマホとかパソコンとかテレビの時計だってそうだし、新聞にだって載ってるし、どこかの店に行った時にカレンダーでも掛けてあればすぐにわかるでしょ。それでも一カ月半、少しも支倉に気づかせなかったとしたら、五鈴さんは支倉の知らないところで相当神経を使ってたんだと思う。支倉がたまたま会っただけの見ず知らずの子供だったら、そんなことをするとは思えないよ。五鈴さんは支倉のことを知っていたし、そこまでしなきゃいけない理由があったんだと思う」

「いや待ってください、そんなの和希さんの……！」

思いこみだ、と言おうとして喉が詰まった。突然、閃光《せんこう》みたいに記憶がよみがえった。

――ケーキ。俺が一番好きな、苺《いちご》のショートケーキ。

五鈴に助けられて病院で目を覚ました俺は、西城《さいじょう》の家まで五鈴に送ってもらった。でもそこには五鈴が住んでいると言われ、さらに今は二〇七〇年だと聞かされて俺はパニックになり、そんな俺に五鈴は声をかけたのだ。

『ちょうどケーキを買ってたんだ。紅茶もいれたから一緒に食べよう』

どうしてあの時、ケーキは二個あったんだ？

俺が未来で目を覚ましてから五鈴が俺のそばを離れたことは一度もない。それならあのケーキは前もって買ってあったということだ。じゃあ、どうして二個買った？　あの時、五鈴は、ひとり暮らしだったはずなのに。五鈴は甘い物が好きだったから、ひとりで二個食べようと思ったのか。でもそうだとしても、同じ種類を二つ買うだろうか。

――五鈴は、あの日、俺があの家に来ることを知っていた？

「それにもうひとつ、引っかかってたことがある。宅配便のこと」

激しい動揺のせいで、和希さんの声が少し遠かった。宅配便。それが何だ？

「五鈴さんは『私がいない時は絶対に宅配便を受けとらないこと』って言ったんだよね」

「はい……子供だけだって知られると危ないからって」

「それだけ聞くと、もっともだなって思うんだ。実際、自分の子供に同じこと言い聞かせてる親ってたくさんいると思うし。でも五鈴さんって、支倉に『郵便物にさわらないで』とも言ったんだよね。郵便物は別に危険じゃないと思うけど、どうしてなんだろう」

俺はもう、力なく首をふることしかできない。わからないことが多すぎて疲れ果てた。

和希さんは、静かに言葉を続ける。

「五鈴さんは、宅配便と郵便物に支倉を関わらせたくなかったんだと思う。それならこの二つの共通点って何だろうって考えたんだ。おれが考えついたのは住所と名前。宅配便は送り状に届け先の住所と名前が必ず書かれてるし、郵便物もそうだよね。五鈴さんはそれを支倉から隠したかったんじゃないかな」

「住所なんて隠してどうするんですか？　五鈴の家は俺がもともと暮らしてた家だから、住所なんてわかりきってますよ」

「そう。だから五鈴さんが隠したかったのは、住所じゃなくて名前のほうだったんだと思う。支倉、五鈴さんの言葉以外に、彼女の名字って見たり聞いたりしたことある？」

名字？

「諏訪《すわ》……」

「それは五鈴さんから聞いただけでしょう。もっと客観的には？　何かの書類に『諏訪』って書かれていたのを見たとか、誰か別の人も五鈴さんを『諏訪』って呼んでいたとか」

──五鈴の家には、表札が出ていなかった。でも別に珍しいことでもないから気にしていなかった。マリエさんとレイは、どちらも五鈴を名前で呼んでいた。親しい仲なんだから当たり前だ。

俺が何も裏付けの証拠を挙げられないことを見越していたように、和希さんは続けた。

「五鈴さんは自分の名前、もっと言えば名字を、支倉から隠したかったんじゃないかな」

「……どうして」

「支倉に見られたら困るから。どうして困るのか、支倉に見られたら困る名字って何なのか。おれは、ひとつしか浮かばなかった」

不吉な予感の足音みたいに、自分の心臓の音が耳に響いた。

「『支倉五鈴』──それが送り状や郵便物に書いてある、彼女の本当の名前だったんじゃないかな」

サークル棟のどこかから、威勢のいいギターとドラムの演奏が聞こえてきた。ほかにもギャハハと笑う声。誰かと誰かが会って挨拶する楽しそうな声。死んだように静まり返っているこの部屋とは、まるで別世界の声。

「『支倉』ってかなり珍しい名字だよね。佐藤《さとう》や鈴木《すずき》だったら同じ名字でも『偶然ですね』って言えるけど、『支倉』だとそれは難しい。九歳の支倉も『あれ？』ってふしぎに思ったり疑ったりするかもしれない。だから五鈴さんは隠してたんじゃないのかな」

「……支倉って、でも、なんで……」

「偶然以外に名字が同じ理由なんてそんなにない。家族親戚か、養子か、――結婚相手」

ぼうぜんとする俺を見つめる和希さんは、眉間《みけん》に小さな険しい線を刻んでいた。本当にわからないのか、と問いかけるように。

和希さんは唇を開いて、でも躊躇《ためら》うように閉じ、沈黙のあと低い声で結論を言った。

「未来で行方不明になっていた五鈴さんの夫は、支倉なんじゃないか」

意識が遠くなって、俺は何から逃げようとしたのか、知らないうちに後ずさっていた。

ガツッと嫌な音がした。

ネックをつかんで左手にさげていたヴァイオリンを、後ろにあった椅子にぶつけてしまったのだ。心臓が縮んだ。奏者にとって楽器は自分の体の一部と同じで、傷つければ自分も痛みを感じる。俺は急いでヴァイオリンを抱きかかえ、ぶつけた裏板を見た。

耳鳴りがした。

裏板の中央より下。ニスが白く剝《は》げて、小さないなずまみたいな形の傷ができていた。

『これ、ずっと前に派手にぶつけて、ニスが剝げちゃったんだって。普段はしっかりしてるんだけど、時々うっかりやらかすんだよね』

未来で目にした、五鈴の夫が使っていたヴァイオリン。その裏板にあった傷跡と、形も、大きさも、何もかも同じ。

ぐにゃっと視界がゆがんだ。

「支倉」

「……すいません、十秒ください」

傷ついたヴァイオリンを抱いてしゃがみこみ、俺はめまいをこらえた。

頭の中が渦潮《うずしお》みたいにぐるぐる回っている。

でも時間がたって、それがじょじょに落ち着いてくると、逆に冷静と言ってもいいような、しんとした気分になった。限界を超えて走り続けると苦痛を感じなくなるみたいに、混乱が限界を超えるとこんな精神状態になるのかもしれない。

和希さんの、言うとおりなんだろう。

五鈴は嘘をついていた。俺にいくつもの隠し事をしていた。

俺に、あの未来は二〇七〇年だったと信じこませるための数々の細工。それが前もって準備できたのは、俺があの日に未来へやって来ると知っていたからだ。

知っていたのは、おそらく、俺自身からその話を聞かされたからだ。

現在ではまったく接点のない五鈴と和希さんが、二〇三〇年ではつながりを持っているかもしれないことも、二人の間に俺がいるとすればあり得る話だろう。

もちろんわからないことはいくつもある。あれが本当に二〇三〇年だったなら、西城の養父母はどうしてあの家にいなかったのか。まどかはどうしたのか。もう二度と倉津町には戻らないとこんなにも思っている俺が、あの町に暮らしていたのは、なぜなのか。

ただ、今の俺はもう受け入れている。五鈴は嘘をついていた。あれは二〇七〇年じゃなくて、二〇三〇年だった。二〇三〇年に一カ月半もいた中で、思えば一度も名前を聞いたことがなかった五鈴の夫。それは——

俺は立ち上がった。

「和希さん。和希さんが言うとおり、あれが二〇七〇年じゃなくて二〇三〇年だったら、五鈴はもう生まれてますよね。今もどこかで、生きてるんですよね」

和希さんは答えなかった。でも答えてもらえなくてもいい。

じわりと目の奥が熱くなって、泣けてきた。うれしくて。うれしすぎて。こんな叫び出したいくらいのうれしさは、感じたことがなくて。

もう会えないと諦《あきら》めていた。歯を食いしばるようにして諦めようとしていた。だけど、もうそんなことはしなくていい。会えるんだ。もう一度、俺は、五鈴に会える。

もう一秒だってじっとしていられなくて、俺は急いでヴァイオリンをケースにしまった。それを肩に引っかけて、ドアに向かおうときびすを返した。

後ろから痛いくらいの力で腕をつかまれた。ふり向くと、険しい目つきの和希さん。

「どこに行く気？」

「……わかんないです。けど五鈴のこと捜さないと」

「わかってないのか？　それともわかってて言ってるのか？」

和希さんのそんな鋭い声を、俺は初めて聞いた。

「もし本当に五鈴さんの夫が支倉なら、二〇三〇年にはおまえは事故にあって生死不明になってる。五鈴さんと会ったら、これから十年もしないうちにおまえは死ぬかもしれないんだぞ」

わかってる。

わかっているから、俺は動揺しなかった。一ミリもゆれない俺を見て、和希さんの目に浮かぶかなしい苛立《いらだ》ちが深くなった。

「きっとそれを防ぐために、五鈴さんは、自分とおまえの関係を必死に隠していたんだ。未来の支倉を死なせたくないから、自分と支倉が出会うことがないように、未来の年代を錯覚させて支倉が自分を捜せないようにした」

「わかってます。だからなおさら、俺、五鈴に会わないと」

腕をつかむ和希さんの手を、俺はそっと外した。

「和希さんにも話しましたよね。二〇三〇年の一年前だから……二〇二九年、五鈴は神鳴崎で溺れるんです。それをその人が——未来の俺かもしれないやつが助けて、自分は行方不明になった。もし本当にその人が俺なら、俺と五鈴が会わなかったら、誰が五鈴を助けるんですか？　それこそ何年もしないうちに五鈴が死ぬことになるかもしれない」

もしかすると、五鈴はそれも覚悟していたんだろうか。

自分の命が危うくなるかもしれないことも承知で、九歳の俺にここは二〇七〇年だと思いこませ、迷子になった俺の世話をしながら必死に秘密を守っていたのか。

胸がやぶけそうだ。かなしみと、もどかしさと、愛《いと》おしさで。

「ありがとうございます。ほんとに感謝してます。和希さんがいなかったら俺、何も気づかないでジイさんになってたと思う。もう十分です。もう、ここからは気にしないでください。俺、どうなっても後悔はしないです」

俺は背中を向けた。でもその直後にTシャツの後ろの襟《えり》をグイッと思いっきり引っ張られて、ぐえっと首が絞まった。

「殺す気っすか⁉」

「自分だけで勝手にほいほい話完結させるなバカ」

「バカっつったよ！」

「そうやって行かせるためにさっきまで長々しゃべったんじゃない、このバカ。おまえが後悔するとかしないとかクソほどどうでもいい」

王子顔に似合わない言葉遣いになっている和希さんは、ピアノで聴衆をぶん殴った時みたいな迫力があって、俺はひるんだ。

「確かにおまえは行って彼女に会えたら満足だろ。だけど、それなら何年後かにおまえが死んだ時、残された人たちはどうなるんだ。両親は？　まどかさんは？　日野原《ひのはら》くんや早坂《はやさか》さんは？　幹也だってショックを受ける。おまえはそういうことを全然考えないのか。それとも自分が満足できれば、誰がどんな思いをしたってどうでもいいのか。おまえは、自分のまわりにいる人たちをその程度にしか思ってなかったのか」

切りつけるみたいに詰問されて俺はますますひるんだが、押さえつけられた枝が反動で大きくしなるみたいに毛が逆立った。

「じゃあ、和希さんが俺だったらどうなんですか？　もし七緒《なお》さんに会えるとしたら」

水滴が落ちたみたいに、和希さんの瞳がゆれた。

「そうだったら和希さんだって、行くんじゃないですか。親とか友達とか、そんなの何も考えないで行くんじゃないですか。そのくらい好きだったんじゃないですか」

人質をとるような卑怯《ひきょう》な手を使ってるのはわかっていた。けど後悔も反省も全然なかった。たとえその相手が和希さんでも、邪魔するなら俺は突きとばす。

「――そうだ、行くよ」

沈黙のあと、和希さんは唇を開いた。

「もう一度会えるなら、どこにだって走ってく。誰が何て言っても関係ない。誰かを傷つけるとしてもかまわない。もしも会うことで何年後かに死ぬとしても、どうだっていい、そんなの。もう一度だけでも会えるなら、その瞬間死ぬとしてもおれはいい」

激しい言葉を紡《つむ》ぐ声はひたすら静かで、それにかえって気圧《けお》された。和希さんの目は俺をすり抜けて遠くを見ている。そこにあの入り江があって、その人が立っているみたいに。

でも和希さんは何かを断ち切るようにまぶたを閉じて、俺を真っ向から見据《みす》えた。

「同じことを訊くけど、支倉がおれだったら？　何年後かに死ぬかもしれないってわかってても行こうとするおれを、支倉は止めないの？」

「——それは……」

「もちろんこんな質問、意味ないよ。七緒はもういない。おれが生きて会いにいける場所にはどこにも。でも、支倉は違う。五鈴さんはたぶんこの世界に生まれていて、どこかで生きてる。時間を超えるとかそんなことをしなくても、捜し出して会えるかもしれない。それを諦めるなんて無理なことだと思う。それはわかる。おれも同じ立場だったらそうだから。でも」

俺を見つめる和希さんの目に、深いかなしみが広がった。

「五鈴さんはそれでも、支倉に無事でいてほしいって願ってたんだと思う。もしもそれで支倉と出会ったことや、すごした時間が全部なかったことになっても、ずっと遠くで支倉が生きていてくれたらそれでもう全部いいって、必死に支倉を守ろうとしたんだと思う。五鈴さんは、そんなふうに支倉のことを好きだったんだと思う」

『もし戻ったら、私のことは忘れて。そして世界で一番しあわせになるんだよ』

五鈴の声が、小さな鈴の音のように耳の奥で鳴った。今よりずっと小さかった俺の頭をなでた手の感触や、胸が苦しくなるくらいやさしかった笑顔と一緒に。

目の奥が熱くなって、あたたかい水が頰《ほお》を伝いおちていった。

「無理を言ってるのはわかってる。けど、覚えていてほしい。五鈴さんがどうして支倉に嘘をついたのか。もし支倉がいなくなったら、残された人たちがどんな思いをするのか」

俺は黙ってうつむいていた。わかったと頷くことはできなかった。

でも、嫌だと突っぱねることも、もうできなかった。

## 2

初めてアルファルドのバイトを休んだ。

『こちらのことは気にしなくていいから、きちんと食事をしてゆっくり休みなさい。今の時期、気づかないうちに熱中症になる人も多いから、変だと思ったらすぐに病院に行くのよ。お姉さんがいるから大丈夫だと思うけど、何かあったら遠慮せずに言ってね』

具合が悪いんです、すみません、と嘘をつく心苦しさから声がかぼそくなる俺に、オーナーは本気で心配している声音《こわね》で言った。しかも、このところ連勤していたから今週いっぱいはゆっくりしろとも言ってくれた。ありがとうございます、と俺はさらに声をかぼそくして、電話を切った。

『体調悪いってオーナーから聞いたけど大丈夫？　昼間はまどかさんもいないだろうし、食料とか必要だったら連絡して』

尾崎さんからも、アルファルドの開店時間少し前にそんなメールが届いた。返事をしようとしたけど、ちょっと文字を打っては消して、結局送信できないまま俺はベッドでタオルケットをかぶって体をまるめた。

「爽太？　尾崎からメールもらったんだけど調子悪いって？　ごはん食べてないでしょ？　お寿司《すし》買ってきたから食べない？　少しでも食べよう、ねえ」

夜九時をすぎた頃、帰宅したまどかが寝室のドアをノックした。最近の忙しさから見ると早い帰宅で、それはもしかすると俺のためだったのかもしれない。でも起き上がって、ドアを開けて、大丈夫だから心配しないでくれと笑うのは今の精神状態じゃ無理だ。黙っていると「爽太？」とまどかはなおも心配そうに呼んだが、そのうち静かになった。

五鈴はすでにこの世界にいる。

でも、五鈴に出会えば、二〇二九年に俺は死ぬかもしれない。

二つの点の間を、何度も何度も行ったり来たりしている。五鈴はすでに。でも五鈴に出会えば。体力テストの反復横跳びみたいに、ただくり返してばかりいる。

今から八年後に死ぬかもしれないと思っても、正直それほど怖くはなかった。想像すると薄ら寒い感じがするくらいで。それとも、実感できていないだけなのか。

八年後の二〇二九年、俺は二十七歳だ。確かにそんな年齢で死ぬなんて考えたことはなかった。

けど、人はみんな、いつか必ず死ぬものじゃないのか。

映画なんかでもよく言われてる。それが早いか遅いかの違いだけだ、と。だったら五鈴と出会って八年後に死ぬとしても、五鈴と会わずにじいさんになって何十年後かに死ぬとしても、それはさほど変わらないことなんじゃないか。

とりとめのないことを考えながら、俺はいつの間にか眠っていた。そして夢を見た。

父さんがいる。消防士の活動服姿で、家から家を駆けまわっている。あの凄《すさ》まじい地震のあと、多くの人は高台に避難したが、まだ逃げられずにいるお年寄りや介助が必要な人もいた。その人たちを助けるために厳しい形相で駆けまわっている。速く、速く、と。

二つの画面を並べたみたいに、母さんの姿も見える。ナース服を着て、俺を叱《しか》る時より何倍も怖い顔で、自力では動けない患者をのせたベッドを運んでいる。速く、速く、屋上へ。じきに波が来る。助けなければならない人はまだまだいる。速く、速く。

やめてくれ、と俺は必死で叫ぶのに二人には声が届かない。他人にかまってる場合か。自分のことを考えろ。あんたたちを待ってる九歳の俺のことを考えろよ。

けど父さんも母さんも足を止めない。そしてあの悪魔が来る。

煙幕《えんまく》みたいな土ぼこりを噴《ふ》き上げ、家々をなぎ倒し、プロパンガスを爆発させ、凄まじい地響きを轟《とどろ》かせながら、重油を溶いたようにどす黒い波が町を破壊し、父さんも、母さんも、怪物の腹に呑《の》みこまれる。

「……うぐ」

呼吸器が一瞬完全に停止して、ベッドの上に跳ね起きた。ただの夢なのに、激しい咳《せき》が何度も喉をついて出る。呑みこんだまぼろしの海水を必死に吐き出そうとするみたいに。

部屋の闇《やみ》の深さと音のなさから、真夜中だとわかった。止まらない咳に内臓がよじれるみたいで、俺は胸を押さえながらベッドに指を食いこませた。

「……爽太っ？　どうしたの、大丈夫？」

部屋のドアが開いた。まどかの声。俺は何とか息を吸いこんで、死に際の老人みたいにかすれた声を出す。

「……何でもない、平気。むせただけだから」

「でも」

「ごめん、寝るからそこ閉めて」

まどかの物言いたげな気配が伝わってきたけど、しばらくすると静かにドアが閉まった。

俺は膝の間に頭をたれて、どこかがぶっ壊れたみたいに涙をあふれさせる目を押さえた。

ずっと、考えないように、考えないように、してきたことが、ある。

父さんと母さんは、死ぬ時、どんな思いをしたのか。

ブルーシートに包まれた二人の遺体は、最後まで見せてもらえなかった。大人たちが絶対に俺には見せなかった。そんな姿になるような最期《さいご》が、平穏だったわけがない。

二人は、どれだけ痛かったんだろう。どれだけ、苦しみもがいて死んだんだろう。

『もし、もし死んじゃったんなら、苦しい思いとか痛い思いをしたんじゃないといいな』

五鈴の声を思い出した瞬間、ぞくっと寒気が走った。液体化した恐怖を脊髄《せきずい》に注射されたみたいに、いきなり怖くて仕方なくなって全身が震えた。

ああ。

俺は、死ぬのが怖くなかったわけじゃない。それは怖いんだ。こんなにも怖い。

そうじゃなくて、俺は俺自身に、死ぬのを惜しむほどの値打ちを見出せないんだ。

おばさんに『ユウタ』と呼ばれた時、嫌で嫌で仕方なかったのに、少しもがいただけであとは黙っていた。おばさんがかわいそうだという気持ちも確かにあったけど、俺は事を荒立てて西城の家を追い出されるのが怖かった。居場所を失うのが怖かったのだ。

だから二〇七〇年——正確には二〇三〇年に迷いこんだ時、俺は今までにないくらい楽に息をして暮らした。戻りたいなんてただの一度も思わなかった。

そしてあまりに突然二〇一一年に戻ったあとも、俺は何事もなかったように西城の家で暮らした。腹の底にくすぶるものにふたをして、引きとられた子供として程よくわきまえたふるまいと笑顔であの家の人たちの歓心を買おうとした。俺は安心して眠れる自分だけの部屋を失いたくなかったし、ヴァイオリンも続けたかったし、大学にも行きたかった。そのくせ世話してくれた人たちに後ろ足で砂を引っかけるみたいに、家を出たらもう二度とあの町にもあの人たちのもとにも戻らないと決めていた。

でも、そうまであさましく生きてきたくせに、俺は俺の生きてる意味がわからない。教員になろうとしても、それは単に食っていくための手段で、理想や志《こころざし》なんてない。俺には夢がない。どうしてもやりたいことも、どうしても手に入れたいものも、もしかしたらちゃんと誰かを愛したことも。

あまりにたくさんの人が突然死んだあの日、どうしてユウタじゃなくて俺が生き残ったのか、最後まで誰かを助けようとした父さんと母さんのような人たちもいたはずなのに、どうしてその人たちが死んで俺が生きのびたのか、俺は今でもわからない。

俺は、胸をはって生きていいと自分に言えない。

それなのに、やっぱり、八年後に死ぬのは怖い。

次の日も自分の部屋に閉じこもっていた。何もする気力がなかった。どうして前の日まであんなにバイトしたり友達と会ったり動きまわっていられたのかふしぎで仕方なかった。放りっぱなしのスマホは、断続的に電子音を鳴らした。まどかからのメール。尾崎さんからもメール。和希さんからは着信が一回、でも留守電にメッセージはなし。

『そうた、どうかした？　具合でも悪い？』

『圭くんも私も心配しています。練習は無理しなくていいので、一度連絡ください』

圭と千晴からもメールが入って、そうだった、今日は大学に集まって練習する予定だったと思い出した。調子が悪いからしばらく練習に参加できない、悪い、と二人に返信する。それだけですごく疲れて、俺はベッドにうつぶせになって目を閉じた。

ピンポーン、と響いたチャイムの音で目が覚めた。

おのれ、誰だ。よろよろと起き上がって、リビングのインターホンモニターを確認し、ぎょっとした。圭と千晴が、顔をよせ合ってカメラをのぞきこんでいた。

本気で居留守を使いたいと十秒くらい考えたけど、それはいくら何でも人道にもとる。俺はため息をつきながら、エントランスのセキュリティの解除ボタンを押した。

一分もしないうちに、今度は玄関のベルが直接鳴った。

「爽太、十年くらい遭難して洞窟《どうくつ》で暮らしてた人みたいな顔してるよ……？」

「あのね、これパックの雑炊《ぞうすい》と茶碗蒸《ちゃわんむ》し。レンジで温めればすぐ食べられるから。あと、プリンもあるから、大丈夫そうだったら食べて」

俺はさし出されたコンビニの袋を受けとって、心配そうにこっちを見ている二人に何とか笑った。うまくいったかどうかはわからないが。

「さんきゅ。悪い、ほんとに。たぶん軽い風邪《かぜ》だと思うから、心配しなくていいからさ」

そっか、と圭はいつものアンニュイな調子で応じたが、千晴は、じっと俺を見つめた。

「爽太くん、私たちに何かできることがあったら、話してね」

千晴の地味な眼鏡の奥の、栗色の目に全部見透かされているような気分になって、俺は居心地悪く目をそらした。

「いや、別に何もねぇから」

「言いたくないならいいの。ただ、爽太くんってひとりで抱えちゃうようなところがあるから心配してる。話してくれたら、もしかしたら何かできることがあるかもしれないし」

——話すって、こんなの話したからってどうなるんだよ。

「おまえには関係ねぇから」

イラついてきつい声になった。言ってしまってから、はっとした。

千晴は表情を変えなかった。ただ、少しだけ頬の線が硬くなり、引き結ばれた唇の角度が深くなった。千晴は眼鏡を押し上げる仕草にまぎれて顔をふせた。

「わかった、しつこくしてごめん。でも、ごはんだけはちゃんと食べてね」

千晴はくるりと背中を向けて、エレベーターのほうに向かう。千晴って、あんなに小さかっただろうか。追うべきだとわかっているのに、実際の俺は突っ立ったままだった。

「爽太」

圭の声にのろのろ顔を向けたとたん、バチンと頬で音が鳴った。

俺はびっくりして固まった。頬には圭の夏でも冷たい手が貼りついている。叩いた力はさほどじゃなかったから痛くはない。ただ、びっくりした。叩かれたこともそうだけど、圭がいつもの眠たげでアンニュイな顔じゃない、厳しい目で俺を見ていることに。

「こういうこと僕が言うのは反則だとは思うけど、状況が状況だからこのさい言っちゃうよ。覚悟はいい?」

「な、なに……」

「爽太はニブチンだから全然気づいてないけど、ちーちゃんは、爽太のことが好きだよ。友達としてとかそういうのじゃなく、抱きしめてほしいって意味で」

俺は世にもまぬけな顔をしたと思う。口をぱくぱくさせる俺を「ただし」と圭は強い声で黙らせた。

「爽太に誰かすごく大切な人がいることを、ちーちゃんはわかってる。爽太、合コンにも興味ゼロだし、彼女ほしいって騒がないし、髪の長い女の人とすれ違うと時々はっとした顔でふり返るし。だからちーちゃんは、爽太に自分の気持ちを言わないんだ。断られるのが怖いとかいうより、ちーちゃんに応《こた》えられない爽太に苦しい思いをさせるのが忍びないから。ちーちゃんは、そういう思いやり方をする人だ」

「や、待て、だって――俺、千晴はおまえと、いい感じなんだと……」

「ちーちゃんと僕は、生涯《しょうがい》の友情を誓った同志だよ。というか僕は、男の人に対しても、女の人に対しても、付き合いたいとかセックスしたいとかの欲望がないんだ」

「えっ、あ、そうなんだ……？」

「僕たち、知り合ってからけっこう時間がたつけど、まだこういう話はしたことなかったね。低血圧で立ってるのが苦手な僕がどうして一日立ちっぱなしの小学校の先生になりたいかとか、ちーちゃんが忍耐強くて高泉《たかいずみ》さんの嫌がらせも『そよ風程度』って言っちゃうのは何があったからなのかとか。爽太が、いつも家族の話になると、ちょっと苦しそうな顔で笑うのはどうしてなのかとか」

　俺は声が出なかった。自分がそんな顔をしていたなんて、そして圭がそれに気づいていたなんて、考えたこともなかった。それなら、もしかすると、千晴も？

「でも、僕たちにはまだまだ時間がある。大学を卒業するまで四年間も。もし一緒に音楽をやっていけるなら、その先もずっと。だからゆっくり話そう。爽太が話せることからでいいし、僕の話も、ちーちゃんの話も、元気になってから聞いてほしい。――ただ、それはそれとして置いといて」

　最後のほうで圭がドスをきかせて声を低め、俺はたじろいだ。……圭の顔が、こわい。

「今日、僕とちーちゃんは、本当に心配したんだ。今まで無断で約束を破ったことなんてない爽太が時間になっても来なくて、連絡してみたら、具合が悪いって言う。それで気を揉《も》んで来てみたら、髪もぼさぼさで無精《ぶしょう》ひげも放置でとにかくひどい顔してて、それなのに軽い風邪なんてすぐにわかる嘘でごまかそうとする。そんなの見たら、ちーちゃんが自分に何かできないかって考えるのは当然だよね。思わずにいられないんだよ、だって『好き』ってそういうことでしょ。そんなちーちゃんに対して、さっきのおまえの言い草はどうなんだよ、バカ爽太」

「……最悪でした」

「わかったら今すぐ走って謝ってこい」

バチン、と今度は腕を引っぱたかれた瞬間、俺は走り出した。

エレベーターが一階で停《と》まってなかなか上がってこないから階段を駆け下りてマンションの外に出ると、左手の歩道のまだそう離れていないところに千晴の姿があった。

生まじめそうなうしろ姿で歩いていた千晴は、途中で立ち止まると、植え込みのコンクリートをちょっと蹴《け》りつけた。

「蹴んなよ……」

「ひゃ」

心底驚いた顔で俺をふり返った千晴は、それからばつが悪そうにそっぽを向いた。

「……見たの？」

「思いきり見た」

「見られたからには生かしておけない」

「うそ見てない、何も見てない」

ひと呼吸おいて、俺は千晴に頭を下げた。

「……さっき、ごめん。なんかいろいろあって、頭ごちゃごちゃしてて」

「いいよ。私もそういうことあるし、そういう時は余裕なくてイライラするのもわかる」

表情をやわらげた千晴は、淡く、いたわるように笑った。ついさっき圭に言われたことがよみがえった。――『好き』ってそういうことでしょ。

「俺、ずっと好きな人がいて、ずっとその人のこと忘れられなかったんだ。今も」

千晴の目がゆれた、気がした。これでいいのかわからない。でも俺は伝えたい。

「でもその人と違うところで、別のところで、俺、圭と千晴がすごく大事なんだ。今まで言ったことなかったけど、本当にそう思ってるんだ。圭が困ってたら助けたいし、千晴が困ってたら、どこにでも走ってく」

そしていつか、二人に話したい。普段は家族の話をする圭と千晴に何でもない顔で合わせているけど、俺が父親や母親として話しているのは、本当は俺を引きとってくれた養父母なんだということ。まどかとは本当の姉弟《きょうだい》じゃないんだということ。俺の本当の両親はどうしたかということ。

そして二人の話も聞きたい。小学校の先生になりたい理由や、俺たちが出会う前にどんなことがあったのか。ほかにもたくさん、圭と千晴のことを。

「……どこにでもって、本当にどこにでも？」

「うん。……あ、俺じつは高いとこ苦手なんでその場合は時間かかるかもしんないけど」

「じゃあ、早く体を治して、大学に私と圭くんを助けにきて。チェロとヴィオラだけじゃつまらないから。爽太くんがいないと、私たち、はじまらないから」

こぼれるように笑った千晴は、俺が今まで見たなかで一番いい顔をしていて、ちょっとだけ、どきっとした。

それから千晴は俺の後ろに視線を流して、小さく手をふった。

「ごめんね、圭くん。置いてっちゃって」

「ちーちゃんが謝ることないよ、さっきは爽太がバカだったんだ」

二人は、生まれながらの親友みたいに肩を並べて歩き出す。「ねえ圭くん、爽太くんに何か言った？」「え、何も……？」「爽太くんがいきなりあんなこと言い出すなんておかしいと思う」「僕は知らないな……？」とひそひそ言い合う二人に、俺は声をはった。

「またな！」

圭と千晴はシンクロした動きでふり返って、大きく手をふった。

二人の姿は、まぶしい夏の陽射《ひざ》しの向こうに、すぐに見えなくなった。

＊

圭と千晴が帰ってから、差し入れにもらった茶碗蒸しを電子レンジで温めて食べた。食欲はなかったのだが、食べはじめたら塩分とかたんぱく質とかがグイグイ体にしみこんでいく感じがした。そういえば、昨日の昼に和希さんにもらった蒸しパンと牛乳を最後に、二十四時間以上何も食ってなかったのだ。

茶碗蒸しを一個食べただけで、重くて暗くてねばついたものでパンパンになっていた頭が少しすっきりした。風呂に入ってひげを剃《そ》ったら、もう少しすっきりした。

リビングのソファに座って、まず尾崎さんに『連絡遅れてすみません。調子は大丈夫です、ご心配ありがとうございます』と返信を打った。和希さんからの着信は、考えたけど、折り返さなかった。まどかからも『大丈夫？』『生きてる？』『何かあったらすぐに電話すること』とメールが入ってたけど、どうせ今夜会うことになるから、返事はしなかった。

ソファに沈んで窓の外を見ているだけで時間がすぎて、空にかかる光がだんだん飴色《あめいろ》をおびてきた。何も、答えは出ていないのに。

そもそも俺が出そうとしてる答えって何なんだ。死んでもいいから五鈴に会うか、死ぬのは嫌だから五鈴とは会わないか、そういうことなのか。

夕暮れの薄暗い部屋の中で考えていたら「ガチャ」と玄関のドアが開いたので驚いた。

「ただいまー。はー、暑いわ。ひさしぶりにこんな明るい時間帯に外歩いた」

にぎやかにリビングに入って来た有能な社会人コーデのまどかは、びっくりしている俺に「よ、調子どうよ?」と手にさげたビニール袋を勢いよく掲げた。

「え……どうしたの、帰り早すぎない?」

「別に早くないよ、定時退社しただけ。それよりさ、今日は私が夕飯作る。ちらし寿司」

まどかは明るすぎるくらいの笑顔で言って、バッグを下ろすと台所へ向かう。一日仕事をしてだいぶ疲れているはずなのに、ガチャガチャとまな板やボウルを出したりする。

まどかが定時で帰ってきたことなんて、今までなかった。ましてや今は休み明けで忙しいとまどか自身が言っていたのに。しかも、ちらし寿司はカレーと並んで俺の大好物だ。

俺は胸がつまって、それから、立ち上がって台所に向かった。

訊こう。

たぶんそれは今しかできない。

「まどかさん」

呼びかけると、ボウルで卵を溶いていたまどかが、ひどく驚いた顔でふり向いた。

「……なに?　急にそんな呼び方して」

「俺のこと、本当はどう思ってた?　ユウタが死んで、いきなり俺がユウタのいた場所を乗っ取るみたいに家に入りこんで、ほんとは嫌だっただろ。おじさんもおばさんも何も言わないけど、俺が一カ月半も行方くらました時、まわりの人に色々ひどいこと言われたのも知ってる。それがあったから、いま俺にやさしくしてくれてんの？　今だってほんとは嫌なのに、無理してるんじゃないの？」

ずっと思っていて、ずっと黙っていたことを、初めて言葉にした。

それなりに仲のいい姉弟みたいに暮らす俺たちは、でも、本当はそんな関係じゃない。俺はユウタの代わりに西城の家に入りこんで、そんな俺を、まどかは避けていたはずだ。向き合うことは痛みをともなうから、ふたをして見ないことにしていた。深く踏み入ることも踏み入らせることもせずに、うわべの親しさでその場その場をやりすごしてきた。だけどそれは、やっぱり何か変だ。どこかいびつだ。長い間そうしてきたツケみたいなものが俺の中にはたまっていて、それが今俺を打ちのめしている。

それは、まどかも同じなんじゃないか。本当は、まどかこそがそうなんじゃないか。

瞳をゆらしていたまどかは、うつむき加減になりながら、シンクにもたれた。

「──あんたを引きとるって両親から聞かされた時、なに考えてんだろうって思った」

髪がさらりと流れて、まどかの表情をヴェールみたいに隠す。

「私、ユウタが好きだったの。ときどき生意気だけど、かわいい弟だった。その弟が、まだ九歳だったのに波にのまれて死んだ。私見たんだよ、ボロボロになったユウタの遺体。

きっとすごく苦しかったと思う。なんでこんなひどいことがユウタに起きなくちゃいけないんだろうって思った。逆でよかったのに。私が死んで、ユウタが助かればよかったのに。なんか目の前がまっ暗で――そういう時に両親があんたをつれて来て、信じられなかった。母があんたにかまってるのを見るたびにイライラしてしょうがなかった。ああ、この人、もうユウタの代わりを見つけたんだって」

だからまどかと俺の間には、いつも見えない壁があった。話しかければ答えてくれるし、時には宿題も教えてくれる。それでもまどかは、いつも俺を拒んでいた。

「あんたもたった九歳なのに、家も流されて、お父さんもお母さんもいなくなって、すごくつらいんだって頭ではわかってるの。だからやさしくしなきゃって、毎朝起きるたびに思うの。だけど、あんたがユウタの部屋を使ってるのを見ると、わけがわからないくらいくやしくなった。どうして同じ歳《とし》のこの子が生きてるのに、ユウタは死んじゃったんだろうって。あんたは何も悪くないってわかってるのに、すごく憎らしくなる時もあった。だから――黙ってたの」

まどかの声がかすれて、俺は眉をよせた。黙っていた――何を？

「あんたがうちに来て一カ月くらいした頃、母があんたを『ユウタ』って呼ぶのを、たまたま聞いたの。あんたは黙って、誰かに助けてほしいって顔でうつむいてた。それでこれは母の呼びまちがえじゃなくて、何度もあったことなのかもしれないって思った」

俺は息をつめた。まどかが頭をもたげ、長い髪が流れて顔があらわになる。

痛々しいほど赤く充血《じゅうけつ》した目から、涙がひとすじこぼれて頬を伝った。

「でも、黙ってた。自分の母親がそんなことをするなんて信じたくなかったし、ようやくいくらか笑うようになった母に『やめろ』って言ったらどうなるのか怖かった。父に言えばきっと母を責めるから言えなかった。——それに、名前くらい我慢すればいいんだと思ったの。あんたは生きてる。お父さんとお母さんはいなくなっても、私の両親を親代わりにして、ユウタの部屋を使って、ユウタが生きられなかった時間を生きてる。だからあんたも少しぐらい耐えればいいんだって、私はあんたが苦しんでるのを見ないふりしてた」

だからきっと罰を受けたんだ——まどかの声が震えた。

「あんたが行方不明になった時、そう思ったの。私がちゃんと大切にしなかったから、ひどいことをしたから、罰《ばち》が当たったんだって。一カ月半、ずっと怖かった。あんたがどこかでひどい目にあってたらどうしよう、死んじゃってたらどうしようってすごく怖かった。だから、突然神鳴崎で見つかった時、立ってられないくらいほっとして泣いた」

倉津町の臨時診療所で目を覚ました時、最初に俺が見たのはまどかだった。

信じられないように目をみひらいて俺を見つめ、そうた、と震える声で呼んだ。

「そのあと、高校を卒業したら家を出ようって決めた。とにかくもっとしっかりしないと、もっと強くならないと、また私はあんたを傷つけるから。……毎朝起きるたびに、ユウタとたくさんの人が死んだことを思い出さなきゃいけないあの町から、逃げたい気持ちもあったのかもしれない。別に仙台に来たからって最初は何も変わらなかったけど、大学出て、就活して、会社で働くうちに、あの時の私より少しは強くなれた。あの地震からも、もう十年がたった。そんな時にね、あんたが仙台《こっち》の大学に入るって親から聞いて、気づいたら言ってたんだ。新しい部屋を借りるとお金かかるから、私と一緒に住めばいいって」

まどかが、赤い目を手の甲で拭きながら、苦笑いのようなものを唇に浮かべた。

「でも自分から言い出しておいて、あんたのこと仙台駅まで迎えに行った時、ものすごく緊張してさ。三十分も早く着いちゃって——そしたらあんたが、リュックしょって、とぼとぼ歩いてきたんだよね。さびしい捨て犬みたいな顔して私を見てた。……ああ、本当に私、この子にやさしくしてこなかったんだって思った」

あの日のまどかを、よく覚えている。緊張しながら近づいてきた俺を見て、まるでわりと仲のいい弟と再会したみたいに、ニッと笑ったのだ。

『よ、ひさしぶり。元気してた？』

それでガチガチになっていた俺は、肩から力が抜けて、うん、そっちは？　とわりと仲のいい姉にひさしぶりに会ったように言えた。

「ごめんね。ほんと都合いいよね。あんたが一番苦しかった時に何もしなかったくせに、助けなかったくせに、今さら姉さんぶって——本当にごめんね」

目を押さえて声をつまらせるまどかには、俺が首を横にふったのが見えなかっただろう。涙を拭いたまどかは、息を整えるように何度か深呼吸して、俺を見つめた。

「爽太。あんたが大学に行く以外ずっとバイトしてるの、ここを出ていくためだよね」

どきりとして、俺はたぶん後ろ暗い顔をしたと思う。いいの、とまどかは続けた。

「いいの。あんたがどうしたいと思ってても、これからどんなふうに生きても、あんたの望むとおりにしていいの。でも、ここを出たい理由が、私に悪いとか、私とあんたが本当の姉弟じゃないからってことなら、これからの四年間だけはそういうことは忘れなさい。前にも言ったけど、今あんたがいるのは、本当に自由で貴重な時間なの。それを大切にして、精いっぱい楽しんで」

あの人たちも同じように思ってるよ――まどかは切実な目で俺を見つめた。

「このまえ実家に帰った時、両親と一緒にユウタの墓参りに行って、あんたのことを話した。あのね、あの二人、近いうちに倉津町を出ると思う。山形に住んでるお父さんのほうのお祖母さんが、最近調子よくないの」

「え……」

「でも二人が倉津町を出たあとも、私たちのあの家はずっと残ってる。あんたはいつでもそこに帰っていい。家を継げとかそういうことじゃないよ。あんたはなりたいものになっていいし、行きたいところへ行っていいの。あんたは自由に自分の人生を生きて。でも、もしいつか帰りたいと思ったら、いつでもあの家に帰ることができる。私のこの部屋だっていい。私たちは本当の親でも姉でも弟でもない。でも、家族だよ」

それからまどかは、目をふせた。透明なしずくが、また頰をすべりおちる。

「――それから、お母さんは泣いてた。小さいあんたに、本当にひどいことをしたって。ユウタを守れなくて、死なせてしまって、どうにかなっちゃうくらい苦しくて、でもだからって、あんたにあんな思いをさせちゃいけなかったって。……私もあの人も、あんたに恨まれても仕方ないと思う。ゆるしてくれなくていい。ただ」

「恨んでないよ」

まどかが顔を上げた。目をまっ赤にした顔は、小さな女の子みたいだった。

「恨むって、何だよそれ。どうしてそんな……だって俺、もう父さんと母さんと暮らしてた時間より、おじさんとおばさんと、まどかさんといた時間のほうが長いんだよ」

確かにそんな感情を抱えていた時もあった。今もひとかけらもないとは言えない。でも。

大好きだった両親と九年を暮らした。そして西城の家に引きとられ、十年をすごした。

もちろん俺は本当の子供でも弟でもない。俺に押し隠した気持ちがあったように、おじさんにも、おばさんにも、そしてまどかにも、秘密にしていた思いはあっただろう。それでも俺は大切にされた。仙台でまどかと暮らし始めてから身にしみてわかったけど、誰かに毎日ごはんを食べさせるだけでも大変なことだ。その大変な生活の営みのひとつひとつを、養父母は十年間も俺のためにやってくれた。二人の本心がどうであっても、その十年間の行いそのものが、俺にとっては自分にそそがれた愛情だった。それで十分だった。

もう十分すぎるから、もうこれ以上はもらえないから、あの町を出ようと思った。

家族と聞いた時、最初に俺の頭に浮かぶのは、もう西城の人たちだ。

帰りたいと思った時、そこにいるのは、俺を息子と弟にしてくれたこの人たちなのだ。

「……あのさ、ひとつだけ頼んでいいかな」

まどかは、なんだか笑おうとしたけど失敗したような変な顔をしていた。

「ユウタみたいに、早く死んだりしないで。みんないつか死ぬのはわかってるの。でも、もうほんと、あんなのはやだ。もう、二度とやだよ——」

言葉の終わりが涙にかき消されて、まどかは泣き出した。それがあんまり苦しそうな、身を絞るような泣き方で、俺はまどかを抱きよせた。

俺は男で、まどかは女だったけど、そういう性のきわどさは一ミリもなかった。ただずっとうまく泣けなかった女の子が目の前にいて、今はその子よりも俺のほうが強いから、しゃくりあげる背中をさすって、とんとんと叩いた。

「ユウタみたいに、突然いなくなったりしないで——」

鼻のつまったひどい声が耳もとでささやいた。

五鈴の顔が浮かんだ。カレーを作ってくれた時の、ヴァイオリンを教えてくれた時の、俺の頭をなでてくれた時の。もう会えないと思っていた彼女はいる。この世界のどこかに。

「お願い――」

けど、まどかの声があまりに必死だから、うん、と俺は小さい声で答えた。

### 3

翌朝、出勤するまどかを見送ってから、アルファルドのオーナーにメールした。体調もだいぶよくなりました。ご心配ありがとうございました。来週からがんばって働きます。圭と千晴にも連絡した。体調良好。見舞いさんきゅう。そのうちまた練習しよう。尾崎さんにもメールした。心配ありがとうございました。来週からまたアルファルドに行きます。あとシュウマイ美味です。姉がまた尾崎さんと飲みたいって言ってます。

そのあとは、たまっていた洗濯をして、掃除をした。そうやって生活のひとつひとつを片付けていると、二〇三〇年や五鈴のことが、ゆっくりと遠のいていくような気がした。

それが胸を切りつけるみたいに苦しい。

けどその一方で、そのまま遠ざかったほうがいいと思いはじめている自分もいる。

音がないとさびしいから、テレビを点《つ》けたままリビングに掃除機をかけていた。掃除が終わってコンセントを抜くために顔を上げたら、テレビに海外のリゾート地っぽい風景が映っていた。ただしビーチを囲むヤシの木立ちも、道路に並んだ車も、読めない文字の看板が並んだ市街まで、完全に水浸《みずびた》しになっている。洪水か？　とびっくりしていると、

『近年の温暖化の影響で海水面が上昇し、大潮の日にはこのような浸水被害が――』

大潮。

頭の中でヴァイオリンのE線をピンと弾かれたような、そんな感覚だった。

『あの日、地震のせいでこのへんでも数十センチの津波が起きて、神鳴崎にいた五鈴ちゃんが溺れてしまったのよ。五鈴ちゃんを助けるためにあの人も海に飛びこんで――五鈴ちゃんは助かったけど、あの人は波にのまれてしまった。ライフセーバーの資格も持ってる人だったのだけどね……あの日は大潮で、波が高かったのも悪かったのかもしれない』

大潮と……地震？

急いで記憶をさぐる。二〇一一年六月十七日の真夜中。西城の家を抜け出して神鳴崎に走った時、まんまるい月が見えた。月明かりにきらきら光る海面は、いつもより水かさが高かった。俺は真っ二つに割れた岩に向かって泳ぎ出して、途中で大きな揺れに襲われて、気がついたら二〇三〇年にいた。

次、二〇三〇年七月三十一日。俺が二〇一一年に戻った日。あの日も、確か神鳴崎で大きな揺れに襲われた。月はどうだった？　……だめだ、記憶にない。神鳴崎に行ったのは真昼間だったし、月なんて見えなかった気がする。

はっと思いついて、スマホでネット検索した。大潮。月齢《げつれい》。月齢カレンダー、これだ。そのホームページは年月日を入力すると、その日の月齢が調べられる仕組みになっていた。さっそく『2011／6／17』と入力する。結果は——思っていたとおり。

次に『2030／7／31』と入力する。出てきた結果に、鼓動が加速した。

そういうことだったのか？　俺が未来に行った日、そして未来から現在へ戻ってきた日には、そういうつながりがあったのか？

スマホを持ったままぼうぜんと突っ立っていると、いきなりスマホがブルッと震えた。

不意打ちにびくりとしながら液晶画面を見ると——西城のおばさんからの電話だった。すぐには出られなかった。ほかにも誰かがいる時なら平気なのだ。でも彼女と一対一になると、内臓が縮む。もう十年も前のことなのに、ユウタ、と呼ぶ声がよみがえる。だけど無視するわけにもいかない。深呼吸をして、スマホを耳に当てた。

「……はい、もしもし」

『あ——爽太くん。ひさしぶり』

俺がそうであるように、おばさんの声も緊張していた。

『ごめんなさいね、朝から電話して……昨日まどかから「爽太が調子悪いんだけど何を作ってやったらいいだろう」って連絡があったものだから、心配で。体は大丈夫なの？』

俺は驚いて昨日の夕飯を思い出した。まどかが泣きやんだあと、二人で刺身や錦糸卵をまぜたちらし寿司を作って食べた。――あれは、おばさんのアイディアだったのか。

「……うん、もう大丈夫。ごめん、心配かけて」

『いいの、無事ならそれでもういいの。ごめんなさいね、急に。じゃあ――』

どんどん早口になっていくおばさんの声に、電話を切ろうとする気配を感じて、

「おばさん」

とっさに俺は呼びとめていた。

「――なんか、ごめん。あんまり連絡とかしなくて。手紙もらったのも返事してないし」

『やだ、いいのよ、そんなこと気にしなくて――』

あわてたように言ったおばさんは、途中で沈黙した。長くて深い沈黙だった。

爽太くん、と呼んだおばさんの声はすごく静かだった。

『あなたはうちにいる間、いつもみんなのことを気にして、気を遣ってた。でもね、もういいのよ。あなたは自由なの。誰にも気兼《きが》ねしないで、自分の生きたいように生きていい。あなたがそういうふうに生きられるように、私は何でもしようって、あなたが帰ってきてくれたあの時に決めたのよ』

ありがとうございます、ありがとうございます――未来から突然戻ってきて、診療所で目を覚ました時、泣きながら俺を抱きしめたおばさんの声が耳の奥によみがえった。

『――突然あなたがいなくなった時、私が出ていかせたんだと思った。私がひどいことを

したから、何も悪くないあなたに自分の苦しさを肩代わりさせたから、とり上げられてしまったんだと思った。三日たっても、一週間たっても、どこを捜しても見つからなくて、心臓が潰れてしまいそうだった。毎晩必死に祈ってた。無事に帰してくれたら、今度こそ命がけで大切にします。だからどうか、どうか、って——そしてあなたは帰ってきてくれた。ちゃんと無事に』

おばさんの語尾が大きく震えて、苦しそうな嗚咽《おえつ》が聞こえてきた。電話を握りしめて、背中をまるめて泣くおばさんの姿が見えた気がした。

『だからもう、十分なの。無事に帰ってきてくれて、それから十年、私たちと一緒にいてくれた。たくさん我慢したこともあったでしょう……？　だからこれからは、何も気にせずに、自由に生きて。もう十分だから』

苦しそうな涙声を聞きながら、二〇三〇年で見たMR電話があったらいいのにと思った。そうしたら、いま電話の向こうで泣いている人の背中を、さすってやれただろう。

『あなたには本当にひどいことをした、本当にごめんなさい。今までありがとう——』

窓に目をやると、カーテンを通して夏の白い光がまぶしく射しこんでいた。

その光に、ずっと胸の奥で冷たく固まっていたものが、ゆっくり溶け出すのを感じた。

「おばさん。行方不明になってる間、俺、女の人のところにいたんだ。戻ってくるまでの間、その人に本当に大切にしてもらったんだ」

一拍の沈黙をはさんで、声が返る。

『あの、未来で会ったっていう女の人……？』

「そう。誰も信じてくれなかったけど」

『信じるわ』

おばさんの声は落ち着いていた。

『未来がどうとかは正直わからないけど、その人が爽太くんを大切にしてくれたのは、信じられる。九歳の子供が一カ月半も姿を消して、無事でいられるとは誰も思ってなかったのよ。でもあなたは、けがもしないで、痩《や》せ細ったり病気をすることもなく、戻ってきた。それは、その人があなたを守ってくれたからね』

胸がつまって目を閉じる。そうだ。俺は、大切にされて、守られていた。

「その人が、俺はいいやつだって言ってくれた。俺が自分のいいところを人に分けてやれるのは、おばさんたちが俺を大事にしてくれるからだって」

届いただろうか、伝えたいことは。少しすると、電話の向こうから、小さなすすり泣きが聞こえてきた。背中をさすることはできないから、せめて、心をこめて俺は言う。

「ありがとう。あのとき、避難所に俺を迎えにきてくれて。今度、冬休みには帰る。姉さんも一緒に」

じゃあ、また。そう言って電話を切った。

それから台所に行って、水を一杯飲んだ。透きとおったものが体のすみずみにしみこんでいった。息をついて、スマホと財布だけポケットに突っこんで、玄関に向かった。

マンションのエントランスから外に出ると、眩《くら》むような陽射しが押しよせた。まだ午前中なのにだいぶ暑い。腹をくくって歩き出すと、ふと、途中にあるセレクトショップの服を飾ったウィンドウが目に入った。

ウィンドウには半透明の俺が映っている。光の加減のせいなのか、少し顔に翳があって、鏡に映る自分よりも老けて見える。もしかすると、八年後の俺はこんな感じなのかなぁ。

未来の人たちが語ったあんたは、本当に俺なんだろうか？

こんなにすぐにゆれて迷ってばかりの俺に、命をかけて大切な人を守るような、そんなことができるんだろうか？

でも、本当にあんたが俺だとしたら、俺があんただとしたら、あんたが最後まで諦めなかったことだけはわかる。

まばゆい夏の光に目を閉じて、大きく息を吸いこんで、俺は全速力で走り出した。すれ違ったおばさんがびっくりした顔をした。ごめん、だけど今は一秒が惜しい。走りながらパンツのポケットに手をつっこんでスマホをとり出す。かけるのは二度目の番号に発信。続くコール音。四度目で音がやみ、はい、と声がする。

迷いが消えたわけじゃない。今だって何が正しいのかわからない。

でも、俺は、絶対に後悔だけはしない。

*

入るのは三回目のサークル棟、その最上階の一室で、和希さんは俺を待っていた。

厚いドアを一応ノックすると「どうぞ」と内側から声がして、中に入ると、黒く艶《つや》やかなグランドピアノの前に和希さんが座っていた。

「すんません、いきなり」

「ん、どうせ今朝からここでピアノ弾いてたから」

冷房の効いた室内は、炎天下から来たばかりの俺には冷蔵庫の中にいるような気がするほど涼しい。和希さんは青のシャツを着ていて、ピアノ椅子に座ったまま俺を見上げた。

最初の言葉をあれこれと探したけど、きっと和希さんは俺が何の話をしにきたか、もうわかっている。だから率直に言うことにした。

「俺、やっぱり五鈴を捜します」

「うん、顔見た時何となくわかった」

和希さんは、白と黒の鍵盤《けんばん》に視線を落とした。あるかないかのため息と一緒に。

「けっこう、おれにしては言葉を尽くして訴えたつもりだったんだけど」

「すいません。でも聞いてください。和希さん、俺、自分がどうやって未来に行ったり戻ってきたりしたかわかったかもしれないです」

腹の前で腕を組んだ和希さんが、こっちに顔を向けた。きょとんとしたのと、怪訝《けげん》そうなのと、半分ずつまざった表情で。

「どういうこと？」

「二〇一一年の六月十七日、俺が神鳴崎に行った時、満月みたいなでかい月が出てたんです。月齢カレンダーで確認したら正確には満月じゃなくてその次の日だったんですけど、とにかくその日の真夜中、神鳴崎の海に入ったら、いきなり地震が来て、それで波をかぶって溺れそうになって、五鈴に助けられた時にはもう二〇三〇年にいたんです」

和希さんは黙って耳をかたむけている。俺は一度呼吸して、気持ちを整えた。

「それで、俺がこっちに戻ってきたのが、二〇三〇年七月三十一日。この日、俺が神鳴崎に行った時はまだ昼過ぎだったんですけど、いつもより水かさが高かったのを覚えてる。調べてみたら、新月の次の日でした。大潮だったんです、どっちの日も。大潮は、満月と新月の前後にあるから。それで七月三十一日、やっぱり海に入ってる時に大きい地震があって、気がついたら俺は二〇一一年に戻ってました」

和希さんがゆっくりと理解の色を浮かべる。俺は頷いた。

「自分がどうやって未来に行ったり、戻ってきたりしたのか、ずっとわからないと思ってた。でもよく思い出したら共通点があったんです。神鳴崎って場所のほかに、大潮っていうのと、地震と。あと季節もあるのかな……けど、とにかくこれなんじゃないかって」

「話はわかるけど、でもそれが？　五鈴さんはもう生まれてどこかにいるってわかってるわけだから、今は別に未来に行った方法は……」

「もう少し聞いてください。──二〇三〇年の俺は、死んだわけじゃないかもしれない」

和希さんの目が、大きくなった。俺は思い返す。

『あの日、地震のせいでこのへんでも数十センチの津波が起きて、神鳴崎にいた五鈴ちゃんが溺れてしまったのよ。五鈴ちゃんを助けるためにあの人も海に飛びこんで──五鈴ちゃんは助かったけど、あの人は波にのまれてしまった。ライフセーバーの資格も持ってる人だったのだけれどね……あの日は大潮で、波が高かったのも悪かったのかもしれない』

二〇三〇年で『喫茶もかまたり』を営んでいたマリエさんは、こう話していた。

「二〇三〇年にいる間は、それが俺だとかほんと全然思わなかったから、五鈴の夫が何月何日に行方不明になったのか、ちゃんと詳しくは聞きませんでした。でもその日、大きい地震があって、大潮だったってことは近所の人から聞いてます。もし、俺が未来に行ったきっかけが俺の考えたとおりだったら、二〇二九年の俺が行方不明になったその日も同じ条件がそろってる」

「……つまり未来の支倉は、別の時間に行ったんじゃないかってこと？」

「そうです。だから捜索しても見つからなかったし、遺体も上がってない。まえに和希さんが言ってた、同じ時間に二人の自分が存在するのはおかしいっていうのも、もし未来の俺が別の時間に行ったんだとしたら、九歳の俺が二〇三〇年に来ても矛盾《むじゅん》しない」

ホイッスルの高くて強い音が、どこか遠くで聞こえた。

俺より百倍は頭がいい和希さんは、もう突拍子もない話を消化したようだった。

「未来の支倉は、死んだわけじゃなく別の時間に行ってるだけかもしれない。だから五鈴さんに会っても大丈夫だって、そう言いたいの？」

「大丈夫だって断言できるわけじゃないです。でもそういう可能性もあると思う。それに対策もできると思うんです。九歳の俺が、五鈴の夫の話を聞いたのは、二〇三〇年七月の最初のほうでした。その時に『事故からそろそろ一年』ってその場にいた人たちは言ってたから、未来の俺が行方不明になったのは、二〇二九年の七月から八月、そのへんのことだと思います。それに大潮の日ってこともわかってるから、七月と八月の何日前後なのかも予測できる。だったらその日が近づいたら海には行かないとか、いろいろ死なないための用意もできると思う」

「そうかな、逆効果に思えるけど。二〇二九年の事故の日が近づいてきたら、支倉はむしろ誰かが危険な目にあうんじゃないかって気を揉んで、結局そこに行く気がする」

ずいぶんひねくれた見方をする和希さんを、俺はまじまじ見てからふき出してしまった。和希さんが、むっと眉を吊り上げた。

「なに笑ってんの?」

「や、俺、和希さんにかなりいいやつだと思われてるんだなって」

「は？　思ってないよ、バカじゃないの」

機嫌を損ねた和希さんに俺はますます笑ってしまって、それから、ひとつ息を吐いた。

――ふしぎだ。ほんの少し前までの葛藤《かっとう》が嘘みたいに、今は気持ちが落ち着いている。

「条件がそろってるから俺は死んでない、だから大丈夫なんて言う気ないです。条件っていうのが本当に当たってるかもわからないし――未来の俺はやっぱり死んだのかもしれない。どっちの可能性も同じくらい強くある。でも、どっちだとしても、俺は五鈴を捜しにいきます。どれだけ時間がかかっても、もう一度五鈴に会います」

「危険かもしれないってわかってて？　彼女に会えるなら、自分はどうなってもいいのか？　もしおまえに何かあった時、残された人がどんな気持ちになるか」

「和希さん。ちゃんと話してませんでしたけど、俺、震災孤児《こじ》なんです。震災で両親とも死んで、まどかの家族に引きとられました。まどかと俺は、本当の姉弟じゃないです」

和希さんの目が大きくなる。一瞬、黒い巨大な波が町に襲ってきた時の、地球の端から地面が砕けていくような地響きが耳をかすめた気がして、背中が冷えた。

「だから、残されるってことがどういうことか、わかってるつもりです。ひとりだけ残されてぐちゃぐちゃになってた俺を、助けてくれたのが五鈴だった。どうしてか未来に行っちゃって右も左もわかんないところを助けてくれたってだけじゃなく、心とか、そういうものも救ってくれた。五鈴だけじゃなく、いろんな人に助けられて、俺はあの時死なずに今も生きてる。たぶんこれからも生きてくと思う。その間、いつか死ぬまでの間、俺でもしあわせになっていいなら――それは、五鈴と一緒にいることなんです」

アルバムのページをめくるみたいに、五鈴の顔が浮かんでくる。溺れていた俺を助けてくれた必死な顔、ニヤーと笑ったいじめっこの顔、いかないでと泣きながら叫んだ顔。

胸が苦しいくらい愛《いと》しい。そうだ。俺は、あの人に恋をしていた。

「和希さんの言うとおり、二〇三〇年の五鈴は、俺を死なせないために、俺と自分が出会わないようにしたんだと思う。それくらい想ってもらったってことをありがたいと思う。でも、ありがたいけどそれ、俺がやってほしいことじゃないです。俺は、俺が助かるために全部なかったことにすればいいなんて、そんなの嫌だ。出会わないことが正解だなんて、俺はそんなの絶対に嫌だ」

もし戻ったら、私のことは忘れて――五鈴の声が耳の奥によみがえる。嫌だ、俺は忘れない。十年消えなかったこの気持ちを抱えて、必ずあなたのもとへ走っていく。

「俺は五鈴に会います。だけど簡単に死んだりしない。好きな人たちがいなくなることがどれだけつらいか知ってるから、俺の好きな人にはそんな思いさせたくない。だから何があっても死なないように最後まで絶対あがく。未来の俺も同じだったたと思う。未来の俺が本当はどうなったんだとしても、最後まで諦めるはずない。五鈴のために」

そろそろ本題に入らないといけない。俺は腹に力をこめて、和希さんを見つめた。

「今日会ってもらったの、頼みがあるからなんです。和希さんに」

「……頼み？」

「俺は絶対どれだけ時間がかかっても五鈴に会います。それで正直うまく想像できないんですけど、もしずっと五鈴と一緒にいられるようになったら、和希さん、俺が二〇二九年になっても死なないように手伝ってほしいんです」

和希さんの目がみるみるまるくなって「きょとん」という感じの顔になった。

「手伝う？　ってどういうこと？」

「何をどうするってまだ全然わかんないんですけど、とにかくこれからも俺と付き合ってほしいんです。二〇二九年まで、いや、できたらもっとその先も。五鈴をかなしませないようにどうしたらいいのか、五鈴と会っても俺が死なないようにするにはどうしたらいいのか、一緒に考えてほしいんです。もちろん俺も全力でやります。未来の俺が事故にあうのは二〇二九年の七月から八月の大潮の日、場所は倉津町の神鳴崎。そこまではわかってる。だから何も起こらないように本気で努力します。けど――俺が未来でも行方不明にならなかったら、九歳の俺が二〇三〇年に来た時、同じ時間に歳の違う二人の俺がいることになる。なんかもうここらで頭ぐちゃぐちゃしてくるんですけど、それってあり得ないことで、だからもしかしたら、どんなに気をつけても俺はやっぱり事故にあって、行方不明になるのかもしれない」

怖くないと言えば嘘だ。迷いがないとは言えない。今だって俺は怖いし迷っている。

だけど、そんな気持ちよりも、五鈴に会いたいという想いのほうが強い。ずっと強い。

これだけ強ければ、時間くらい超えられるんじゃないかと思うほど。

「もしそうなった時、和希さん、五鈴のそばにいてほしいんです。俺は最後まで絶対諦めない。絶対五鈴のところに帰ろうとする。だから五鈴に、待ってくれって伝えてほしい」

「待って、未来の支倉が別の時間にいるっていうのも、単なる仮定の話で――」

「わかってます。でもその可能性はゼロじゃないですよね。九歳の俺が二〇三〇年のあの日に二〇一一年に戻ったってことは、時間を超える条件がそろってるってことだ。だったら俺が二〇一一年に戻ったあと、入れ違いに別の時間にいた俺が二〇三〇年に戻ってくる。そういう可能性だって、そんな未来だってあるかもしれない」

未来は長い長いトンネルの向こう側みたいに、何が待っているのか見ることができない。

だからそこに暗い予感や、かなしい結末を思い描いて恐れたりする。

けれど、そこには同じ強さで、かがやく可能性だってあるはずだ。

希望などひとかけらもなくなるほど破壊された倉津町が、二十年後の二〇三〇年には、力強く再生していたように。絶望も希望も等しくはらんだ未来を、自分たちの望むものにするために努力することだけは、誰にだってゆるされるはずだ。

「俺そんな頭よくないから、脳みそなくなるくらい考えてもこれしか思いつかなかった。でもお願いします、力を貸してください。和希さんにしか頼めないんです。お願――」

いします、という声は、バッチンと額を叩かれた衝撃で喉の奥に引っこんだ。

あまりの衝撃にクラッとして、俺は立派なグランドピアノにすがりついた。

「痛いですな⁉」

「ほんっとバカ」

王子キャラの和希さんらしからぬ乱暴な吐き捨て方は、ちょっと高津氏のガラの悪さに似ていた。どうしてバカ呼ばわりされなきゃいけないのか額をさすりながら混乱する俺に、和希さんは一枚の紙切れを突き出した。

『諏訪五鈴　静岡県浜松市《はままつ》　浜松女子学院高等学校1年』

俺は、メモを凝視したまま、声が出せなかった。

目が合った和希さんは、微妙に視線をそらして、ため息をついた。

「二〇三〇年で五鈴さんは『親に認めてもらうために高校生の時にコンクールに挑戦した』って言ったんでしょう。コンクールはたくさんあるし、新しいものもどんどん主催されてるけど、プロ志望の子が出るような大会はその中でもわりと決まってる。それにコンクールの結果はホームページで発表されることが多い。入賞者の名前、学校名、指導者、住んでる地域なんかの情報と一緒に。それで心当たりのコンクールのホームページを見てたら、つい最近ファイナルが終わったばかりのコンクールのホームページに、彼女の名前があった。三位、立派な成績だよ。『五鈴』ってかなり特徴的な名前だし、年齢も計算すると合ってるから本人でまちがいないと思う。そのメモにあるくらいの情報がわかれば、何とか会うことはできるんじゃないの」

「……和希さん、でも、なんで――？」

俺のかすれ声の問いかけに、和希さんは答えなかった。代わりにＡ４サイズの茶封筒を、ピアノの上をすべらせて俺にくれた。

「高津さんからもらった新幹線の株主優待券。片道分しかないけど、期限まだ大丈夫だから使いなよ。仙台から東京駅まで東北新幹線で行って、東京駅で東海道新幹線に乗り換えれば浜松に行ける。夜行バスもあるから、帰りはそれ使ったらいい」

両手のメモと茶封筒を、俺はどうしても信じられなくて何度も見比べた。だってこれからがすごく大変だと思っていたのだ。どこにいるのかもわからない五鈴を捜し出すには、長い長い時間がかかると思っていた。

けどもう、その気になったら今すぐにだって、俺は彼女に会いに行ける。

「支倉、どうしてそんなに涙もろいの？」

「……このご恩は、残りの人生をかけて、お返しする所存です」

「いらないよ。重すぎだよ、残りの人生って」

和希さんがあきれたように失笑した時、俺は、いきなりしびれるように予感した。

二〇三〇年で、五鈴は正体不明の人物から連絡を受けていた。その相手とおぼしき人物が家まで訪ねてきたこともある。五鈴はその人物をすごく警戒していて、俺は、そいつはきっと悪いやつなんだと思っていた。

だけど、もしあれが、和希さんだったとしたら？

俺が頼んだとおり、和希さんは何年も先の未来で五鈴を心配して倉津町まで足を運び、様子を見守っていたのだとしたら？　和希さんと五鈴は将来音楽仲間になる可能性がある、あり得ない話じゃない。それに和希さんは、二〇三〇年のあの時期、九歳の俺が倉津町に現れることだって知っている。ほかならぬ俺自身から話を聞いて。

『支倉爽太くん』

『がんばれ』

あの日、神鳴崎に走っていく九歳の俺に声をかけた、黒っぽいジャケットの男。

今もこうして俺を助けてくれたように、二〇三〇年でも、この人は俺を助けようとしてくれていたのだとしたら？

「なに？　こっちは気にしなくていいから、もう行ったら？」

身動きできずに見つめていたら、和希さんが小さく眉をよせて、俺はわれに返った。

本音を言えば、確かに今すぐとび出していきたい。けれどその前に、ひとつ和希さんに訊いておかなければいけないことがあった。

「和希さん。倉津町に——神鳴崎に行きますか？」

和希さんは、かすかに瞳をゆらした。

「俺が考えたことなんで、さっき言った時間を超える法則が絶対合ってるとは言えないです。でも、可能性はあると思う。もし、和希さんがそうしたいなら、俺、案内します」

そしてもし、もう一度彼女に会いたいと和希さんが望んだら、俺は本当に自分のできること全部を手当たり次第にやるつもりだった。

けれど、和希さんは一度ゆっくりと睫毛《まつげ》をふせると、ゆるく首を横にふった。

「ありがとう。でも、いいよ」

「……いいんですか？」

「うん。そんなうまくいくかどうかもわからないことに使ってる時間があったら、前を向いて今の自分にできることを精いっぱいやれって、彼女なら言うと思うから」

「——そういう人だったんですね」

「うん。そういう人だったよ」

照れくさそうに、そして誇《ほこ》らしそうに和希さんがほほえんだ時、おかしな言い方だけど、俺は会ったこともないその人が和希さんを好きになった気持ちがわかった気がした。

気づいたら俺はするっと言っていた。

「和希さん、やっぱり俺たちとピアノ四重奏やってください」

和希さんは「きょとん」を通りこして「ぽかん」としたあどけない顔になった。俺は早口で続けた。

「いま圭と千晴といろいろ話し合ってて、介護施設にボランティアで慰問《いもん》演奏しに行こうってことになってるんです。和希さんも一緒にやってもらえませんか？　やっぱりそれは無理ってことだったら、俺考えたんですけど、仮想ライブ空間ってあるじゃないですか。落語家になりたい男子中学生のひとり稽古《げいこ》とか、おっさんのキレッキレのギター演奏とか、いろんな人がとにかく自由にパフォーマンスを生配信して、誰でもそれをリアルタイムで見れるやつ。すごくおもしろくて俺もよく見てるんですけど、ああいうところでピアノの演奏を配信するのはどうですか？　和希さんだったら絶対人気爆発すると思います。和希さんが作ったあの曲も、ちゃんと譜面にして、演奏しましょう。あ、尾崎さんにも相談したらいいかも。師匠、絶対そういうプロデュース得意だから。で、ゆくゆくは『ピアノがうますぎる過疎問題の専門家』として……」

「ちょっと、待って、ストップ」

めずらしくたじろいだ表情の和希さんは、俺に手のひらを向けた。

「前にも言ったと思うけど、おれはそういうこと」

「わかってます。和希さんが事件で亡くなった人のお父さんのために考えてること、ちゃんとわかってます。だから、もし和希さんがどこかでピアノを弾いてるのをその人が見かけて、不愉快に思ったりつらく思ったりした時は、俺がその人に謝りに行きます。それで和希さんがどういう人か、どれだけその人のこと考えてるか話します。わかってもらえるまで話します」

和希さんは、いっそ途方にくれたような顔をしている。俺はまっすぐにその目を見た。

「だから和希さん、ピアノ弾いてください。曲をつくるのでもいいです。何だっていいです。とにかく、そんなふうに……自分を諦めないでください。ずっと大好きで大切にしてきたもの、手放さないでください」

それがピアノでなくてもいいのだ。ただこの人が、心から生きてくれたら。

「未来で待ってる和希さんのために手紙を残してくれた人は、それを望んでいると思う。そういうふうに、その人は、和希さんのことを好きだったと思う。和希さんに世界で一番しあわせになって笑ってほしいって、願ってたんだと思います。最後の最後まで」

俺はあなたに会ったことがないけど、ちゃんとわかる。和希さんのなかに小さな光のように残る、かつてのあなたの記憶や言葉が、あなたはそういう人だったと教えてくれる。

立ちつくしている和希さんに「検討よろしくお願いします」と俺は勢いつけて頭を下げ、きびすを返した。だけどすぐに一番大事なことを言っていなかったと思い出して「本当にあざっす」とさっきより勢いよく頭を下げて、今度こそ部屋を出た。

古びた階段を一段飛ばしでいっきに駆け下りて、出入り口のドアを押し開ける。

白熱する夏の光が洪水みたいに押しよせて、とっさに手で目をかばった。

指の隙間《すきま》から見える、すこんと青い空と、羽毛みたいな白い雲の群れ。

それは、どこまでも、どこまでも、まるで未来のように果てしなく続いている。

ああ。

なんて、世界はまぶしい。

終章

# 彼と彼女の未来のために

俺は、ひょっとして不審者というやつなんじゃないだろうか？

下校する生徒がちらほらと姿を現しはじめた校門付近に立っていた俺は、はっと気づいた。というのも、仲良さげにおしゃべりしながらこっちに来た女の子の四人グループが、すれ違う時にそろって怪《あや》しむ顔で俺をうかがったからだ。俺は涼しい顔をよそおって肩のヴァイオリンケースをかけ直したが、冷や汗がだらだら出てきた。どうしよう、警察とか呼ばれたら。でもここにいないと、五鈴《いすず》を見つけられないし。

八月末日、夕方四時半ごろ。快晴だった浜松《はままつ》市は、この時間になってもまだ暑い。和希《かずき》さんに五鈴の居場所のヒントをもらったあと、俺はすぐにでも浜松めざして旅立つつもりだったが、和希さんから『念のためだけど東海地方の高校はまだ夏休み期間中』という釘《くぎ》さしメールをもらった。高校の夏休みはたいてい八月中旬で終わる東北育ちの俺はがっくりしたが、それで頭が冷えて、自分の無計画さを反省した。

調べてみると、五鈴の通う高校は伝統のある私立の女子校だった。俺は同じ学校に通う生徒たちのSNSをかなりの時間をかけて見てまわり、八月末日の今日が、夏休み明けの始業式であることを突きとめた。調査しながら「俺これストーカーじゃね？」という不安を覚えたが、背に腹はかえられない。

始業式には大抵の生徒が出席するはずだ。今日は式のあとに掃除と実力テストがあって生徒は四時半ごろに下校を始めるという情報だから、その時刻に校門前で待っていれば、五鈴も姿を現すに違いない。そんな結論から俺は校門前で待機していたのだが。

「……え、なにあの人、何やってんの？」

「警備員さん呼ぶ？」

痛い。次々と校門から出てくる女子高生たちの視線が痛い。てか女子校の前でうろうろしてる男ってやっぱ不審者だろう。でもあいにく学校の近くには遠くから様子をうかがえるような店もないのだ。もういっそ、ここでヴァイオリン路上ライブでもするか？　そうしたら時間稼ぎもできそうだし、興味を持った五鈴も来てくれるかもしれない。あ、でもその前に警備員さんが来ちゃうかも。

冷や汗をだらだらかきながら考えこんでいたら、声が耳にとびこんできた。

「スワさん、バイバイ」

がばっと俺は顔を上げた。スワ――諏訪《すわ》？

下校時刻の校門付近には、まったく同じ紺色のワンピースの制服を着た女子生徒があふれ返っているのだが、そのうちのひとりに俺は目を引きつけられた。

長い黒髪をひるがえして、人を拒むような早足で敷地を出て行く生徒。赤いエナメルのヴァイオリンケースを右手にさげている。

顔は一瞬しか見えなかった。でも、一瞬だけ見えた頬《ほお》や顎《あご》のライン。あとは説明しようのない気配とかそういうものが、心を激しくゆさぶった。――まちがいない。

「なにあれ、せっかく声かけてやってんのに態度悪くね？」

「ほっときなよ、ああいうやつなんだって」

「イスズ様は友達とかいらないんですわー」

彼女を追いかけて駆け出す時、すれ違った三人組の女の子たちがそんな言葉を交わして笑うのが聞こえた。イスズ。――五鈴。ああ、やっぱり。

加速する心臓の音を聞きながら、見失わないように必死であとを追いかけた。五鈴と思われる女子生徒は、学校からしばらく歩いたところにあるバス停で立ちどまった。俺が追いついたのとほぼ同時に、バスがやって来て停車する。五鈴がステップを上がり切るのを待ってから、俺もバスに乗りこんだ。

車内の乗客はまばらだった。五鈴はバス後方の二人掛けの席に座り、俺はひと席空けてその後ろに座った。五鈴はスクールバッグとヴァイオリンケースをとなりに置いて窓の外を見ていた。それでも、座席の横を通る時の一瞬、少しだけ横顔は見られた。左の目もとにある、ぽつんとさびしそうな泣きぼくろ。

胸がつまって、涙がにじんだ。

五鈴がいる。こんな近くに。もう会えないと思っていたのに、いま目の前に。

バスはときどき人を降ろしたり乗せたりしながら街なかを進んだ。五鈴はスマホをさわったり音楽を聴いたりすることもなく、ひたすら窓に顔を向けていた。俺が知る二十五歳の五鈴とはまるで違う、人を寄せつけない、寄れば牙《きば》をむいて威嚇《いかく》しそうな頑《かたく》なな横顔。なんでそんなにはりつめているんだろう。窓をにらんで何を考えているんだろう。

——というか、俺はこれから、どうしたらいいんだろう。

五鈴を見つけられた歓喜と感動の嵐もじょじょに落ち着いてくると、俺は次に自分がとるべき行動に悩んだ。

五鈴に会いたい、会いたいと思い続けてついにここまで来たけど、五鈴に会ったら俺は何がしたかったんだ？

俺は、二〇三〇年で二十五歳の五鈴に会った。そして五鈴が忘れられなくて、もう一度会いたくて、十六歳の彼女が浜松にいると知ってここまで来た。

でも、それは一方的な俺の都合だ。

目の前にいる十六歳の五鈴は、そんなことは何も知らない。俺は会ったこともない他人でしかない。それを会いに来たとか言われても、驚くだけだし激しく気味が悪いだろう。

そもそも、二十五歳の五鈴と、十六歳の五鈴は、同じ人間だと言えるんだろうか？

確かに戸籍とかＤＮＡとか、そういう観点から言えば同一人物なんだろう。だけど、やっぱり未来の五鈴と現在の五鈴は別々に尊重されるべきなんじゃないか。俺が二十五歳の五鈴と出会って好きになったからって、その気持ちを十六歳の五鈴に押しつけるのは、うまく言えないが現在の五鈴の尊厳を無視したすごく無礼な行いなんじゃないか。

今ごろになって悶々《もんもん》と思い悩んでいると、車窓の外に、大きな湖が見えてきた。

これが有名な浜名湖《はまなこ》か？　と俺は窓に張りついたが『佐鳴湖《さなるこ》入口』とアナウンスが入り、違う湖なんだとわかる。不勉強で恥ずかしいが、俺は佐鳴湖なる存在を初めて知った。

と、今まで微動だにしなかった五鈴が、いきなり降車ボタンを押した。

五鈴はさっさとスクールバッグを肩にかけてバスを降りる準備を始める。俺もあたふたとリュックを背負った。バスが停《と》まったあと、赤いエナメルのヴァイオリンケースを持った五鈴から、少し距離をとって俺もバスを降りた。

外に出ると、海の潮風《しおかぜ》とは違う、水のにおいのする風が吹きつけた。

広大な湖の対岸に、豊かな緑に覆《おお》われた小山やマンション、民家などが見える。水の色は透きとおっているとは言いがたいが、広々とした湖面にはボートが浮かんでいたり岸で釣りをしている人がいたり、近隣の住人の憩いの場になっているようだった。

五鈴は、湖の輪郭《りんかく》をなぞるように作られた遊歩道を歩き出した。俺は五鈴に気づかれないように二十メートルほど距離をとってあとを追いかけた。「俺これストーカーじゃね？」疑惑が再び頭をかすめたが、でも、話せなくてもいいからそばにいたかった。

湖畔《こはん》には緑の木々が茂って、草が地面を覆っていた。遊歩道の途中にはベンチも置かれていて、杖を立てたおじいさんが心地よさそうに風を受けながら湖をながめていた。陽《ひ》が暮れてきた佐鳴湖の湖面は、光の破片を散りばめたようにかがやいている。

五鈴は途中で遊歩道を外れて、さらに水辺の近くに向かった。自由気ままに茂った木々のかげに、五鈴の姿が隠れて見えなくなってしまう。俺は焦って足を速めた。

五鈴は湖面をそばに望む、木々の間にぽっかりできた小さな広場のような場所にいた。

スクールバッグをボスッと乱暴に地面に下ろした五鈴は、今度は正反対に慎重な手つきで、ヴァイオリンケースを草地に置いた。ケースを開けてヴァイオリンをとり出す。燃える夕焼けと同じ色のヴァイオリン。

弓も手にした五鈴は、湖に向かってすらりと立ち、ヴァイオリンを鎖骨《さこつ》と顎ではさんだ。風が吹くと、湖面に風の軌跡《きせき》をなぞるように波が立ち、それから五鈴の髪がなびいた。

きらめく光線のようなヴァイオリンの音色が、夏の大気のなかに流れる。

シューベルトの『アヴェ・マリア』。二〇三〇年で五鈴が最初に俺に弾いてくれた曲だ。十六歳の五鈴のヴァイオリンは巧みだった。俺なんか足元にも及ばない。でも、何だろう。やさしさにみちた曲なのに、五鈴の音色はどこか痛切だった。

たぶんこの子は、もっとずっと遠く、もっとずっと高いところへ行きたいのだ。だけど手が届かなくて、それを嘆いている。

湖の対岸に連なる山に夕陽が接し、そこからこぼれた金色の光が、ヴァイオリンを弾く五鈴にスポットライトみたいに当たっていた。

美しい調べに身動きもできず聴き入っていたら、いきなり、曲の途中で音が切れた。

敵の気配を察知した野生動物みたいに、五鈴が鋭い動きでふり返った。

俺は気づかないうちに、ふらふら五鈴に近づいていたらしい。もう普通に会話できる距離に五鈴がいた。初めてまともに目が合って、俺はしびれたように動けなくなった。

美しい夕陽色のヴァイオリンを肩にのせたまま、弓を剣のように握った五鈴は、野良猫みたいに鋭くかがやく瞳《ひとみ》で俺をにらんでいる。まるで、それ以上近づいて聖域を侵《おか》したらおまえを切り裂いてやると言わんばかりに。

「何の用ですか？　見られてると迷惑です」

威嚇するように尖《とが》った声を投げつけられて、俺は胸がふるえた。

本当にまだ若い、俺よりも年下の女の子だ。肩ひじ張った立ち姿がいかにも意地っ張りで、潔癖そうで、頑なだ。きっと愛想《あいそ》笑いなんてできないだろう。自分を守るために軽い気持ちで嘘《うそ》をつくことも。

初対面の男をひるまずにらみつける瞳は、どこか生きづらくて疲れているようにも見える。でも、強い。自分の命を削ってでも意志を通しそうに強く、すごく、きれいだった。

警戒心むき出しの五鈴が、突然ぎょっとした顔になった。俺は顔を押さえてうつむいた。

「……すいません、十秒ください」

「何なんですか、なに泣いてるんですか」

「……キモくてすいません、頼むから逃げないでください」

ヴァイオリンを抱きしめてドン引きしている五鈴の前で、俺は必死に涙と鼻水を拭いた。拭きながら、さっきまでの迷いがゆっくりとほどけていくのを感じた。過去と現在と未来が、俺のなかで矛盾《むじゅん》なくひとつにつながっていく。

未来の五鈴と現在の五鈴は別々の尊厳を持つ存在で、未来の五鈴を慕う気持ちを現在の五鈴に押しつけるのはやってはならないことだと思っていた。きっとそれは正しいのだ。たぶんそれは、おばさんが九歳の俺に死んだユウタを重ねようとしたのと同じことだ。

でも、俺はたった今、恋におちた。野良猫みたいな目で俺をにらむ女の子に恋をした。未来の俺も、こうして五鈴を好きになったんじゃないか。

この場所、この瞬間に、未来も過去も関係なくただ目の前の彼女に恋したんじゃないか。

「……大丈夫、ですか？」

五鈴が小さい声で、そっと訊《たず》ねた。俺は息を吐いて、頷《うなず》いた。たぶん顔面は悲惨《ひさん》なことになっていると思うが、心のほうはだいぶ落ち着いた。

——俺はこれから、どうしたらいいんだろう。

そんなふうに悩んでいたさっきまでとは打って変わって、今の事態はじつにシンプルだ。

俺は目の前にいる彼女が好きで、どうしようもなく好きで、その気持ちを伝えたい。

「俺は、支倉爽太《はせくらそうた》といいます。大学一年で十九歳。仙台《せんだい》から来ました」

「……仙台ってあの宮城県の仙台？」

「牛タンとずんだと伊達政宗《だてまさむね》が有名なあの仙台。出身は倉津町《くらつちょう》ってところです」

「そんな遠くから……観光ですか？　だったら浜名湖に行けばいいのに。あっちのほうが有名だし、きれいですよ。ここなんて全国で十本の指に入る汚い湖だし」

「えっ、そんな汚く見えないけど……それにきみだって浜名湖じゃなくてこっちにいるし」

「……浜名湖は人が多くてうるさいし、チヤホヤされてるのがなんか嫌」

ヘソまがりな発言に思わず笑うと、五鈴は口をへの字にして「わかったら早く浜名湖に行ってうなぎ食べてください」とつっけんどんに言った。

「またヴァイオリン弾くんですか？　ここで聴いてたら、だめですか」

「聴く？　どうしてですか？」

「すごく感動したから、きみのヴァイオリン」

深くは考えず、ただ思ったままのことを口にしたのだ。

けど、五鈴は瞬時に表情を硬化させて、またあの嚙《か》みつくような鋭い眼光を俺に向けた。逆鱗《げきりん》にふれられたみたいに。

「そういうお世辞、やめてください。そういうの大嫌いなんです」

思わぬ激しい反応に俺はびっくりした。

「いや、お世辞なんかじゃ」

「あなたの持ってるそれ、ヴァイオリンですよね。同じヴァイオリン弾きならわかるでしよ。私は下手じゃないけど、そこそこ。まあまあ。はっきりそう言われた。そんな半端なもので感動なんてするわけない」

この子は、どうしてそんな刃物のような目をして、自分を切りつけるんだろう。

「はっきり言われたって、それ、もしかしてコンクールのこと？」

「どうしてそれ——もしかしてあなたも出場してたんですか？」

はっと険しい顔になる五鈴に、いや、と俺は口ごもった。

「出てたわけじゃないけど——でも三位って、立派な成績じゃないの？　ヴァイオリンと音楽が好きでそれに打ちこんでる人が何人も集まって、その中で三番になったって、俺には本当にすごいことに思える」

「一番じゃなきゃ意味なんてない」

五鈴の声が、軋《きし》むようにかすれた。

「たくさん人を集めて弾かせてそれに点数をつけて順位付けするのは、何のため？　一番うまい人を見つけるためでしょう？　みんながほしいのはその人だけで、よくても二番目まで。三番なんて誰にも見向きされない。誰にも認めてもらえない」

俺は、二〇三〇年で五鈴が言っていたことを思い出した。

『高校生の時に、親にもうヴァイオリンはやめろと言われたの』

『音大に行かせてほしいと頼んだら、コンクールで優勝してみせろって言われたんだ。自分にそれだけの才能があると証明しろ、って。――そして私は優勝できなかった』

この子は、自分を認めてほしい人に、そうしてもらえなかったのか。

「だからもうやめるんです。私が弾いたって世界の一流になれるわけじゃない。それなら意味ないし、時間の無駄だから。今日は、最後にちょっと弾きに来ただけ。だからここにいられるの迷惑なんです、早く浜名湖に行ってください」

「ヴァイオリンやめるって、それ本気で言ってるの？　きみはそれでいいの」

ヴァイオリンを抱きしめた五鈴が、急所にふれられたみたいに目もとを震わせた。

「意味がないとか時間の無駄とか、それ、きみじゃない別の誰かが言ったことじゃないのか？　ほかの人の考えに、きみまで従うことなんてないんだよ」

「……だって仕方ないの。私が悪いの。私は証明できなかった。ヴァイオリンがこんなに大好きだってわかってもらうためには、認めてもらうためには、一番になるしかなかったのに、私にはそれができなかった。だから、もう、私に弾く資格なんかないの」

夕陽に照らされた彼女の顔がくしゃっと崩れて、なめらかな頬を光のしずくが伝った。

本当に刺されたみたいに、好きな女の子が泣くのを見て胸に鋭い痛みが走った。

『私のヒーロー』

夫はどんな人だったのか訊ねた時、五鈴は夢みるようにほほえんだ。

彼は何て言ったんだろう。どんな言葉で五鈴に勇気と誇《ほこ》りをとり戻させたんだろう。

聞けばよかった。でもそれは無理だから、俺は今の俺で勝負するしかない。

俺も、なれるだろうか。この子のヒーローに。

「じゃあ、どうしてそんな大事そうにヴァイオリンを抱きしめてるんだ？」

傷ついた小さな女の子みたいにうつむいていた五鈴が、涙に濡れた顔を上げた。夕焼けの色をすくい取って塗ったような、小さく燃えるヴァイオリンを固く抱きしめたまま。

「仕方ないって言うけど、本当はそんなこと思ってないだろ。絶対やめたくないって思ってるんだろ。だからそうやって泣いてるんだろ。だいたい資格って何だよ。別にヴァイオリン弾くのに免許なんかいらないよ、バイクや車じゃないんだから」

「資格って、そういう意味の資格じゃ……」

「証明するには一番になるしかないって言うけど、本当にそうか？　少なくとも、きみがヴァイオリンが大好きだっていう証明はまだできるんじゃないか？　負けんなよ。簡単に諦《あきら》めんなよ。誰にも譲れないくらい大切なものなら、絶対はなさないで守るために闘《たたか》え」

五鈴が心もとなく瞳をゆらして、また頰を涙が流れ落ちた。

俺は腹筋に力をこめて、大きく深呼吸をした。

「よし、今からきみの家に行こう。きみがヴァイオリンを続けられるように、俺も一緒にきみの親を説得する」

「……え!?　なんで、えっと――支倉さんがうちに来るんですか!?」

「いや、ハッパかけたからには俺も援護射撃を」

「いりません！　だって、ほんとさっき会ったばかりなのにどうして!?」

「さっき会ったたって、結局会ったんだから同じことだよ。大丈夫、俺、口はうまくないけど体力はあるし夜仕事も慣れてるから徹夜してでも説得してみせる」

「初対面でうちに乗りこんでひと晩じゅう帰らなかったら警察呼ばれますから！」

　俺は本気で五鈴の家に行って両親と話し合うつもりだったのだが、五鈴が「絶対だめ！　絶対だめ！」とぶんぶん首を振って譲らなかった。俺は五鈴の首がちぎれるんじゃないかと心配になって、仕方なく主張を引っこめた。

　夕暮れの空に吸いこまれるように、ヒグラシの声が響いた。かなしい、きれいな声だ。

「――それにさ、意味がないなんてことはないよ。少なくとも俺には、きみが弾いてくれたら意味がある。俺はきみのヴァイオリンを聴いたから、自分も弾きたいと思ったんだ」

　五鈴が、とまどったように眉をよせた。

「聴いたって、このまえのコンクールのことですか？」

「いや――もっと前。俺はその時、どん底でもう死にたかった。でもきみのヴァイオリンを聴いて、救われて、自分でも弾くようになった。それがきっかけで一緒に弾ける友達ができたし、大事なことを打ち明けられる人にも会ったよ。きみが弾いてくれたから、今の俺は大事なものをたくさん持ってる。だから意味がないなんて、絶対そんなことない」

五鈴は眉をよせて、まったくわけがわからないという顔をしている。それは、そうだ。俺は彼女を知っていても、彼女にしてみれば俺はいきなり出てきた不審者だ。

だけど、彼女の必死さを見れば、彼女がこれまでどれだけの努力をしてきたかわかる。彼女のその努力が、二〇三〇年に出会ったあの五鈴をつくり、俺を助けてくれた。

だから、意味がないはずはない。たとえそれが目に見える実を結ばなかったとしても、人の懸命な行いそのものが、その人自身も気づかないところで誰かを救うことがある。

俺たちが生きる場所は、本当はそんな目には映らない小さな奇跡がいくつも集まって、形づくられているんだろう。

「……かせて」

急に五鈴が、何かを言った。小さな声だったから聞き取れなくて「はい？」と訊《き》き返すと、五鈴は口をへの字にして、くり返した。

「私のヴァイオリンを聴いたから、あなたも弾くようになったんですよね。だったらあなたのヴァイオリン、聴かせてください。それで感動したら、私がやってきたことにちゃんと意味があったんだって思えるかもしれない」

俺は目を剝《む》いた。……何を言い出すんだこの娘さんは!?

「いや、きみのヴァイオリンが高級チョコなら、俺なんて十円チョコレベルなんで！」

「十円チョコ、好きです。弾いてください」

「けどほんとそっちが高級フランス料理なら、俺なんてカップ麵《めん》なんで！」

「カップ麵もわりと好きです。早く」

旅の仲間にヴァイオリンをつれてきたのは、五鈴に話しかける時、いい感じのきっかけになるんじゃないかという下心からだったが、まさかこんな展開になるとは！　しかし、結局逆らえない俺は、数分後、メープルシロップ色のヴァイオリンを肩にのせていた。

「……では、弾かせていただきます」

「どうぞ」

俺は息を吐き、弓をかまえた。選曲は迷わなかった。弾くとしたら、あの曲しかない。

俺にとっては十年前、でも時間の上では九年先の二〇三〇年で、五鈴が弾いてくれた曲。そして二〇二一年の和希さんがつくった曲。

ぬくもりにあふれた懐かしい旋律を、俺が今まで受けてきたやさしさを思い出しながら、あらん限りに心をこめて弾く。

どうかこの音が、未来の前で足をすくませる彼女の心を打つように。

しかしながら、ここのところバタバタしていてヴァイオリンをさわっていなかったし、緊張もあって何度もトチってしまい、弾き終えたあと俺はしょぼくれながら弓を下ろした。

弾いている間、ずっと微動だにせずに聴いていた五鈴は、俺を見つめた。

「いろいろ、甘いと思います。音程の取り方とか、音の終わりの処理とか」

「……まことに面目《めんぼく》ありません。ほんとは、この百億倍いい曲なんです……」

「それはわかります。すごく素敵な曲。誰が作った曲ですか？　聴いたことないです」

「俺のいろいろ世話になった人が作ったオリジナルなんだ。タイトルは、つけてないって言ってた。――でもきっと、大切な人のためにつくったんだと思う」

和希さんのことをまったく知らない彼女は「そうですか」とシンプルに答えた。

「ヴァイオリン一本より、ピアノを想定したような曲ですね。音が広くて、すごく豊か」

「あ、すげ。そう、その人ピアノ弾きなんだよ。しかもものすごく上手《うま》くて」

「私も弾いてみたい」

夕陽が金色に染めた空気のなか、彼女の声がこぼれた。

五鈴は、驚く俺の目をまっすぐに見つめて、もう一度言った。

「私は弾きたい。そして人の心を打ちたい。今そうしてもらったみたいに」

俺はそんなに純粋な声を聞いたことがなかった。胸がつまって、目の奥が熱くなった。けど、それは好きな子の前であんまりにも恰好《かっこう》がつかないから、必死にこらえた。

それから五鈴はさっさとヴァイオリンをケースにしまい、スクールバッグを肩にかけて、帰り支度が万端に整った状態で俺と向き合った。

「帰ります。帰って、両親と話してみます。……怪獣《かいじゅう》と闘いに行くような気分だけど」

「じゃ、俺も一緒に」

「警察呼ばれるだけだからやめてください。それに、これは私のことだから。私が自分で闘わないといけないし、自分で守らなきゃいけないから」

赤いエナメルのヴァイオリンケースにそっとふれた五鈴は「失礼します」と頭を下げた。それから、ありがとうございます、と小さな声でつけ足して、早足で歩き出した。

「――がんばれ！」

みるみる小さくなる背中に、俺はやっとそれだけ声をかけた。五鈴は、あっという間に遊歩道に入り、茂った木々の向こうに姿を消した。

俺はしばらく平常心を装《よそお》ってヴァイオリンをケースにしまっていたが、弓を片付けたところで限界が来て「あ～！」と声をあげながら頭を抱えた。

何も言えなかった。「俺は目の前にいる彼女が好きで、どうしようもなく好きで、その気持ちを伝えたい」とかって意気込んでたくせにちっとも全然何も言えなかった。ヘタレだ。腰抜けだ。とんだチキン野郎だ、支倉爽太。

いや……けどしょうがないだろう。五鈴は本気で悩んでいたし、それを俺のよこしまな事情で話の腰を折るわけにはいかないだろう。最後のほうも五鈴がちゃんと決心できたんだから、あそこで俺の邪心を差しはさんだら何かいろいろ台無しだろう。これでよかったんだ、うん。ちょっとでも五鈴の役に立てたなら、浜松まで来た甲斐《かい》があるってもんだ。よかったよかった。さあ、うなぎパイを買って夜行バスで仙台に帰ろう。

俺は再び平常心を装ってヴァイオリンケースを閉じ、草むらに放り出していたリュックの汚れをぱっぱと払い落としたが、またすぐに限界が来た。

——やっぱり、これきりなんて嫌だ。

また会いにくればいいと思ったけど、次も会える保証なんてない。ある時、突然、何もかもが壊れてしまうことだってこの世にはある。俺はそのことを知ってる。大事なものは、つかまなければだめだ。失わないように今すぐ抱きしめなければだめだ。すぐさまリュックを背負って、ヴァイオリンケースを肩にかけ、俺は猛ダッシュした。五鈴はバスに乗るはずだ。うまくいけばバス停でつかまえられるかもしれない。気ままに木々が茂った草地を駆け抜けて、遊歩道に出る。木立の枝葉の隙間《すきま》からこぼれる夕陽に照らされて、遊歩道は一面に砂金を撒《ま》いたみたいだった。

そのままいっきにバス停まで走るつもりだった俺は、驚いて足を止めた。

遊歩道の向こうから、華奢《きゃしゃ》な人影が走ってくる。手にさげた赤いエナメルのヴァイオリンケースが、夕陽をはじいてランプみたいにチラチラと光る。

俺は、支倉爽太。きみに会うために浜松まで来ました。

諏訪五鈴さん、俺はきみが好きです。

何度も何度も頭のなかで練習した言葉を、今度こそちゃんと言えるように唱えながら、俺も彼女に向かって走り出す。

＊

そろそろ、爽太が着く頃だろうか。

壁にかけられた時計が午後一時半をまわったのに気づいて、和希は圭《けい》と千晴《ちはる》に、爽太を迎えに行ってくると声をかけた。この仙台市内の小児《しように》病院は、大通りから少し入り組んだルートを通るので、最寄りのバス停で待ち合わせということにしてあるのだ。

「いってらっしゃい……」

もこもこのクマの着ぐるみから血色のよろしくない顔だけ出した圭は、椅子《いす》のセッティングをしながら手をにぎにぎして、

「でも和希さん、その恰好のままでいいんですか？」

ふさふさの猫の耳を装着して、同じ柄《がら》のワンピースを着た千晴が、譜面台を立てながらおずおずと訊いた。うん、と頷いて、和希は多目的ホールを出た。

建物一階の一番奥にある多目的ホールからエントランスに向かうまで、何度も患児とその家族の姿を見かけた。廊下《ろうか》を走っている子もいれば、車椅子に体を預けている子も、点滴をつけたまま移動している子も、すっぽりと帽子を被っている子もいる。ただ、和希を見かけた彼らは「うさぎ！」とそろって活《い》きのよい反応を示し、そのたびに和希は車椅子

の前にしゃがみこんで握手をしたり、後ろから突撃されてよろめいたり、抱っこをせがむちびっこたちを持ち上げたりした。

清潔なロビーから自動ドアを抜けてすぐ、指定の時間よりも早く来た幹也《みきや》と鉢合わせした。はなはだ無礼なことに、幹也は和希を見るなり「ぶはっ」とむせるように笑った。

「おまえ燃えろ」

「いやいや違う、色男は何着ても似合うんだなって感心したんだよ。写真撮っていい？」

「撮ったら卒業までトイレ掃除当番おまえにする」

「それはやだな、残念。でも、これなら子供たちも笑ってくれるだろうね」

今日、はぐれピアノ四重奏楽団がこの小児病院で子供たちとその家族のためのミニコンサートを開くことになったのは、幹也の営業活動によるところが大きい。

幹也は国分町《こくぶんちょう》の高級クラブでアルバイトをしているが、その店のオーナーや顔なじみの常連客に「友人たちがピアノ四重奏楽団を結成したので演奏の場を探している」とそれとなく話していたらしいのだ。そして、オーナーを通じて話を聞いたこの病院の偉い人が「ではうちの病院で演奏してもらえませんか」と依頼してきた。

「長い間、外に出ることもできずに療養生活を送っている子もたくさんいますし、そのご家族も普段コンサートへ行くような余裕もない方がほとんどですから、みんなが元気になるような音楽を聴かせてほしいんです」

交通費程度しか出せないが、と最後に申し訳なさそうに付け加えられたが、もとから金をもらうつもりはなかったので全員一致で引き受けた。

爽太と圭と千晴はとくに子供たちに楽しんでもらいたいという気持ちが強くて「やっぱみんなが知ってる曲がいいよな」「アニメかな」「『きらきら星』みたいなのもいいよね」と選曲の段階から熱が入っていた。和希は演奏曲候補を確認して、明るい曲ばかりだと疲れてしまう子もいるだろうからリラックスできるやさしい雰囲気の曲も入れたほうがいい、という具合に意見を出しつつ編曲を引き受けた。

ほかにも子供たちが楽しめるように、いろいろと工夫を考えた。今日の衣装もそのひとつで、見た目も楽しい恰好をしようと話していたところ、幹也が「『森の音楽隊』って感じのコンセプトでこんなの着たらいいんじゃない?」と着ぐるみを調達してきた。大学のいろんなサークルや研究会に首をつっこんでいる幹也は、やたらと顔が広いのだ。また、子供たちが退屈しないように曲の合間に楽器紹介やMCを入れたほうがよいだろうという話になり、これもそういうしゃべりが得意な幹也が担当することになっている。

「で、うさぎさんはどこ行くの」

「支倉がそろそろ着くからバス停で待ってる。ここ、少し道わかりにくいから」

「ああ、例の彼女つれてね。すごいよな、浜松からわざわざ来てくれるって。その恰好のまま外を歩けるおまえの心臓もすごいけど」

そう言いながら幹也もとなりに並んでついて来た。「支倉の彼女が早く見たい」のだという。別に今見なくても、病院で待っていれば必ず見ることになるのに。

「しかしぶっつけ本番でいけるのかな、その子」

「本番までに一回通す時間はあるから、何とかなると思う。楽譜もデータで送ってあるから、あっちでひと通りはさらっておいてくれてると思うし」

「そっか。まあ、とにかく寸前で中止ってことにならなくて本当によかった」

ため息まじりの幹也の声にずいぶん深い安堵《あんど》がこもっていたので、和希は意外に思って旧友の横顔をながめた。視線に気づいた幹也が「なに？」と眉を上げる。

「いや、そんなに心配してたのかと思って」

「え、そりゃするよ。なんなの、おまえの中で俺ってそんなに薄情なやつ扱いなの？」

「そういうわけじゃないけど」

幹也は何か悪いことや大変な事態が起きた時、それを嘆いて悔やむよりも、しょうがないことはしょうがないとさっさと割り切って次の作戦を考えるタイプだ。実際今回のミニコンサートも、直前になって開催が危ぶまれるトラブルが発生した時「日にちをずらしてもらえないかどうか確認してみるよ」と冷静に動いていたのだ。

「だって、支倉たちがいろいろ考えて練習も一生懸命やってるの見てきたし。それに」

幹也は言うべきか迷うような沈黙をはさんだあと、静かに続けた。

「和希がまたピアノ弾く気になったんだから、やっぱり成功してほしいよ」

病院の前から歩いてきた細い道を、左に曲がって今度はやや幅の広い道路に出る。和希は口を開きかけたが、何を言えばいいかわからず、結局また閉じた。

誰かしらの目がある場所で、自分がピアノを弾くことへの抵抗が消えたわけではない。やはり今この時も、亡くなった男性の父親を思えば、自分はこんなことをしてはならないのではないかという気になる。

正直、父の事件から二年ほどは、その人のことを思ったことなどなかった。とにかく自分自身が過酷《かこく》な状況に耐えるので精いっぱいで、他者を思う余裕などなかったのだ。けれど、采岐島《ときしま》で生涯《しょうがい》忘れられないひと夏の出来事を経験して、大げさではなく人生が変わった。

救われた大きさの分だけ、もっと深い喪失《そうしつ》に落ちて、そこからやっと立ち直った時、自分と同じようにあまりに大きなものを失った人のことを初めて思った。おまえは悪くないと周囲の人たちは言ってくれる。でも悪いかどうかではなく、自分はその人に根深く関わっていて、今もその人が抱えているだろう苦しみを思えば、自分だけが喜びを感じることはできないと思った。少なくとも、〇．一パーセントでもその人を傷つける可能性のある場所では。

けれど。

『もし和希さんがどこかでピアノを弾いてるのをその人が見かけて、不愉快に思ったりつらく思ったりした時は、俺がその人に謝りに行きます。それで和希さんがどういう人か、どれだけその人のこと考えてるか話します。わかってもらえるまで話します』

『未来で待ってる和希さんのために手紙を残してくれた人は、それを望んでいると思う。そういうふうに、その人は、和希さんのことを好きだったと思う』

　爽太の言葉を聞いた時、采岐島ですごしたあの夏の記憶が、あざやかによみがえった。ピアノの音色に瞳をかがやかせる彼女。嵐の日の別れ。時間を超えて届けられた手紙。

　それで迷いが消えたわけではない。ただ、今は思っている。身を慎《つつし》み、息をひそめることだけが償《つぐな》いではないのかもしれないと。むしろ、たとえ痛みを負うとしても、爽太のように向き合い対話しようとすることで、もっと別の未来が開けるのかもしれないと。

「そうだ、支倉も撮影くらいならできるよな。やらせよ。じつは高津《たかつ》さんに今日のミニコンのことメールしたら、動画送れって指令が来たんだよね」

「何それ。やだよ、そんな授業参観みたいなの」

「高津さんの和希を思う親心だよ、黙っていい演奏聴かせてやりなさいよ。あと本格的にホームページとSNSも始めようかと思うんだよね。演奏依頼も受け付けられるように」

「そんな大げさにやんなくても……」

「やりますよ、俺は。はぐれ四重奏楽団マネージャー兼広報の名にかけて」

知らない間にマネージャー兼広報に就任していた幹也にため息をついているうちにバス停に着いた。幹也の腕時計を確認すると、まだバスが来るまで二分程度あるようだ。乗客と勘違いされないように停留所から少し離れて待つことにする。何やら道ゆく人がこっちを見ては笑っているような気がするが、まあ楽しいのはいいことだ。

ふわりと甘い香りを鼻先に感じた。見るとバス停のそばの民家の塀から、オレンジ色の金木犀《きんもくせい》の花が咲きこぼれている。あれって秋の花じゃ、と驚いたが、考えると確かにもう九月も終わりの頃に入った。まだ感じる夏の名残《なごり》も、じきに消えていくのだろう。

「――あのさ、二〇三〇年って何してると思う？」

圭と千晴に連絡でも入れているのか、スマホを操作していた幹也が目をまるくした。

「いきなり何？　てか、なんで二〇三〇年？」

「なんとなく」

幹也は怪訝《けげん》そうにしつつも、しばらく考えこんだ。

「二〇三〇年……ってことは九年後で、俺たち二十九歳？　それまでには司法試験クリアして仕事軌道にのせておきたいけど。あと、運転免許取って車も買っときたいな」

「あ、車いい。倉津町に行くことになったら乗っけて」

「倉津町？　って支倉の実家があるところ？　……いい加減長い付き合いだけど、今でもたまにおまえの言い出すことってわかんないな」

九年後の二〇三〇年。それはまだ遠いようにも思えるし、案外すぐ来るようにも思える。ただその数字は、正確に言えばその一年前である二〇二九年も含めた数字は、あれからずっと頭のかたすみに縫いつけられている。どうしても拭いきれない暗い予感とともに。

九歳の爽太が垣間見た未来では、二〇二九年の夏、爽太は五鈴を助けるために神鳴崎《かんなりざき》で事故にあい、その後行方不明になっていた。

爽太と五鈴が出会えばその未来が現実になるかもしれないとわかっているのに、彼女を捜すことに手を貸した自分の行為が、正しかったのか、まちがっていたのか、今でもわからない。

正直、今も後悔は断続的に襲ってくる。やっぱりあんなことはするべきではなかったのではないか。自分は爽太の命を縮めるような真似をしたのではないか、と。

「そんな顔しないでくださいよ。言ったじゃないすか、俺は簡単に死んだりしないって。死なないように気をつけるし、もし何か起きたって絶対諦めないで何でもやって戻ってくる。だから自分のこと責めないでください。俺、和希さんに感謝しかしてません」

一度だけ、爽太に言われたことがある。爽太が浜松で五鈴を見つけ出し、一週間もした頃だっただろうか。しあわせいっぱいに浮かれているかと思った爽太は、冷静な目をしていた。――いや、冷静とは違うかもしれない。もしかしたら、深く強くはりつめたあんな目を「覚悟を決めた」と言うのかもしれない。

どんな気持ちなんだろうか。もしかしたら、八年後、自分は命を落とすかもしれないと知りながら生きるのは。

「あ、来た」

幹也の声に、和希は顔を上げた。ウィンカーを点滅させたバスが、減速しながらバス停にすべりこんできた。

プシュウという音と一緒にバス前方のドアが開いて、数人の乗客が降りてくる。みんな和希を見るとびっくりした顔をし、それから笑いをこぼしながらバス停を離れていった。

爽太が姿を現したのは最後のほうで、運転手に「ありがとうございました」と声をかけながらステップを降りてきた爽太は、和希に気がつくと目をまんまるくして「だはっ！」と咳《せ》きこむようにふき出した。

「どうしたんすか和希さん、そのカッコ！　罰ゲーム中すか！」

「衣装だよ、昨日も見たのにもう忘れたの？　支倉バカなの？」

「和希、支倉が言いたいのはそういうことじゃないんだよ」

そうこうしているうちに、爽太の後ろから最後の乗客が降りてきた。

ブラウスにグレーのワンピースを重ねた少女で、右手に赤いエナメル製のヴァイオリンケースをさげている。風が吹いた拍子に、長い髪が舞いあがった。

——諏訪五鈴。

慎重にステップを降りてきた彼女は、やや緊張した表情で「こんにちは」と和希と幹也に挨拶《あいさつ》した。爽太が、包帯でぐるぐる巻きになった右手を彼女に向けた。

「えっと、今日俺の代わりに弾いてくれる、諏訪五鈴さんです……あははは」

「イラッとくるほどデレた顔だな……俺はいろいろ雑用やってます、尾崎《おざき》幹也です。今日は遠くから本当にありがとう」

「諏訪五鈴です。ベストを尽くします、よろしくお願いします」

つい一昨日のことだ。佳境に入った練習を夕方五時ごろに切り上げ、和希が幹也と夕食を作っていたら、爽太から電話がかかってきた。さっき別れたばかりなのにとふしぎに思いながら電話に出ると、爽太は蚊《か》の鳴くような声で言った。

『和希さん、すんません……俺ちょっと手首の骨にひび入れちゃったみたいで……』

爽太の話では、自宅に向かって歩いている途中で、自転車とぶつかったらしい。その時とっさにヴァイオリンをかばっておかしな具合に手をついてしまったのがよくなかった。

ただ、その時はそこまで痛みも感じなかったし、相手が中学生くらいの少年だったこともあって、爽太は半泣きで謝る相手を大丈夫だからと帰らせたのだそうだ。だがその後どんどん痛くなってきたので、病院に行ってみたら、ひびが入っていた。

『弾けます、手は動きますから』と爽太は必死に言ったが、骨にひびが入っている負傷者に無理をさせるわけにはいかない。それで幹也とも相談し、どうしようかと話し合っていたのだが、その日の夜遅く、また爽太から連絡があった。

『あの……五鈴が仙台に来て俺の代わりに弾くって言ってるんですが……ありですか?』

ありもなしも、メンバー負傷で直前キャンセルという事態を回避できるなら何でもいい状況だったので、とり急ぎ爽太から五鈴に演奏曲の楽譜と簡単なタイムテーブルを送ってもらった。その後も打ち合わせを重ねて、何とか今日を迎えたわけだが。

「でも一昨日の夜にいきなり言われて今日はるばる仙台まで来てくれるなんて、並大抵じゃないよ。支倉おまえ、愛されてるね」

「はい!? なんすか尾崎さん、何言ってんすか、何がほしいんすか……!」

「それで、単刀直入に訊くけど諏訪さんは支倉のどういうところが好きなのかな?」

「なんで本人が目の前にいるのにそんなハードルの高すぎる質問を!?」

「ぜんぶ、です」

人をからかって遊ぶ時のにこやかな笑顔で訊ねた幹也に、五鈴は真顔で答えた。

「どこが、とかじゃなくて、私にはできないことを、誰に対しても惜しみなくするので。それがぜんぶ、すごいと思うし、好きです」

それから五鈴は、じわじわ耳までまっ赤になって顔をふせた。爽太も見事に赤面して、うっかり包帯が巻かれた右手で頭をさわろうとして「いだっ!」と悲痛な声をあげてひびの入った手首を押さえ、五鈴が「大丈夫っ?」とあわてて肩にふれる。その二人の様子を見ていた幹也が、後ずさるように二人から距離をとった。

「……うん？　冷やかして遊ぶはずがどうして俺のほうがダメージ受けてるんだろう？」

和希も見てられない気分で笑ったが、一方で、胸の底に不吉な予感がじわりと黒いしみのように広がるのを感じた。

出会ってまだひと月足らずの爽太と五鈴は、もう切り離すことのできない絆《きずな》で結ばれているように見える。

やはり、この二人はいずれ幼い爽太が垣間見た未来のとおりになるのではないか。このまま二人の絆は切れることなく、やがて一緒になって、しあわせに暮らし、けれど今から八年後に、そのしあわせは粉々に破壊される。

だとしたら、その引き金を引いたのは自分だ。爽太を危険にさらすかもしれないとわかっていながら、自分の感傷で五鈴を見つけ出してしまった。

五鈴がこの世界に生きていると知って爽太が涙を流した時、口では思いとどまれと言いながら、内心はゆれ動いていた。

自分が爽太だったら、もう一度七緒《なお》に会えるとしたら、何を振り捨てても走っていく。会えるのなら、会うべきではないか。どれほど危機を回避しようと、人は最後には必ず死んでしまうのだ。それなら、たとえあと数年で死ぬかもしれない危険があるとしても、大切な人を抱きしめるべきではないか。

矛盾する気持ちの間でゆれながら、未来の五鈴の言葉を頼りに心当たりの音楽コンクールのヴァイオリン部門出場者の名前を見てまわった。そして大変な時間がかかるだろうと覚悟していたのに、あっけなく『諏訪五鈴』の名前を見つけてしまった時、運命とかいうものが自分を使って爽太を絡めとろうとしているように思えて寒気がした。

それでも、書きとったメモは渡すつもりはなかった。本当にその気はなかった。

『俺は、俺が助かるために全部なかったことにすればいいなんて、そんなの嫌だ。出会わないことが正解だなんて、俺はそんなの絶対に嫌だ』

どんな厳しい運命にも屈しない目をして、爽太が言い放つまでは。

「あの、和希さん……ですよね」

ためらいがちな声に、和希はわれに返った。五鈴が小さく頭をかたむけてこちらを見ている。幹也が「自己紹介」とあきれた顔で口パクするので、きょとんとした。もうすっかり名乗ったつもりでいたのだが、まだだったのか。

「八宮《やつみや》和希です。今日はありがとう。支倉がバカだから、引き受けてくれて助かった」

「和希さん、なんか俺にだけ当たりがきつくねっすか……?」

「和希さんのこと、支倉さんからよく聞いてたから、初めて会った感じがしないです」

五鈴は左目の泣きぼくろのせいか、どこかさびしげな雰囲気があるのだが、笑うと驚くほど明るくなる。あどけない笑顔につられて、和希もほほえんだ。

じつは同じことを思っていた。爽太から何度も未来の五鈴の話を聞いていたせいだろうか。初めて会ったという気がしないのだ。まるで何十年も昔から知っている旧友と再会したような、ふしぎな懐かしささえある。まだ五鈴は十六歳だし、和希は二十年も生きていないから、そんなわけはないのだけれど。

「和希さんの作った曲、支倉さんに聴かせてもらいました」

「曲？」

「あ、あれです。前に和希さんが俺といる時に即興で作ったやつ。タイトル未定のやつ」

ああ、と呟《つぶや》いた。即興でタイトル未定のうえに、爽太が未来で五鈴から弾いて聴かされたという曰《いわ》く付きのやつだ。自分の頭の中にしか存在しないはずの続きの旋律を、目の前で爽太が弾いてみせた時の肌が粟立《あわだ》つような衝撃は、まだはっきりと覚えている。

「あの曲、一度聴いただけですけど、ずっと耳に残ってるんです。あの、厚かましいんですが、譜面をいただくことはできませんか？　私も弾いてみたくて」

「あ……ごめん、あれまだ譜面に起こしてなくて」

まだ、というかじつは即興で作った曲は大抵そのまま放置してしまうのだが、五鈴が見るからにしょげた表情になったので「譜面にしたら送るから」と和希はあわてて付け足した。とたんに五鈴は「本当ですか？」と笑顔になった。

「タイトルはつけないんですか？」

「ん……あんまり、言葉にするのが得意じゃなくて」

曖昧《あいまい》に笑ってにごすと、何も知らないはずの五鈴は何かを察したように和希を見つめ、いたわりを含んだほほえみを浮かべた。

「私も言葉にするのが苦手で、だからうまく言えないんですけど……あの曲を聴くとすごく懐かしくて、せつない気持ちになるんです。私の勝手なイメージですけど、ずっと遠くにいるとても大切な人が、こっちに笑いかけてくれてるような気がするんです」

一瞬、五鈴を見つめたまま、言葉が出なくなった。

あの曲は――彼女を思い浮かべてつくった。

あの夏に出会った、二度と会うことはない、どこよりも遠い場所にいる彼女のために。

「そろそろ行こうか。日野原《ひのはら》くんと早坂《はやさか》さんにも、諏訪さんのこと紹介しないと」

腕時計を見ながら幹也が言うと「あ、そうっすね」と爽太が頷いて、五鈴も「早坂さんがヴィオラで、日野原さんがチェロですよね」と確認しながら爽太に並んで歩き出した。

「そういえば諏訪さん、できれば衣装着てもらいたいんだけど、調達できたのが演芸サークルにあった狐《きつね》耳とセットの少しセクシーなワンピースなんだ。大丈夫かな?」

「えっ、せっ、そういうのはちょっとどうかなあ……!?」

「全然平気です、成功のためなら」

にぎやかに話しながら三人が歩いていくなか、ふと幹也が自分のとなりを見やって足を止めた。捜すようにふり返り、立ちつくしていた和希を見つけると、小さく眉をよせる。

「和希、どうした？　具合でも悪い？」

そうではない。ただ、ここを踏みこえたら、もう後戻りはできない。そんな気がして。

五鈴も「大丈夫ですか？」と心配そうにこっちを見ている。そして、彼女のとなりにいた爽太もふり返る。

以前、そんな顔をしないでくれと言われた時と同じ、深くはりつめた覚悟の目だった。

まっすぐに和希を見つめた爽太は、次の瞬間、笑った。拍子抜けするくらいさっぱりと明るく、それでいて力強く。

「和希さん、行きましょうよ。圭と千晴も待ってるから」

——そう、信じると決めたのだ。絶対に諦めないと爽太が言ったあの時に。

和希が歩き出すのを見届けた爽太は、それから、ちょっと照れくさそうに五鈴に無事なほうの左手をさし出した。五鈴は目をまるくして、頬をうっすら染めながらヴァイオリンケースを左手に持ちかえると、右手をそっと爽太の手にのせた。爽太はしっかりと五鈴の手を握ると、背をのばして歩き出す。

こんな時間を手にするために、あの日、爽太は息をのむほど強い目をして言った。

『出会わないことが正解だなんて、俺はそんなの絶対に嫌だ』

あの言葉に、本当は自分も救われたのだ。

七緒と会ったのが自分でなければ、七緒にはもっと違った人生があったのではないか。もっとゆるやかに、別の誰かと幸福な時間をすごすことができたのではないか――彼女のあまりに早い死を知ってから、ずっと心の底で思っていた。

けれど、出会わなければよかったとは、やっぱりどうしても思えないのだ。

もし時間を戻すことができても、自分はまた彼女と出会いたいと願うだろう。たとえ、たったひと夏の時間しかないと知っていても、心を引き裂く別れが待つと知っていても。

手をとり合って歩く爽太と五鈴の姿を見つめ、和希は、そっと手紙を開いた。

心が折れそうになるたび、何度も何度も読み返し、いつしか頭のなかにくっきりと写しとられた、時間を超えて彼女から贈られた手紙を。

『どうか、あなた自身と、あなたが歩んでゆく未来を信じてください』

信じよう、未来を。

小さな爽太が見たかなしい未来の、その先につづく物語はまだ誰も知らない。その結末までが悲劇だとは、まだ誰にも決められない。

どんなにあがいても報われずに終わる可能性もあるだろう。

けれどそれと同じだけ、希望もまたあるはずだ。

泣きくずれる五鈴の前で、九歳の爽太が神鳴崎に消えた時、別の時空にいた二十八歳の爽太が彼女のもとへ帰ってくる。そんな未来だって、無限の可能性のなかには存在する。

「あーあ、クマと猫まで登場した」

となりを歩く幹也の笑いまじりの声に、和希は目を上げた。見てみると、ああ本当だ、あと三十メートルほど先にせまった病院の門の前で、クマの着ぐるみをつけた圭と、猫の仮装をした千晴が手をふっている。

爽太が包帯でぐるぐる巻きになった右手を元気にふって、五鈴も初めて会う音楽仲間にひかえめにヴァイオリンケースを持ち上げて応《こた》える。そして爽太と五鈴は後ろをのんびり歩く年上の大学生二人組をちらっとふり返ると、待ってられないよというように手をつないだまま駆け出した。幹也が「元気だなー、若者は」とぼやきながら駆け足になったから、和希も笑って走り出した。

金木犀の香りの風が吹く。夏が終わる。でも時はつづく、これから先もずっと。

信じよう。時間を超えて爽太と五鈴が出会ったのは、悲劇ではなく、奇跡のはじまりなのだと。

未来は、努力し、もがき、願いつづける自分たちの手で築いていけるものなのだと。

※この作品はフィクションです。実在の人物・団体・事件などにはいっさい関係ありません。

集英社オレンジ文庫をお買い上げいただき、ありがとうございます。
ご意見・ご感想をお待ちしております。

● あて先
〒101-8050　東京都千代田区一ツ橋2-5-10
集英社オレンジ文庫編集部 気付
阿部暁子先生

# また君と出会う未来のために

集英社
オレンジ文庫


2018年10月24日　第1刷発行
2021年 4 月12日　第9刷発行

著　者　阿部暁子
発行者　北畠輝幸
発行所　株式会社集英社
〒101-8050東京都千代田区一ツ橋2-5-10
電話【編集部】03-3230-6352
【読者係】03-3230-6080
【販売部】03-3230-6393（書店専用）
印刷所　凸版印刷株式会社




ISBN 978-4-08-680214-7 C0193

集英社オレンジ文庫

## 白洲 梓

# 威風堂々悪女

謀反を企てた皇帝の側室と同じ尹族で
あるが故に虐げられる下女の玉瑛。
ある日「尹族国外追放」の 勅命により
屋敷を追われ、逃げ込んだ山中で負傷し、
意識を失ってしまう。目覚めると玉瑛は
恨んでいた皇帝の側室に生まれ変わっていて…?